캄보디아 설화 (I)

밀림 속의 경이 앙코르 와트를 닮은 신비로운 이야기들

건국대 서사와문학치료연구소
다문화 구비문학대계 1

캄보디아 설화 (I)
밀림 속의 경이 앙코르 와트를 닮은 신비로운 이야기들

2022년 5월 10일 초판 인쇄
2022년 5월 15일 초판 발행

지은이 신동흔 외
펴낸이 이찬규
펴낸곳 북코리아
등록번호 제03-01240호
전화 02-704-7840
팩스 02-704-7848
이메일 ibookorea@naver.com
홈페이지 www.북코리아.kr
주소 13209 경기도 성남시 중원구 사기막골로 45번길 14
우림2차 A동 1007호
ISBN 978-89-6324-851-6 (94810)
978-89-6324-850-9 (세트)

값 13,000원

건국대 서사와문학치료연구소
다문화 구비문학대계 1

캄보디아 설화 (I)

밀림 속의 경이 앙코르 와트를 닮은 신비로운 이야기들

신동흔 박현숙 김정은 오정미
조홍윤 김영순 황혜진 강새미
김민수 김자혜 김현희 엄희수
이승민 이원영 한상효 황승업

북코리아

머리말 : 현장에서 만난 1,364편의 생생한 이야기

캄보디아, 베트남, 필리핀, 중국, 일본, 인도, 카자흐스탄, 에스토니아, 브라질….

세계 여러 나라에서 온 이주민 화자들이 한국어로 구술하는 설화들을 들으면서 마치 꿈속의 한 장면에 들어와 있는 듯했다. 그들의 입에서 가지각색 설화들이 술술 흘러나오고 있는 광경이 거짓말 같았다. 책에서나 볼 수 있었던, 아니 책으로도 볼 수 없었던, 깊은 재미와 의미가 차락차락 우러나는 원형적 이야기들! 그 보물 같은 이야기들을 현장에서 만날 수 있다는 것은 최고의 축복이었다.

한국에 이주해서 생활하는 외국 출신 제보자들을 대상으로 한 설화 조사를 계획하면서 기대보다는 걱정이 컸다. 한국과 달리 설화 문화가 유지되고 있어서 구전설화를 기억하고 전해줄 수 있으리라는 기대가 있었지만, 30~50대가 주축을 이루는 제보자들이 설화를 오롯이 구연할 수 있을지 의문이었다. 모국어가 아닌 한국어로 구술해야 하는 상황이라서 더 그랬다. 한국생활이 쉽지 않을 이주민들이 선뜻 마음을 열어줄까 하는 걱정도 없지 않았다.

결과는 기대 이상이었다. 수많은 이주민 제보자들이 기꺼이 자국 설화 구연에 나서 주었다. 모국의 이야기와 문화를 알린다고 하는 책임감과 자부심이 주요 동기였지만, 그들은 곧 설화 구연이 매우 즐겁고 유익한 일이라는 사실을 깨달았다. 그들은 한 명의 문학적 주체가 되어서 자신이 아는 이야기들을 성심성의껏 들려주었다. 고향에 계신 어른들에게 연락해서 묻거나 숨은 자료를 찾아서 구연해 주기도 했다.

모든 이야기는 책이나 자료를 읽어주는 형태가 아니라 내용을 기억하고 새겨서 말로 구술하는 형태로 조사를 수행했다. 마음으로 기억해서 재현한 것이라야 화소(話素)와 스토리가 살아있는 진짜 구비문학 자료가 되는 것이기 때문이다. 제보자들이 구술로 전해준 이야기들 속에는 실제로 구비문학적 힘이 생생히 깃들어 있다. 재미있고 의미심장하며, 현장감이 넘친다. 그 언어는, 살아 있다.

조사 과정에서 이야기를 들으면서 놀란 적이 한두 번이 아니다. 이주민 제보자들은 평균적인 한국 사람들보다 훨씬 이야기를 잘했다. 한 사람이 수십 편의 설화를 유려하게 구술한 사례가 여럿이며, 한 편의 설화를 30분 이상 완벽하게 구연한 경우도 꽤 많았다. 캄보디아의 킴나이키 제보자 같은 경우는 한 편의 설화를 2시간에 걸쳐 생생하게 구연하기도 했다. 한국의 유력한 이야기꾼들에게서도 좀처럼 보기 어려운 모습이다.

10여 명으로 구성된 조사팀이 만 3년에 걸친 현지조사를 통해 만난 화자는 150명 이상이며, 수집한 자료는 약 2,000편에 이른다. 이 중 공개 동의를 얻지 못한 이야기와 완성도가 낮은 이야기들을 제외하고 가치 있는 것들을 선별한 결과 27개국 130여 명 제보자가 구술한 1,364편의 이야기 자료가 추려졌다. 자료마다 기본 구연정보와 줄거리(개요) 등을 갖추어서 정리하니 분량이 단행본 20권을 채우게 되었다. 양적·질적 측면에서 '한국구비문학대계'에 비견될 '다문화 구비문학대계'라고 해도 좋겠다고 생각해서 이를 총서명으로 삼았다. 『한국구비문학대계』(1980~1988; 전 82권)는 한국 구비문학 조사사업의 빛나는 성과이자 인류의 소중한 문화유산으로서, 갈수록 가치가 증대되고 있는 구술자료집이다. 우리의 『다문화 구비문학대계』도 그와 같은 역할을 하게 될 것으로 믿는다. 세계 각국의 설화를 생생한 한국어로 집대성했다는 점에서 전에 없던 새롭고 특별한 언어문화 자료집이다. 이와 같은 현지조사 성과는 세계적으로도 유례없는 일임을 강조하고 싶다.

다문화 구비문학대계는 20권의 자료집과 1권의 연구서로 구성되어 있다. 자료집 구성은 다음과 같다.

1~2권 : 캄보디아 설화 (64편)
3권 : 태국·미얀마 설화 (53편)
4~5권 : 베트남 설화 (114편)
6권 : 필리핀·인도네시아·대만·홍콩 설화 (72편)
7~9권 : 중국 설화 (186편)
10권 : 몽골 설화 (92편)
11~12권 : 일본 설화 (149편)
13권 : 인도·네팔 설화 (78편)
14권 : 카자흐스탄 설화 (61편)
15권 : 러시아·중앙아시아 설화 (55편)
16권 : 유럽·중동·중남미 설화 (57편)
17권 : 세계의 문화와 풍속 이야기 (93편)
18권 : 세계의 속신·금기와 속담 (160편)
19권 : 세계의 신과 요괴 전승 (91편)
20권 : 한국 이주 내력 및 생활담 (39편)

1~16권까지 각국 설화를 나라별로 정리해 실었고, 17~20권에는 세계 여러 나라 문화 이야기와 속담, 생애담 등의 구술담화를 모아서 수록했다. 15권의 '중앙아시아'에는 우즈베키스탄, 키르기스스탄, 타지키스탄이 포함되며, 16권에는 에스토니아, 스웨덴, 터키, 아제르바이잔, 사우디아라비아, 도미니카공화국, 칠레, 브라질, 파라과이 등 9개국 자료가 실려 있다. 다 합치면, 설화가 수록된 나라는 총 27개국에 이른다. 중국편 자료가 가장 많은데, 한족과 조선족 자료를 포괄한 것이다. 7권에 한족 제보자의 구술자료를, 8~9권에 한국계 중국인 제보자 구술자료를 수록했다. 설화는 각 나라마다 앞쪽에 신화와 전설에 해당하는 것들을 싣고 뒤쪽에 민담을 실었다. 같은 유형의 자료를 한데 모으고 서로 내용이 통하는 자료를 이어서 배치함으로써 효과적으로 내용을 견줘볼 수 있게 했다.

27개국 총 1,364편에 해당하는 설화 자료 가운데는 한국에 처음 소개되는 것들이 매우 많다. 1, 2권에 해당하는 캄보디아 설화는 대부분 길고 흥미로운 것들인데, 모두가 한국어로 처음 출판되는 것들이다. 필리핀과 몽골, 인도, 카자흐스탄 등의 수많은 이야기들도 대부분 새로운 것들로 구성돼 있다. 베트남과 중국, 일본 설화 가운데는 한국에 알려진 유명한 이야기들도 포함돼 있지만, 새롭게 소개되는 것들도 많다. 각국의 대표 설화, 예컨대 베트남 설화 〈의붓자매 떰과 깜〉이나 일본 설화 〈복숭아 동자 모모타로〉 같은 경우는 제보자마다 이야기를 구술해서 최대 7~8편에 이르는 각편을 수록했는데, 세부 내용상 크고 작은 차이가 있다. 각편(各篇)마다 미묘한 차이가 있는 것은 구비설화의 본래적 특징으로, 이는 중요한 연구대상이 된다. 각국 주요 설화의 구술자료 각편들을 생생한 구어로 풍부하게 갖춘 것은 해당 국가에도 없던 일로서, 본 자료집의 가치를 더욱 높여주는 요소가 된다.

구비문학에 낯선 독자들로서는 구술을 녹취한 본문이 처음에 다소 어색하게 여겨질 수도 있을 것이다. 하지만 찬찬히 읽어나가다 보면 구술 담화의 맛과 가치를 생생히 느끼게 되리라고 믿는다. 구술자의 다양한 목소리가 귀에 쟁쟁 울려오는 듯한 경험을 할 것이다. 이주민 구술자들에 대하여, 이들은 오롯한 문화적·문학적 주체이자 구비문학 아티스트라고 말하고 싶다. 설화를 전공하는 한국인 연구자들에게 한국어 구술로 큰 감동과 깨우침을 안겼으니 특별한 아티스트가 아닐 수 없다. 현지조사 과정에서도 틈나는 대로 부탁했거니와, 이들이 앞으로도 적극적인 설화 구술로 21세기 한국어문화의 한 주역이 되어 주기를 기대한다.

본 자료집은 구비문학 연구와 언어문화 연구, 다문화 한국사회 연구를 위한 기초 자료로 널리 활용될 수 있다. 학술연구 외에 문화콘텐츠와 교육용으로도 본 자료집은 큰 의의를 지닌다. 작가와 기획자들에게 새롭고 특별한 소재를 제공할 것이며, 각급 학교와 평생교육 기관 등에서 다문화 교육자료 등으로 활용될 것이다. 아울러 본 자료는 일반 독자들에게도 재미있고 소중한 문학적·문화적 경험을 전해줄 것이다. 한국인 독자들은 외국의 문학과 문화에 대한 이해를 넓히는 한편으로 이주민들에 대한 인식을 일신할 것이며, 이주민과 다문화가정 구성원들은 문화적 정체성과 자부심을 내면화할 것이다. 아무쪼록 이 책이 한국사회 구성원들이 열린 마음으로 서로를 이해하는 가운데 상생적 화합과 발전을 이루어나가는 데 기여하기를 바라는 마음이다.

3년간의 현지조사와 정리 작업은 한국학중앙연구원 한국학 토대연구 지원 사업에 힘입어 진행되었다. 꼭 필요한 지원이 이루어져서 좋은 자료들을 널리 수집할 수 있게 된 데 대해 감사의 뜻을 밝힌다. 자료의 출판은 연구지원과 별개로 이루어진 것으로, 출판사의 후의와 결단에 의해 이루어졌다. 자료집의 가치를 이해하고 기꺼이 출판을 맡아준 북코리아 이찬규 사장님과 편집부 김수진 과장님께 깊은 감사 인사를 드린다.

이 자료집이 나올 수 있었던 것은 현지조사와 자료정리의 실무를 맡아 수고한 전임연구원과 연구보조원들이 있었기 때문이다. 팀장을 맡아서 일련의 길고 힘든 작업을 훌륭히 감당해준 박현숙, 김정은, 오정미, 조홍윤 박사와 이원영, 황승업, 김자혜, 김현희, 한상효, 김민수, 이승민, 엄희수, 강새미 등 여러 연구원의 노고에 감사와 사랑의 마음을 전한다. 공동연구원으로서 현지조사와 연구작업을 적극 뒷받침해준 김영순, 황혜진 선생님께도 깊이 감사드린다.

이 책은 기꺼이 이야기를 들려준 여러 제보자들에 의해 이루어진 것이다. 낯선 조사자들을 반갑게 맞이하고 바쁜 시간을 쪼개어 열성껏 이야기를 풀어내 주신 130여 명 제보자들께 머리 숙여 인사드린다. 본 자료집이 특별하고 귀중한 문화유산으로 자리 잡아 오래도록 널리 활용됨으로써 제보자들의 열정과 노고가 빛을 발할 수 있기를 바라 마지않는다. 모두들 행복하게 씩씩하게 잘 지내면서 한국사회의 실질적 주역 구실을 해주시기를 기원하며, 다시 만나 많은 이야기들을 즐겁게 나눌 수 있기를 기대한다.

2022년 5월
저자를 대표하여
신동흔

목차

일러두기

1. 본 자료집은 한국에 와 있는 세계 여러 나라 이주민이 한국어로 들려준 설화와 생애담, 문화 이야기 등을 화자가 구술한 대로 녹취하여 정리한 것이다. 현지조사는 구비문학 전공자들이 만 3년에 걸쳐서 진행했으며, 구비문학 조사 및 정리 방법에 따라 자료를 수집 정리했다. 27개국에서 온 130명 이상의 제보자를 직접 만나서 구술 자료를 녹음했다. 제보자의 주축은 결혼이주민이며, 유학생과 이주노동자도 포함돼 있다.

2. 자료집은 총 20권으로 구성되어 있으며, 총 1,364편의 구술 이야기 자료가 수록되어 있다. 1~16권에는 각 나라별로 신화와 전설, 민담 등 설화자료를 실었고, 17~20권에는 여러 나라 문화 이야기와 속신·속담, 신과 요괴 전승, 생애담 등을 종합해서 실었다. 별권으로 연구서 『다문화 이주민 구술설화 연구』를 갖추어 조사사업의 성격과 의의를 밝히고, 자료 총목록을 제시했다.

3. 모든 자료마다 조사일시와 장소, 제보자와 조사자 등 기본 구연정보를 제시하고, 이야기 줄거리(또는 개요)를 제시하여 이해의 편의를 도왔다. 그리고 모든 설화와 생애담 자료에 '구연상황'을 제시하여, 해당 이야기가 어떤 맥락에서 구술되었는지 알 수 있게 했다. 설화집에 해당하는 1~16권 말미에는 나라별 제보자에 대한 정보가 제시되어 있다. 제보자 인적사항과 특성은 조사 당시를 기준으로 삼은 것으로, 추후에 변동되었을 수도 있다.

4. 이야기 본문은 녹음된 내용을 그대로 받아 적었으며, 현장 상황을 생생히 전하기 위해 조사자와 청중의 반응 부분을 함께 담았다. 한국어 어법에 맞지 않는 구술도 그대로 반영하여 전사했으며, 오해의 소지가 큰 경우 괄호 속에 표준어 표기를 제시했다. 내용 이해를 위해 필요한 경우에는 각주를 달아서 보충 설명을 했다.

5. 이야기 본문에서 제보자의 구술 외에 조사자와 청자의 반응은 [ ] 속에 넣어서 정리했으며, 기타 보충설명은 ( ) 안에 제시했다. 여러 조사자가 발언한 경우 '조사자 1', '조사자 2' 등으로 표시했는데, 번호는 구연정보의 조사자 순서에 준한다. 본문은 이야기 전개 흐름에 따라 문단을 나누었으며, 대화에 해당하는 부분은 행을 바꾸어 표현했다. 대화에 부수되는 언술은 행을 달리하되, '고'나 '구'는 구어체 특성을 살려 대화문 뒤에 붙였다. 2인 이상의 제보자가 공동으로 구술한 자료는 각 제보자와 조사자의 발화를 단위로 삼아 단락을 나누는 방식으로 편집했다.

6. 본 자료집에 자료를 수록한 모든 제보자들에게는 사전에 자료공개 동의를 받았다. 다만, 생애담 등의 구술에서 사적 정보가 노출될 수 있는 부분은 내용을 일부 삭제하거나 **로 표시하기도 했다. 조사장소도 개인정보 보호를 위해 번지수와 같은 세부정보를 삭제했다.

인간과 목숨을 건 내기에서 패한 하늘신 깍발머하프롬

● **구연정보**

조사일시 : 2018. 01. 12(금) 오후

조사장소 : 강원도 인제군 인제읍 남북리 사회복지관 2층 교육실

제 보 자 : 킴나이키 [캄보디아, 여, 1991년생, 결혼이주 6년차]

조 사 자 : 박현숙, 김민수

● **구연상황**

킴나이키 제보자는 제보자 남편의 주선으로 조사자와 만났다. 제보자의 남편은 조사장소까지 섭외해 준 뒤 제보자에게 잘하라는 말을 남기고 자리를 비켜주었다. 제보자는 사전에 조사자와 전화통화를 통해 조사 취지를 듣고 구연할 설화를 노트에 메모해 온 상태였다. 조사자들이 조사 장비 설치를 마치자 곧바로 구연을 시작했다.

● **줄거리**

옛날에 똑똑하고 강하며 동물과 대화하는 능력을 가진 꼬마 토머말이 살았다. 하늘신 깍발머하프롬이 토머말에게 목숨을 걸고서 세 가지 문제를 해결하는 내기를 제안했다. 시합에 응한 토머말은 일주일 동안 해답을 찾지 못해 스스로 목숨을 끊으려고 숲속으로 들어갔다가 나무 아래에서 부부 새가 내기 문제에 대해 말하는 것을 들었다. 남편 새는 아내한테 아침에 세수하는 행복, 몸을 씻어서 마음이 편안해지는 행복, 자기 전에 발을 깨끗하게 씻는 행복, 이 세 가지가 해답이라고 말했다. 토머말이 깍발머하프롬 신에게 찾아가 정답을 말하자 신은 약속대로 자신의 머리 일곱 개를 잘랐다. 신에게는 일주일의 각 요일을 뜻하는 이름을 가진 일곱 공주가 있었는데, 신은 죽기 전에 공주들에게 자기 머리가 땅을 태우고 바다를 말릴 수 있으니 잘 관리해야 한다고 했다. 일곱 공주는 깍발머하프롬의 머리를 들고 서메이로산을 세 번 돈 뒤 깔락산 위에 모셨다. 일곱 공주는 일 년에 한 명씩 돌아가면서 신의 머리를 지금까지 안전하게 지키고 있다.

그 애기하고 싶은 건 캄보디아에 왜 이렇게 설날에 대부분 사람들이 이렇게 불교 믿는 사람들 그 여러 가지 음식 만들고, 그 뭐지? 문화처럼 이렇게 만들고 하느님이 내려와서 그 여러 가지 음식들을 드시고 그래서 우리한테는 행복하게 해주고, 계속 오래 사는 것 뜻으로 해서 일 년 딱 한 번 이렇게 만든 설날 애기하는 거예요. [조사자 1: 설날?] 네. 설날 한국 애기하면 설날 이제 이렇게 애기하거든요? 근데 캄보디아 말로는 송끄란Songkran• 이렇게 애기해요. [조사자 1: 그럼 날짜는 똑같아요?] 달라요. 캄보디아는 송끄란 애기, 설날 애기하면 4월 13, 14, 15 이렇게 삼 일 동안 정도 4월에서 만든 거예요, 꼭 4월에서.

[조사자 1: 그러면 그때 해먹는 음식이나 또 그때 사람들이 모였을 때 하는 놀이나 이런 것도 있어요?] 있어요. 음식은 꼭 하는 거 아니고 그런데 그런 거는 불교 믿는 거. 그 이렇게 옛날에 사람이 이렇게 하늘에 사는 사람 어떻게 애기하세요? [조사자 1: 하늘에 사는 사람? 신?] 하늘에 사는 신. [조사자 1: 하느님.] 하느님은 곁에 딸이 일곱 개, 일곱 명 있어요. 그런데 그때는 하느님 돌아가시고 그래서 그다음이 제가 이렇게 애기하면 너무 오래돼요. 근데 처음부터 애기해 드릴게요. [조사자 1: 네네. 처음부터 애기해 주세요.]

그 옛날 옛적에 어떤 남자가 이름은 토머말. 토머말 이름은 토머말인데 그 사람은 되게 강해요. 너무 똑똑하고 다른 사람한테는 너무 그 사람을 전부 특별한 사람 생각해요. 어떤 특별함이냐면 다른 사람보다 똑똑하고 동물 말도 대화할 수 있는 정도예요. 그래서 그 사람이 무슨 행사 있으면 되게 그 행사는 만들고 그래서 이제 없는 사람들.

(장비 문제로 잠시 이야기를 중단했다가 다시 이어감.)

옛날 옛적에 한 남자가 이름은 토머말, 이름은 토머말인데 그 사

• 4월 13일부터 15일까지 삼 일 동안 열리는 새해맞이 축제이다. 한국에는 캄보디아 새해맞이 축제가 '쫄츠남'으로 널리 알려져 있고, 제보자가 표현한 '송끄란'은 태국의 새해맞이 축제로 알려져 있다.

람이 너무 똑똑하고 강하고 그래서 동물 말도 할 수 있는 거예요. 그래서 동네에서 사는 사람들은 그렇게 생각해요.

'이 사람이 나이도 적은데 이렇게 똑똑하고 동물 말도 잘 알고 있구나.'

그래서 동네 무슨 행사 있으면 그 사람이 다 만들어 주는 거예요. 무슨 문제에서도 그 사람한테 얘기하면 해결될 정도예요. 그래서 그 어느 날 그 사람이 너무 강해서 여러 사람 같이 알고 믿으니까 그래서 하느님이 위에서 그 소리 들었어요. 하느님 이름은 따 쁘롬 이렇게 불러요. [조사자 1: 따 쁘롬?] 네. 이름은 아니, 따 쁘롬은 요즘 이름인데 그때 이름은 깍발머하프롬 [조사자 1: 발머하프롬?] 깍발머하프롬 이렇게 불렀는데요 그래서 깍발머하프롬은 그 아까 말씀처럼 신에서 하늘에서 하느님 이렇게 왕의 하느님 이렇게 여기는 거예요.

그래서 하느님 이외 다른 밑에 있는 사람에게 얘기해.

"너는 가서 그 토머말한테 얘기해 봐. 내가 그 사람을 한번 만나고 싶어서. 그래서 그 사람이 만나면 우리가 대화하는 말 있고 퀴즈처럼 이렇게 맞추는 거야. 내가 퀴즈 내고 그 사람이 퀴즈 잘 맞추면 내 머리가 그 사람한테 잘라줄 거야. 근데 만약 그 사람이 내 퀴즈를 못 맞추면 내가 그 사람의 머리를 자르는 거야."

이렇게 얘기했거든요. [조사자 1: 내기가 돼버렸네요.] 네.

그래서 토머말이 이 소리 들어서 하느님한테 갔어요. 그래서 얘기 대회하고 대화 그 퀴즈 얘기하고 그래서 토머말 꼬마가 생각해서 지금은 그 퀴즈가 어떻게 됐는지 잘 몰라요. 그래서,

"깍발머하프롬한테 부탁해요. 제가 시간 좀 주세요. 칠 일 동안 제가 그 답을 맞춰드릴게요."

그래서 깍발머하프롬 답했어요.

"그래 니가 가서 잘 생각하고 다시 와요."

이렇게 얘기했어요.

그래서 토머말 꼬마 우리 지구 다시 와서 생각했는데 그거는 육 일 동안 계속 찾았는데 또 그 답이 못 맞췄어요. 그래서 어떻게 해야 되는지 생각하고,

'내가 가는 사람 여러 사람까지 생각 너무 똑똑하고 그런데 그 깍발머하프롬이 주는 퀴즈 내가 못 맞춰서 어떡하나? 내가 너무 창피해서 도망갈 거야, 이제 못 살아.'

그래서 그 토머말 꼬마가 멀리 가서 떠나서 생각하니까,

'내가 떠나면 먹을 거 없으면 죽어도 괜찮아. 여러 사람 앞에 죽으면 너무 창피해서 그냥 혼자 조용히 죽어야지.'

이렇게 생각하는 거예요.

그래서 또 떠나서 죽었는데, 그런데 너무 힘이 없어서 먹는 것도 못 먹고 그 밑에 있는 나무 앉았어요. 나무 밑에 앉았더니 갑자기 그 그거 독수리도 아닌데 그 동물에, 고기 먹는 동물, 나는 동물, [조사자 1: 나는 동물? 독수리?] 독수리 말고. [조사자 1: 그럼 까마귀?] 까마귀도 말고 독수리보다 더 커요. [조사자 1: 솔개?] [조사자 2: 독수리보다 더 커요?] 네, 고기 먹는 동물. [조사자 1: 나는 새?] 네, 나는 새. [조사자 1: 우린 독수리가 제일 큰 줄 알았는데.] [조사자 2: 한국에서는 독수리가 제일 큰데.] 제가 어떻게 하죠? 그걸. [조사자 1: 그거를 그럼 캄보디아어로 뭐라고 불러요?] 탐말랴 이렇게 불러요. 탐말랴. [조사자 1: 탐말야?] 탐말랴, 네. 그 새 이름은 캄보디아어로 탐말랴예요.

그래서 그 탐말랴 부부가 그 나무 위에 앉아서 얘기했어요.

"아유, 여보! 오늘 어디 안 가? 고기 찾아서 나 안 줘? 이렇게 배고픈데 우리 내일 뭐 먹고 살아. 왜 먹는 거 안 찾으러 가?"

이렇게 남편한테 얘기하는 거예요. 그래서 남편이 얘기했어요.

"아유, 걱정마! 내일은 토머말 꼬마가 죽을 거니까 우리 그 토머말 꼬마 고기 먹어도 돼."

"어? 왜 죽어?"

"응. 토머말 꼬마가 하프롬 퀴즈 못 맞춰서 그래서 죽는 거야."

이렇게 얘기하는 거예요.

"그런데 무슨 퀴즈예요? 여보 알아?"

"왜 나 몰라? 나 알지."

그런데 토머말 꼬마 밑에 듣고 있잖아요. 그래서,

"응. 그 퀴즈는 어떻게 하면 아침에 사람은 어떻게 복이 있어요?"

행복한 일 얘기하는 거예요. 캄보디아 말로 '세이라이' 이렇게 부르는 거예요.

"아침에 사람이 어떻게 복 받을 수 있어?"

"그 답은 아침에 사람은 머리 얼굴 세수하는 거 복이에요. 일어나자마자 머리 세수하는 거, 복 하는 거, 행복 나오는 거예요."

그래서 아침마다 사람이 와서 머리 세수 먼저 하는 거예요.

그래서 그다음 두 퀴즈는, 두 번째는 그 오후에 사람의 행복하는 거 어디서? 그 사람의 가슴인 거예요. 그래서 당시 너무 더워서 그 사람이 가슴에 이렇게 물 이렇게 씻어서 마음이 편하고 따뜻해 시원하는 거예요. [조사자 1: 그게 행복해지는 거예요?] 네, 그래서 행복해지는 거예요.

"세 번째 퀴즈는 그 처녀 밤 자기 전에는 사람이 어떻게 복 받을 수 있어?"

"그 발이에요. 발을 물에 깨끗하게 씻고 그래서 사람이 가서 자는 거 그거 복이에요. 그래서…"

[조사자 1: 세 번째 밤에 자기 전에 그 처녀는 뭘 해야 된다구요?] 발을 깨끗하게 씻어요. [조사자 1: 발?] 네네, 다리. [조사자 1: 다리.] 네네, 다리, 다리를 깨끗하게 씻는 거.

"그래서 자는 거, 복이야."

이렇게 얘기하는 거예요.

그래서 토머말 꼬마 그 처음부터 끝까지 잘 듣고 있어서 그래서 생각을 해요.

'어, 내가 이 퀴즈 잘 맞출 수 있구나.'

그래서 집에 들어갔어요.

내일 아침 그 깍발머하프롬한테 들어가서 그 퀴즈는 다 정답 했어요. 그래서 깍발머하프롬이가,

"어, 니가 참 똑똑한 사람이구나. 그러면 니가, 내가 머리에 너한테 잘라줄게."

이렇게 한 거예요.

이렇게 얘기하는 거 되게 좀 속상해요. 태국 사람, 캄보디아는

이거 들으면 속상해서 우는 사람도 있어요. 그래서 자랑하는데,

"근데 내가 잘랐기(자르기) 전에 내 공주님들, 공주님들 한번 만나고 싶어요."

그래서 공주님한테 얘기했어요.

"공주님. 우리 딸들."

이렇게 얘기했어요.

"내가 퀴즈 내는데 이제 퀴즈, 그 깍발머하프롬 퀴즈는 그 토머 말 꼬마 잘 맞춰서 그건 내가 머리가 잘라주는 거야."

근데 어떻게 특별한 거, 신 깍발머하프롬은 머리가 우리처럼 아니고 네 개 있어요. 얼굴이 네 개. 여기도 하나, 여기도 하나, 여기도 하나. 그래서 캄보디아 갈 때 앙코르 와트나 어느 캄보디아 가면 모양 만들어 놓은 돌 이렇게 네 개 얼굴 있어요. [조사자 1: 그 신의 모습을 형상을 한.] 네네. [조사자 1: 돌로 조각이 있어요?] 네.

그래서,

"그런데 내가 잘라준 머리는 조심해야 돼. 내 머리는 너무 강해요. 만약 내 머리가 땅에 던지면 그 땅이 불 계속 타니까 못 사는 거야, 사람들. 근데 만약 내 머리가 하늘, 맑은 하늘에 던지면 너무 비 안 나오는 거야. 사람들 또 못사는 거야."

[조사자 1: 비가 너무 많이 내려?] 비 안 와요. [조사자 1: 안 와, 너무 뜨거워서.] 네.

"근데 만약 내 머리가 바다에 던지면 바다가 없어져 버리는 거야."

[조사자 1: 다 말라버리는 거야?] 네, 다 말라버려요.

이렇게 해서 그래서 첫 번째 공주님과 내 머리가 그 쟁반? 캄보디아 쟁반은 우리 쟁반처럼 아니고 그 밑에는 [조사자 1: 다리 같은 거.] 네네, 이런 거 놓고 그래서 그 잠깐만요. 그 서메이로산, 서메이로산 여기 세 번 이렇게 어떻게지? (손짓을 하며) 이렇게, 이렇게. [조사자 1: 둥그렇게 이렇게 둘러요?] 아니아니. [조사자 1: 돌아야 해?] 네네. 세 번 돌아야 돼요, 산 이렇게 있잖아요. 그래서 세 번 이렇게 돌아서, 그래서 그 머리가 그 깔락 산, 이렇게 옛날에 이름 산이에요.

깔락 산 위에 놓는 거예요. 그래서 안전하게 계시는 거예요. [조사자 1: 그 머리를.] 네,

그래서 그 딸은 아빠 말씀처럼 다 해주고. 그래서 그때부터 우리나라에 설날 할 때 송끄란 이 얘기거든, 이 행동은. 송끄란 이렇게 불러오고 그래서 그 뜻으로 작년에 그 새해 이렇게처럼 새로운 거 받고 그 작년에 새로운 년에 나와서 이렇게 새로운 거 바뀌는 거 얘기하는 거예요. [조사자 1: 이렇게 새롭게 바뀌는 거 얘기하는 거예요?] 네, 새해에 우리처럼 새해에 이렇게 하는 거예요. 다 바꿔서.

그런데 일 년마다 그 공주님 일곱 명 있잖아요. 그러면 일 년마다 한 명, 한 명씩 이렇게 돌아서 바꿔 그 머리가 이제 이렇게 계속 [조사자 1: 돌아?] 네. 그 산에 돌아서 제자리 놓는 거예요.

[조사자 1: 그러면 지금도 공주들이 그렇게 한다고 믿고 있어요?] 네, 믿고 있고 그래서 캄보디아에서는 설날 때마다 공주님의 모습 사람이 이렇게 만들어서 텔레비전에 다 나와요. 아직도 믿어요, 사람들.

[조사자 1: 그럼 그 공주를 공주 역할을 할 사람을 이제 뽑는 거예요? 아니면 누군가를 이렇게 지명을 해요? 너 하라고 이렇게?] 뽑는 거예요. [조사자 1: 뽑는 거예요? 하겠다는 사람들 중에?] 네, 그래서 그런 것도 있어요. 왜냐면 그 공주마다 이름도 다르고 그래서 깍발머하프롬 얘기했어요.

월화수목 이렇게 [조사자 1: 칠 일.] 칠 일 또 있잖아요. 일주일 동안 만약 일요일 하면 공주님 이름이 똔사데위 [조사자 1: 똔사데위?] 네, 그것도 좀 중요해요. 똔사데위는 일요일 그래서 월요일 하면 꼬레략끼약데위 이렇게 되는 거예요. [조사자 1: 둘째가?] 네. 둘째가 월요일은 꼬레략끼약데위. [조사자 1: 꼬레략끼약데위 그게 둘째예요?] 네. 그래서 화요일 하면 리크지약사데위 그 머리가 돌리는 거. 그래서 수요일 하면 원띠여데위, 그래서 목요일 하면 께릭나위데위, 금요일 하면 깨미라데위, 그리고 새터데이 뭐지? 토요일 하면 메야하우데리얼데위. 이렇게 이름 따라서 계속 그날 따라서 일 년마다 그 무슨 요일 하면 그 공주님이 와서 그 머리가 돌아서 이렇게 제자리 놓는 거예요. [조사자 1: 일요일부터 토요일까지 이렇게 해서 일곱 명.] 네,

일주일 동안.

[조사자 1: 근데 머리가 원래 네 개였잖아요.] 얼굴만 네 개. 머리 네 개 아니고. [조사자 1: 아, 얼굴만.] 네. [조사자 1: 그러면 그 도는 머리는 얼굴 네 개인 그 쟁반으로 도는 거.] 쟁반, 네네. [조사자 1: 그러면 이 산이 어디에 있어요?] 산! 아 산이 돌으는 산은 베소매로는 지구의 가운데 있는데요. 근데 저 어딨는지 잘 모르지마는. [조사자 1: 어딨는지는 잘 모르고.] 네.

[조사자 1: 이 신이 그럼 다들, 캄보디아 분들이 막 이렇게 소원 같은 거 빌고 그래요?] 네네. 그 신이랑 공주님들 때문에 데리(고) 와서, 그 지구 와서 그 산에 돌리는 때문에 그래서 캄보디아 사람들 믿어서 그 신이 와서 그러면 우리가 행사, 문화처럼 이렇게 음식도 만들고 야채 음료수 이렇게 만들어서 집에 식탁 위에 놔서 그 신이 받는다는 얘기는 거예요. 그래서 그 새로운 매년마다 신이 와서 그 사람들 보여줘요. 우리나라 사람들 보여주는 거예요. 행복하게 해주고 나쁜 거, 보인 거 얘기는 거예요, 이렇게 믿어요.

[조사자 1: 그래서 그 삼 일 동안?] 삼 일 동안 그래서 삼 일 동안은 캄보디아 사람들 재미있게 놀고 우리 문화 노는 법처럼 뭐 연꽃 이렇게 우리 문화 연꽃 등불 아니면 밤에는 춤추는 거 이렇게. [조사자 1: 춤추는 거.] 네, 밤에. 문화 춤추는 거 이렇게 재밌게 노는 거예요. 집도 삼 일 먼저 츠남(年) 이렇게 얘기거든요? 먼저 츠남(年) 오기 전에는 길도 깨끗하게 씻고 옷도 예쁘고 만들고 입고 그래서 가족도 만나서 맛있는 음식 같이 먹고 이렇게 우리 한국처럼 설날 비슷해요.

[조사자 1: 이 신 이름이 말머하프럼?] 깍발머하프롬. [조사자 1: 사람들이 되게 마음 아파하고 속상해하는 거 때문에 신이 이제 목을 자르게 됐다는 거예요?] 네네. 그래서 공주님들 이렇게 그동안 일 년 동안 우리 잘 보여주고 감사하는 뜻으로도 있어요.

지상의 왕이 된 외삼촌과 앙코르 와트를 건축한 조카

● 구연정보

조사일시 : 2018. 01. 12(금) 오후
조사장소 : 강원도 인제군 인제읍 남북리 사회복지관 2층 교육실
제 보 자 : 킴나이키 [캄보디아, 여, 1991년생, 결혼이주 6년차]
조 사 자 : 박현숙, 김민수

● 구연상황

제보자가 〈인간과 목숨을 건 내기에서 패한 하늘신 깍발머하프롬〉 구연을 마친 뒤, 조사자가 캄보디아의 유명한 이야기에 대해 물었다. 제보자가 어떤 이야기가 듣고 싶냐고 반문해서 낑껑뱀 이야기를 아는지 물었더니 잘 모른다고 했다. 조사자가 〈냉겅리산〉 전설을 아느냐고 묻자 제보자는 그 이야기가 드라마로 제작됐다고 했으나 이야기 구연으로 이어지지는 못했다. 그때 제보자가 불쑥 앙코르 와트와 관련 이야기 구연을 시작했다. 이 이야기는 30여 분에 걸쳐 구연됐다.

● 줄거리

옛날에 늙도록 장가를 못 간 름셍이라는 남자가 살았다. 름셍은 부자에게 빌린 돈 6나인을 갚지 못해서 농사 경작과 꽃 재배하는 일을 했다. 하늘신 쁘레안의 딸 댑소다짠이 지상에 내려갔다가 름셍의 꽃 여섯 송이를 몰래 꺾은 벌로 름셍과 육 년간 살게 되었다. 름셍의 성실함과 댑소다짠의 옷 짓는 재주로 두 사람은 부자가 되었다. 댑소다짠은 아들 쁘리핫쁘스노우카를 낳아 키우다가 육 년째 되는 날 하늘로 돌아갔다. 한편, 따야가 숲속에 나무를 하러 갔다가 비가 와서 사당으로 피신하여 하늘신 쁘레안이 변한 닭들이 다투는 소리를 엿들었다. 따야는 제 몸을 먹는 자가 왕이 되고 다리를 먹는 자가 왕비가 된다고 말한 검은 닭을 잡아 와서, 우여곡절 끝에 아내 닝워엉과 함께 닭을 나눠 먹고 왕과 왕비가 되었다. 쁘레안이 지상에 자손을 두고 싶은 마음에 자식 없는 닝워엉이 산책할 때 하늘에서 초록 빛줄기로 내려와 닝워엉에게 꽃목걸이를 걸어주었다. 그 후 닝워엉이 임신하여 왕자 쁘리핫게미리어를 낳았다.

한편, 선녀 댑소다짠의 아들 쁘리핫쁘스노우카는 어머니를 그리워하다가 아버지 름셍에게서 어머니 존재를 확인하고 어머니를 찾아 떠났다. 쁘리핫쁘스노우카는 어렵사리 어머니 댑소다짠을 만나서 하늘로 올라간 뒤 하늘에서 그림 실력을 인정받고 여러 건축기술을 배웠다. 그리고 쁘레안은 지상으로 내려가 꽃목걸이로 닝워엉을 임신시켜 낳은 아들 쁘리핫게미리어를 하늘로 데려와 함께 시간으로 보내며 잘 키웠다. 그런 뒤 아들 쁘리핫게미리어과 외손주 쁘리핫쁘스노우카를 지상으로 내려보냈다. 외삼촌 쁘리핫게미리어는 왕위를 물려받았고 조카 쁘리핫쁘스노우카는 앙코르 와트를 지었다. 그리고 쁘리핫쁘스노우카는 왕이 된 쁘리핫게미리어에게 쇠를 받아서 얇고 예리한 칼을 만들어 주었는데, 왕은 칼이 작다고 쁘리핫쁘스노우카를 책망했다. 쁘리핫쁘스노우카가 화가 나서 칼을 도로 챙기자 칼을 놓아두었던 식탁이 소리없이 갈라졌다. 왕이 뒤늦게 칼을 달라고 했지만 쁘리핫쁘스노우카는 칼을 바다에 던져버리고 고향으로 돌아갔다.

그 옛날 옛적에 아마 육백 년에, 육백 년 전에 아니고 [조사자 1: 몇백 년?] [조사자 2: 육백 년.] 지금은 2017년이잖아요? 근데 그때는 육백 년이에요. 어떤 남자가, 오십 대 남자 이름이 름셍 이렇게 불러요. 그 사람이 중국에서 살아요, 상하이 도시에서.

살고 있는데 근데 너무 돈 없어요. 못 살 정도이고 그래서 부자인 집 가서 돈을 빌렸어요. 그때 돈은 이렇게 불러요. 한 한 나인, 두 나인? 이렇게 불러요. 그래서 6나인 빌렸어요. 그래서 근데 갚을 돈 없어서 그냥 이 집 일 해 주는 거 시키는 대로 하고 있어요. [조사자 1: 그러니까 돈을 빌렸는데 갚을 능력이 안 돼서 일을 대신하는 거예요?] 네, 돈 갚는 대신 그 집에서 일하는 거예요.

그런데 그 어떻게 그 부자하는 집에 되게 너무 좋은 사람 아니에요. 되게 막 일 시키는 거예요.

"여기 일 해요, 여기 일 해요."

하는 거예요.

그래서 아무것도 안 주고 그냥 밥만 주는 거예요. 하루 세 번 밥만 주는 거예요. 그래서 름셍 아저씨한테 얘기했어요.

"니가 가서 그 강 앞에 우리 땅 있잖아. 그거 농사해. 잘해, 잘 안 하면 밥 안 줘."

이런 얘기 하는 거예요.

그래서 름셍 가서 그 풀 이런 거 다 잘라버리고 그래서 뭐 야채나 벼 쌀이나 이렇게 키워서 그래서 부잣집한테 보내드리는 거예요. 그래서 남은 땅 그 예쁜 꽃 심어서? [조사자 1: 심어서.] 꽃을 심어서 그래서 예쁘게 이렇게 너무 예뻐서 그래서 향기가 또 너무 좋아요. 그 아저씨가 꽃도 좋으니까.

그래서 그 어느 날 아까 신의 공주님 또 얘기했는데, 그런데 다른 공주님. 신의 공주님과 다섯 명이 내려와서 산책 같은 거 와서 산책하는 그런데 갑자기 그 꽃 봐서 그 꽃잎 구경하고 싶어서 내려오는 거예요. [조사자 1: 아, 향이 너무 좋아서?] 네, 향이 너무 좋아서.

그런데 네 명 다른 공주님은 가서 다른 꽃 구경하는데 근데 한 명 공주님과 이름이 댑소다짠 [조사자 1: 댑소다짠?] 네, 댑소다짠. 그 공주님과 그 꽃을 보고 되게 향기도 너무 맘에 들어하는 거예요. 그래서 여섯 송이 꽃을 땄어요.

땄었는데 그래서 그 아빠, 하느님 아빠가 [조사자 1: 왕?] 왕. 아까 비슷한 거? 그 하느님이 집에 들어갔어요. 그런데 갑자기 아빠가 봤어요.

"너 왜 이렇게 이 꽃 땄어? 주인 허락도 없는데 왜 이렇게 꽃 딴 거야? 그거 너 잘못한 거야. 네 사람도 아닌데 그거 너 잘못한 거니까 너가 지금 가서 꽃 심은 사람이랑 같이 사는 거야, 6년 동안."

[조사자 1: 아, 여섯 송이를 꺾었으니까?] 네, 여섯 송이. 그래서 그 사람이 너무 속상해서 그 공주님이,

'내가 왜 이렇게 해서 지금 잘 살고 있는데.'

지구 가서 고생하는 거, 가는 거 되게 너무 싫어서 그런데 갈 수밖에 없으니까 그냥 갔어요. 가서 름셍 아저씨한테 얘기했어요. 처음부터 끝까지 아빠가 이렇게,

"내가 당신 꽃 여섯 송이 땄는데 그래서 당신 6년 동안 같이 사는 거예요."

그래서 름셍 아저씨가 얘기했어요.

“아니, 내가 돈도 없고 혼자 사는 것도 못사는데 당신 너무 예쁘고 똑똑한 사람처럼 보이는데 나 같이 살면 고생하는 거예요. 같이 살지 말아요.”

이렇게 얘기했어요. 그래서 댑소다짠 공주님이 얘기했어요.

“아, 괜찮아요. 그런데 당신 나 안 받으면 우리 아빠가 나 못 데려가는 거예요. 꼭 나 여기 살아야 돼.”

해서 할 수 없어서 름셍 아저씨가 댑소다짠 공주와 같이 살았어요.

그런데 댑소다짠 하늘에 사니까 그럼 능력이 좀 높죠? [조사자 1: 응.] 그래서 그 처음에는 아저씨의 마음에 되게 안 들었지만 시간 지나서 그 아저씨가 너무 열심히 일하고 마음도 착하고 이렇게 너무 불쌍해요.

‘왜 이렇게 사람이 착한데 왜 이렇게 힘들게 살아요.’

하고 생각하고. 그래서 그 름셍 아저씨도 그 공주님한테도 사랑에 빠졌어요. 이렇게 된 거예요.

그래서 그 공주님과 름셍 아저씨 얘기해서,

“당신은 그 부잣집과 6나인. 아까 우리 얘기처럼 6나인 빌렸잖아. 혼자 그 집 위해서 일했잖아요. 그런데 내가 이제 한 명 또 들어오잖아. 그러면 여자니까 4나인 더 빌려와. 그러면 내가 그 돈을 어떻게 만들어서 우리가 좀 편하게 살자.”

이렇게 생각하는 거예요.

그래서 름셍 아저씨가 그 돈을 빌려왔어요. 그래서 그 공주님과 름셍 아저씨가 얘기해가지고 시장 가서 치마 만드는 실, 캄보디아어로 ‘서웃’ 이렇게 부르거든요? [조사자 1: 서웃?] 서옷. 치마 만드는 실 서옷 이렇게 불러서 사 와서 치마 만들고 그런데 지구 있는 사는 사람들 치마 만들면 그냥 이렇게 치마만 만들거든요?

근데 공주님은 되게 치마가 여러 가지 그림이 그려서 그래서 손으로 이렇게 실을 [조사자 1: 수를 놓는다는 거죠?] 네네. 이렇게 만드는 거 나무나 꽃 이렇게 만드는 거 그래서 대부분 사람들 너무 좋아요. 너무 잘 만드니까 그래서 그 공주님과 름셍 아저씨에게 옷이 치마가 다 만들어지니까 처음에는 부잣집 가서 드려요, 우리 돈 필요하니까. 그래서 많은 치마가 그 부잣집 가서 드리는 거예요. 그런데 부잣집은 깜짝 놀랐어요.

"어떻게 이렇게 예쁜 거, 잘 만드는 거 누구도 한 번도 못 본 *이야. 그래서 그러면 니가 내가 빌려주는 돈 갚지 말고."

그래서 돈 더 주는 거예요.

그래서 그때부터 그 부잣집 사람이 보내서 그 어떻게 예쁜 치마 어떻게 만드는지 공주님한테 배우는 거예요. 그런데 배워서 그때부터 같이 만들고 사람도 가르쳐줘서 많은 사람도 또 큼셍 아저씨가 또 많이 알고 또 공주님도 많이 알고 그래서 큼셍 아저씨도 좀 돈 있어서 잘 살고 있었는 거예요.

그래서 한 2년 후에는 둘이 아들 한 명 낳았어요. 그 아들 너무 똑똑하고 공주님처럼 똑똑하고 너무 강한 거예요. 그래서 아들이 되게 너무 장난꾸러기? 이렇게 얘기하나 한국말로? [조사자 1: 장난꾸러기?] 네. 1분 쉬는 시간 없어. 계속 기어 다니는 거예요. 그래서 그 공주님이 아들 너무 귀여워서 이름을 불렀어요. 이름이 쁘리핫쁘스노우카 이렇게 부르는 거예요.

쁘리핫쁘스노우카 이렇게 불러서 그래서 아들과 같이 잘 들어가더니 공주님 6년 동안 사는 지구가 시간 지났어요. 그래서 그 하늘에 가서 아빠랑 같이 살아야 돼요. 그래서 남편 얘기하면 너무 속상하잖아요. 그래서 꽃을 여섯 송이 따서 그 방에 머리 베개 위에 놓았어요. 그래서 그 나라 위에 날아갔어요. 그래서 점심시간 되어서 남편 밥 준비 다하고 부인 불렀는데 안 오는 거예요. 그래서,

"댑소다짠 어디 갔지?"

그런데 방에 가서 그 꽃 여섯 송이 침대 위에 있는 거 알고서

"아, 내 사랑은 여기 자리대로 갔구나."

이렇게 생각했어요. 그래서 여기까지 끝.

아니에요. 그래서 그 애가 쁘리핫쁘스노우카가 다섯 살이잖아요. 엄마 가니까 너무 보고싶은 거야. 계속 울어. 아빠랑 울고 밥도 못 먹고 계속 우는 거예요. 그래서 그 둘이서 하는 얘기 끝나고 다른

시작해요.

(한편) 그 숲속에서 어떤 아저씨가 가서 그 나무 잘라서 그 나 집에 데려와서 불 만들어서 음식이나 밥 만들어 먹거든요. 그 우리 나라 전에 뭐 가스레인지 이런 거 없었거든요. 그랬는데 갑자기 비가 많이 왔어요. 그래서 비가 많이 오니까 그 조금 집 같은 거 그런데 우리나라는 조금 이렇게 집 있는 거 그래서 어떤 모양 한 사람이 만들고 이렇게 소원 비는 거 이렇게 있어요. [조사자 1: 사당 같은 거?] 네네. 그래서 비 오니까 여기 가서 비 피하는 거예요.

그런데 아까 공주님 아빠 이름은 '쁘레안' 왕의 신들이 쁘레안. 쁘레안이 와서 변신하는 거예요. 닭 변신 만들었어요. [조사자 1: 닭?] 닭으로, 닭 변신했는데 닭 두 마리 변신했어요. 하얀 닭, 까만 닭. 그래서 그 같이 아저씨 비 피하는 그 조금 제사 같은 거 지내는 데로 가서 한 까만 닭은 집 안에 들어가서 비 피하고 하얀 닭집 위에. [조사자 1: 아까 지어놓은 사당 지붕 위로 올라갔어요?] 네네. 지붕 위. 그래서 이렇게 까만 닭이 얘기했어요.

"너는 누구야? 왜 이렇게 남의 머리 위에서 이렇게 먹고 있는 거야?"

하얀 닭한테 얘기한 거야. 그래서,

"나는 너무 강한 닭이야. 누구나 내 몸, 내 고기가 먹으면 왕이 될 수 있는 거야."

이렇게 얘기하는 거야. 그래서,

"너. 너만 얘기하는 거야?"

까만 닭도 대답했어요.

"나는 내 머리 먹으면, 사람이 내 머리 먹으면 그 사람이 강한 스님, 왕의 스님 되는 거야. 만약 내 다리 먹으면 그 사람이 왕의 부인. [조사자 1: 왕비.] 네. 왕비마마. 왕비마마 되고 내 가슴살 먹으면 왕이 되는 사람 할 거야."

그다음에 하얀 닭 날아갔어요. 그래서 까만 닭은 그냥 가만히 있어서 그 사람 아저씨 같이 피하는 비가 잡아서 죽어버려서 부인한테 처음부터 끝까지 얘기하고 그 음식 만드는 거예요, 삶아서. 그런데 부인한테 남편은 얘기했어요.

"여보! 우리가 이 고기 먹으면 우리가 왕 되는 거야. 근데 우리가 옷도 예쁘지 않고 몸도 깨끗하지 않네. 그럼 우리 강에 가서 깨끗하게 목욕하고 그래서 그 고기 먹으면 되게 더 마음이 기쁠 거야."

이렇게 생각해요. 그래서 그 닭을 쟁반에 놓고 그 강 아니면 호수? [조사자 1: 강.] 호수 같은 강? 이렇게 (웃음) 앞에서 놓고 둘이는 물 안에 가서 재밌게 목욕하고 있는 거예요. 그런데 그 물이 계속 나오는 거예요. 그래서 닭이 물에 같이 흘러갔어요. 그래서 두 부부가 와서

"어머, 내 닭 어딨지? 내가 왕 되는 닭 누구 내 닭 이렇게 먹어?"

이렇게 엄청 많이 욕해줬어요. 그래서 그 어떤 아저씨의 이름은 따아. 그 아저씨가 코끼리 키우는 거예요. 그래서 코끼리 데리고 와서 물 이렇게 깨끗이 씻었거든요? 그런데 갑자기 그 닭을 봤어요. 그 닭이 그 사람이 왕 될 사람이니까 그 닭이 계속 아저씨한테 오는 거예요.

요리해 논 닭이 그래서 그 아저씨 자꾸,

"아유, 고기네. 근데 어떻게 먹지?"

그래서 스님한테 갖다줬어요. 스님한테 갖다줬는데 근데 그 스님은, 뭐 스님이니까 우리보다 조금 아시죠. 닭을 보고 알고 있어요.

'오! 그 닭은 보통 닭 아니구나. 머리 먹으면 배는 쁘레안 말씀처럼? 이렇게. 오! 그러면 내가 머리만 먹겠다.'

그래서 머리 잘라서 먹은 거예요. 그래서 다리는 그 부인. 부인 따아 아저씨 부인 이름은 워엉, 이렇게 이름이에요. 닝워엉. 이렇게 [조사자 1: 닝워엉] 네, 그래서 그 다리는 닝워엉에게 주고 닭가슴살은 따아 아저씨한테 준 거예요. 그래서 다 먹었어요. 다 먹었고 그래서 그 나라에 왕이 돌아가셨어요. 근데 왕 아들도 없어요. 그러면 누구 다음 왕 못하고 그래서 사람은 왕의 다음 사람이잖아요. [조사자 1: 왕자?] 왕자 말고 [조사자 1: 돌아가신 왕 다음에 될 사람?] 아뇨. 다음에 될 사람 말고. [조사자 1: 그러면 신하?] 다음에 될 사람 없고 그냥 일하는 사람들. [조사자 1: 신하, 신하.] 네, 신하들. 이렇게 생각해요.

'우리는, 우리나라는 그런데 왕 없어 어떻게 살 수 있어. 그러면 우리가 그냥 소원 빌고 하느님이 도와주고, 소원 빌고 코끼리가 소원 빌어주고 그 코끼리가 오는 사람이 왕 되고 하면 그 사람 앞에서 무릎 꿇고 그 사람 데려오는 거야.'

이렇게 생각해요. 그래서 그 코끼리 한 마리가 버리고 그 코끼리 알아서 찾아오는 거예요. 그래서 코끼리가 걸어가서 워엉 아저씨 워엉가랑 따아, 워엉, 아니 따아 아저씨랑 닝워엉 앞에서 이렇게 무릎 꿇고 있는 거예요. 그래서 데려가서 그 왕국에 갔어요. 그래서 그때부터 그 아저씨가 왕 되는 거예요.

그래서 우리나라는 사람이 처음부터 이름 모르지만 왕 됐으면 다른 이름 부르는 거예요. 그래서 그 아저씨 따아 아저씨 이름은 '떼웡엇쟈' 이렇게 불렀어요. 떼웡엇쟈. 이렇게 부르고 그래서 부인이랑 같이 행복하게 살았는데 그때 아들이나 딸 한 명도 못 낳았어요. [조사자 1: 자식이 없었어요?] 네.

자식 없고 그래서 하느님 아까 왕의 님 이름 뭐죠? 깜빡했네요. [조사자 1: 뿌랏? 쁘레안?] 쁘레안, 쁘레안 생각했는데요,

'어머 지구 위에는 만약 내 새끼 내 피 이렇게 있으면 내 새끼 태어나면 참 좋아.'

생각하다 하늘에 내가 있고 지구에는 내 아들이나 딸 있으면 되게 관계 있잖아요. [조사자 1: 좋은 관계가 있다고?] 네네. 그렇게 생각하고 그래서 지구 내려왔어요, 그 밤중에.

그때는 닝워엉, 따아 아저씨 부인과 그 빈궁마마? [조사자 1; 왕비마마.] 왕비마마 이렇게 데리고 밖에 나왔어요, 그 산책하니까. 잠깐 밖에 나왔는데 갑자기 초록 이렇게 초록빛. 하늘에 초록빛 내려왔어요. 그래서 대부분 다 이렇게 못 봤는데 근데 그 닝워엉은 보고 있는 거예요. 그래서 갑자기 그 빛이 내리는 꽃송이. 꽃송이 아니고 이렇게 꽃송이 맞아요? [조사자 1: 아 꽃으로 만들어서 목걸이 만든 거?] 네네. 목걸이 그거 어떻게 불러요? 꽃걸이? 꽃목걸이? [조사자 1: 꽃목걸이.] 네, 꽃목걸이 이렇게 향기도 좋고 이렇게 위에 끼워주는데 그래서 시간 지나서 그 닝워엉이 이렇게 임신했어요.

그래서 아들 한 명 태어났는데 그 아들 이름은 쁘리핫게미리어. 쁘리핫게미리어 이름이에요. 쁘리핫게미리어는 무슨 뜻하면 그때는 꽃 내려오는 빛이 그래서 '빛의 꽃' 이렇게 얘기하는 거예요. [조사자 1: 비취?] 빛, 빛 그때는 빛 나왔으니까. '빛의 꽃' 이렇게 되는 거예요. [조사자 1: 빛의 꽃.] 그래서 이렇게 끝났고.

이 이야기 시작 전에 쁘리핫쁘스노우카가 댑소다짠 아들이잖아요. 엄마 너무 보고 싶어서요, 계속 울고 그래서 아빠한테 물어봤어요.

"아빠 내 엄마 누구야? 왜 이렇게 우리한테 안 돌아오는 거야?"

이렇게 얘기를 해서 아빠가 얘기했어요.

"어, 우리 아들이 엄마가 하늘에서 사는 공주님이야. 그래서 내 꽃 여섯 송이 이렇게 땄으니까 그래서 지구 와서 육 년 동안 살지만 이제 시간 지나서 하늘 가서 사는 거야. 그래서 못 돌아오는 거야."

그래서 아들 너무 울고,

"그러면 내가 올라가서 엄마 찾아올 거야."

이렇게 얘기한 거예요. 아빠가,

"가지마! 가도 안 올 거야."

이렇게.

"네 엄마가 하늘 얼만큼 높이. 얼만큼 큰데 네가 어떻게 찾을 수 있어."

이래도,

"안 돼. 내가 가서 찾을 거야."

그래서 아빠 떠나서 그냥 찾아서 갔어요.

그래서 멀리 찾아서 어떤 그날에 찾았는데 배고프면 열매 나무 그냥 먹고. 옷도 그냥 망가져서 이렇게 막 나무로 만들어서 입고 있는 거예요. 근데 갑자기 어떤 여자들 일곱 명 봤어요. 여섯 명? 일곱 명? 이렇게나 일곱 명 이렇게 생각해요. (웃음) 일곱 명 보고 그래서,

'아이고, 왜 여기 여자 일곱 명이 있지? 그런데 내가 그동안 걸어오는데 한 명 사람도 못 봤어. 그런데 나처럼 옷도 더럽고 먹을 것도 못 먹는데 그 사람들은 왜 이렇게 옷도 예쁘게 입은 거야?'

그래서,

'그 사람이 절대 사람 아니야. 하늘에서 사는 사람이다.'

생각했어요.

그래서 소원 빌어요. 소원을 어떻게 비냐면,

'내가 소원 있어요. 만약 그쪽에 공주님과 내 엄마 있으면 못 날아가요. 그런데 내 엄마 아니면 빨리 지금 날아가요.'

그래서 여섯 명 공주님은 빨리 날아갔어요. [조사자 1: (웃으며) 아니니깐.] 네.

그래서 댑소다짠 공주님이 못 날아가는 거예요. 그 물 안에 목욕하고 있으니까 강에 물 안에 있는 거예요. 그래서 그 쁘리핫쁘스노우카가 생각했어요.

'저기 내 엄마구나. 엄마를 찾았어.'

그래서 가서 엄마를 안았고, 이렇게 너무 보고 싶은 마음에 급해서 엄마를 가서 안았어요. 그런데 시간 너무 지나서 엄마가 아들 몰라요. 얼굴 변했으니까, 내 아들도 모르니까 그래서,

'무슨 나도 잘못 했는 거, 이런 남자 나한테 안 와주고 내가 6년 동안 얼만큼 고생하고 지구에서 사는데 지구에서 무슨 일 하는 거야?'

그래서 아들이 얘기했어요.

"엄마 나, 나 쁘리핫쁘스노우카. 이렇게 엄마 아들, 아빠가 엄마 너무 보고싶어서 밥도 못먹어 매일 우울하고 울고 있는 거예요. 엄마 왜 돌아가지 않는 거야?"

그래서 엄마가 아들하고 서로 안아주는 거예요.

"엄마 미안해. 그런데 엄마가 사람 아니니까 그래서 지구에 못 사는 거야. 오래 못 사는 거야. 그래서 꼭 돌아가는데 네 엄마 아빠 그래서 다른 사람도 행복하게 빌었기 때문에 엄마가 쁘레안한테 매일 빌어주는 거야. 부탁해. 네 아빠가 너랑 행복하게 사는 거야."

얘기했어요. 그래서 그때부터,

"그러면 니가 엄마 사는 자리가 한번 올라가."

그래서 가서 예쁜 강에 그 강에 목욕하면 몸이 깨끗하고 이렇게 되는 거예요.

'목욕해주고 그래서 예쁜 옷 입혀주고 내 아빠 만나러 같이 가요.'

이렇게 생각하는 거예요. 그래서 엄마랑 아들이랑 데려가서 하늘에 갔는데 그래서 목욕도 하고 옷 입고 아빠[•]한테 만나러 가는데, 근데 처음에는 기쁘지만 할아버지 만나니까 좀 떨려요. 그래서 할아버지가 딸한테 물어봤어요.

"누구야? 왜 너 다른 사람 데려오는 거야?"

이렇게 큰소리하는 거예요.

"그거 제 아들이에요. 이름은 쁘리핫쁘스노우카."

이렇게 얘기해주고,

"그렇구나."

그래서,

"그럼 너 그냥 가."

이 사람이 여기서 내가 뭐 꼼꼼히 물어보는 거예요. 그래서 그 대화하고 그래서 뭐 지구 어떻게 하는 사람 어떻게 살고 그래서 뭐 사람이 어떻게 예쁘게 사는 거. 지구 어떻게 예쁘게 나오는 거 알고 싶어서 그래서 그 둘이는 서로 얘기하니까 되게 잘 맞는 거예요.

그래서 할아버지도 그 손주가 너무 좋은 거예요. 그래서,

"그러면 니가, 사람 니가 우리 사는 자리에 오래 못 살아. 꼭 지구 가서 사는데 니가."

엄마가 가기 전에 얘기해서 아이가 너무 똑똑한 아이인 거예요. 그 애기 때는 그냥 땅에 그림 그리는 거 막 그려서 예쁘게 그리고 다른 사람들은 많이 칭찬 많이 받았어요. 너무 똑똑해서.

"애기인데 이렇게 그림 그릴 수 있어요? 예쁘게 그러면 니가 신 하늘에서 사는 신에게 배워요."

어떻게 배우면 여러 가지 그림 그리는 거, 뭐 모양 만드는 거 뭐 그리고 뭐 빌딩같은 거 만드는 거 우리 아파트 빌딩 말고 앙코르 와트 같은 거. 어떻게 불러요, 그거? [조사자 1: 탑(사원)?] 탑 그거 이렇게 배우는 거예요. 그래서 이렇게 가서 그 신한테 많이 배웠어요.

그런데 너무 똑똑해서 가르쳐 준 만큼 더 잘 배웠어요. 그런데

• 댑소다짠의 아버지 쁘레안을 의미한다.

그 사람이 어떻게 강하면 그 펜 우리나라 펜은 옛날에는 펜 없으니까 그냥 바다에 있는 껍질? [조사자 1: 조개?] 네, 조개. 그 조개는 만들어서 펜 만드는 거예요. 그런데 그 뭐 만들면 탑 만들면, 그 펜만 빨으면 그 탑을 땅에 만들잖아요, 흙? 진흙? 이렇게 만들어서 펜 빨으면 돌 생기는 거예요. 흙에 돌 변신하는 거예요. [조사자 1: 돌로 바뀌어요?] 네, 돌로 바뀌요. 그래서 그 사람이 많이 배웠어. 이렇게 끝하고.

그 쁘레안, 아들 이렇게 생각하는 거예요.

'그러면 내가 한번 지구 가서 보겠다.'

이렇게 생각하는 거예요. 그래서 쁘레안과 그 지구가 가서 보는 거예요. 그 왕국에서 가서 그 왕의 보여주는 거예요. 그래서 왕이 봐서,

"오! 알고 있어. 여기 쁘레안이구나."

이렇게 해서 인사하고

"안녕하세요. 여기 왜 오셨습니까?"

이렇게 불러서,

"내가 우리 아들 찾으러 왔어요."

그래서,

"쁘레안 아들 이 지구에 살아요?"

"응. 내 아들 여기 살아요. 너 기억나니? 닝워엉이 임신한 거. 그 임신 전에 꽃송이가 이렇게 목걸이처럼 끼워졌잖아. 그게 내 아들이야."

'오, 알고 있구나.'

그래서 아들 이름이 아까 이름 뭐지? [조사자 1: 쁘리핫게미리어.] 쁘리핫게미리어 불러왔어요. 그래서 쁘리핫게미리어 불러와서 얘기했어요.

"여기 니 아빠야."

얘기해서 쁘레안보고 쁘리핫게미리어가 그 하느님의 하늘에 데려갔어요. 데려가서 그 강에 몰리는 강에 그거는 목욕하면 되게 몸이 깨끗하고 마음도 그래서 오래 살 수 있는 거예요. 그때 사람 사는 거 되게 몇 년 동안 못 살고 죽고 그러니까 내 아들이니까 잘 키운 거예요. 그래서 그 아들과 그 칠 일 동안 물 안에 목욕하는 거예

요. 하루 일곱 번. 칠 일 동안 하루 일곱 번. [조사자 1: 그러니까 하루 일곱 번? 칠 일 동안 하루 일곱 번 목욕한 거예요?] 네. 네네. 그래서 이렇게 목욕하면 그 아이가 그 건강하고 이렇게 나이도 백같이 일하게 살 수 있으니까.

그래서 쁘레안 방에 가서 그 다른 사람 일곱 명 불러와서 그 아이가 이렇게 소원 빌어주는 이렇게 잘 살고 건강하게 오래오래 사는 얘기한 거예요. 그래서 이렇게 해가지고 다했고 그래서 아빠가 이렇게 얘기했어요. 쁘레안과 이렇게 니가 이렇게 옛날에 뭐 신데렐라 타는 [조사자 1: 마차?] 마차 그것처럼 이렇게처럼 이렇게 타고 그래서 그 하늘에 있는 탑. 빌딩 같은 거 이렇게 보고 내 마음에 들어오는 거 하나 골라와 이렇게 얘기한 거예요. 그래서 탑 타고 이렇게 보고 있는 거예요. [조사자 1: 마차 타고 이렇게 고를 거 보는 거예요?] 네네.

그래서 보는데 너무 예쁜 거예요. 뭐 매직이니까 같은 거 이렇게, 이렇게 만들 수 있으니까 머리처럼 이렇게 직접 만지지 않으니까 그래서 그 아들이 갑자기 가서 그 소 키우는 집? [조사자 1: 소 키우는 집?] 네. 그 소 키우는 집 보고,

'오, 저기 우리집 왜 이렇게 예뻐?'

이 생각 했는데 그래서 아빠한테 가서 아빠한테, 쁘레안한테 물어봤어요.

"너, 어떻게 어느 빌딩 탑이나 이렇게 좋은 거 있으면 얘기해 봐. 내가 사람이 밑에 있는 사람 불러서 너한테 만들어주는 거야."

이런 얘기한 거예요.

근데 그 아이가 지금은 열두 살인 거예요. 아직 처음 만나는 아빠한테 불안하고 무섭고 그래서 생각해요. 만약 내가 너무 예쁘게 고르면 아빠집보다 더 예쁘면 아빠가 서운하잖아요. 근데 너무 약하면 또 안 되잖아요. 그래서,

"신혼 살림집•보다 조금 예쁘게 만들면 좋겠다."

• 제보자가 구연 당시에는 신혼 살림집이라고 표현했으나 조사자의 요청으로 자료를 검수하는 과정에서 소 외양간이라고 정정했다.

고 얘기했어요.

그래서 쁘리핫쁘스노우카가 잘 만들잖아요. 그런 거 배워도 다 배웠는데 쁘리핫쁘스노우카랑 쁘레안 아들 쁘리핫게미리어 이렇게 같이 그 마차를 타고 이렇게 내려왔어요, 지구가. 쁘리핫쁘스노우카가 이렇게 그 말씀대로 만들어주는 거예요. 그래서 앙코르 와트는 탑(사원)이잖아요.● 우리집처럼 강하게 이렇게 탑이잖아요. 그런데 그거는 가운데 벽 하나도 없어요. 왜냐면 탑 타고 이렇게 만드는 거 신기한 거예요. 그래서 만들었는데 잘 만들어졌어요. 그런데 그 흙만 만들어 처음에 흙만 이렇게 그림 그렸고 흙 붙이고 그래서 모양 이렇게 만드는 거예요, 그 앙코르 와트는. 그런데 돌 아니잖아요.

그런데 쁘리핫쁘스노우카가 그 바다에 가서 조개 찾으러 간대요. 조개 찾으려면 조개가 섞어서 물 타고서 섞으면 그 뱀, 뱀처럼 이렇게 만들어요, 우리나라 전에. 이렇게 벽에 바르면 그 흙에 만드는 탑들은 돌 생기기 변신하는 거예요.●● 그래도 가는데 태풍 있어서, 그 강에 그 바다 태풍 있어서 그 조개가 찾아왔는데, 많이 찾아왔는데, 그런데 그 바다가 뒤집어, 이렇게 해일 그래서 많은 조개가 이렇게 버렸어요. [조사자 1: 버려졌어요?] 네. 왜냐면 살으니까 살고 싶으니까 그냥 조개 버리고. 그래서 조개 버리는 자리가 사무라 홍산 이렇게 섬라웅사인(쓰럭껌뽕랭) 이렇게 버렸어요. 그래서 그 조개 아직까지도 남아있어, 엄청 많은 거, 엄청 많은 거. 그래서 살림 사는 사람들은 그쪽에 필요하면 그쪽에 가서 필요하면 그쪽 가서 찾아와서 만드는, 맘대로 만드는 거예요, 너무 많아서 몇 해 이렇게 [조사자 1: 아직도 많은 거예요?] 네, 아직도 많은 거예요.

그래서 두 번 갔어요. 한번은 태풍 만나니까 성공 못 하니까 두 번 가서 그래서 많이 모아서 이렇게 펜 만들고, 모두 펜 만들고. 빨

● 제보자는 자료 검수 과정에서 쁘리핫쁘스노우카가 진흙으로 기둥 없이 앙코르 와트를 만들었다고 추가로 설명했다.

●● 제보자는 검수 과정에서 조개를 태워서 낸 조개 가루와 땅에 뿌리면 돌이 되는 물을 섞어서 벽에 바르면 돌이 되기 때문에 조개를 찾으러 가는 것이라고 추가로 설명했다.

라서 이렇게 앙코르 와트 예쁘게 뭐 색칠하고 그림도 그리고 이렇게 예쁘게 나왔어요.

그래서 그다음에는 쁘리핫게미리어 왕이니까 시켜야 되는 거예요. 한국 하면 둘이 어떤 사이예요? 아빠의 아들, 딸의 아들. [조사자 1: 손주(외숙질).] 손주, 손주예요? 둘 이상. 아빠의 아들딸의 아들. [조사자 1: 고모(외삼촌) 조카 이렇게 될 거 같아요.] 그 사이일 것 같아요.

그래서 그다음에는 그 앙코르 와트● 다 만들었어요. 이렇게 되면 앙코르 와트 다 만들고 그런데 쁘리핫게미리어가 앉았다가 이렇게 앙코르 와트 한 탑에 되게 쭉 아니고 되게 조금 기울어. [조사자 1: 기울어졌어요?] 네네. 기울었는데 쪼금만. 그래서 쁘리핫쁘스노우카가한테 말했어요.

"야! 그거 왜 이렇게 똑바로 안 하는 거야. 조금 어떻게 해?"

이렇게 하는 거예요.

그래서 쁘리핫쁘스노우카가 말씀했어요. 그냥 어떤 여자가 가서, 가서 야채 이름 한국 모르지만 야채에는 이름이 클을록(조롱박) 이렇게 해요. 클을록은 우리 호박 비슷해요. 근데 호박보다 조금 커요. 그래서 조금 커서 가서 탑의 위에 가서 두드리면 그 탑이 똑바로 서는 거예요. 그래서 쁘리핫게미리어가 화났어.

"잉? 무슨 이렇게 말해도 다 터는데 어떻게 두드려하면 이렇게 쭉 펴 할 수 있어? 너 쓸데 없는 소리구나!"

이렇게 얘기했어요. 그래서 쁘리핫쁘스노우카가 생각했어요.

'내가 얘기 진짜 하면 지도(자기도) 하네. 참내.'

그런데 어떻게 왕 했는데 그냥 참는 거예요.

"야! 너. 가서 해 봐."

아는 사람한테. 그래서 가서 두드려하면 그 탑의 쭉 하는 거예요. 그래서 쁘리핫게미리어가,

● 캄보디아 시엠레아프 주의 앙코르에 위치한 사원으로, 12세기 초에 수르야바르만 2세에 의해 옛 크메르 제국의 도성으로 창건되었다. 앙코르(Angkor)는 왕도를 뜻하고 와트(Wat)는 사원을 뜻한다.

'오! 그렇구나. 미안하네.'

이렇게 생각했어요.

그래서 그다음에는 쁘리핫게미리어가 쁘리핫쁘스노우카한테,

'칼 만들어주세요.'

이렇게 생각했고 그래서 그 아이런Iron? 칼 만든 거? [조사자 2: 철.] 네, 철. 가서 철 그 옛날 철 얘기 한 합 두 합 이렇게 얘기하거든요? 근데 세 합 줬어요. 많은 거예요, 세 합하면. 근데 한 합 얼마 정도인지 잘 모르지만은 세 합 주고 계속 가서 내가 그 조그만 칼 그 남자들은 옛날에 칼 조금 이만큼 하면 여기 허리에 넣고 어디 김병만처럼 이렇게 이런 거예요.

그래서 삼 합주고,

"그 칼, 예쁜 칼 만들어, 그 특별한 거 이렇게 만들어 줘 봐."

그래서 쁘리핫쁘스노우카가 철인 3종 받아서 그 칼 엄청 예쁘고 그래서 엄청 잘 붙는 거예요. 벼나무보다. 벼나무 아세요? [조사자 1: 벼나무?] 쌀나무. 그거보다 더 짧고 얇은 거 해요.

그래서 얼만큼 강하면 그 사람이 자르면 그 사람이 피도 안 하고 그대로 하는 거예요. 얘기도 할 수 있어. 왜냐면 너무 짧아서 아무도 그대로 하니까 몰라요. 근데 손 위로 하면 그 사람이 죽으는 거예요. 그래서 이만 정도 가는 거예요. 그래서 쁘리핫게미리어가 갖다드리는 거예요. 그래서 쁘리핫게미리어가 이렇게 칼 보자마자 이렇게 화나는 거예요.

"아니 내가 철도 얼마나 많은 걸 줬는데, 그런데 어떻게 이렇게 조그만 칼 나한테 만들어주니까 내 많은 철 어떻게 니가 필요한 거 다른 거 만들었지?"

이렇게 혼나는 거예요, 여러 사람 앞에서.

그래서 쁘리핫쁘스노우카가 보고 화났어요.

'이렇게 내가 얼만큼 노력하고 열심히 해 주는데. 그런데 왜 나 마음도 모르고 막 해주는 거야.'

그래서,

'그러면 받지마! 내가 집에 갈 거야.'

그래서,

'중국에서 고향의 아빠가 계속할 거야.'

그래서 가는데, 그런데 가기 전에 그 식탁에 앞에 있잖아요. 그냥 손만 넣었는데 그 식탁은 잘라버렸어요. 그래서 쁘리핫게미리어가 생각했어요.

'오! 그 칼이 보통 아니구나.'

그래서 밑에 사람들 얘기했어요.

"너 가서 그 칼 빼 와."

이렇게 얘기했는데 그래서 그 사람들 가서,

"그 칼 주고 너만 가!"

이렇게 얘기했는데 쁘리핫쁘스노우카가 화났어, 계속 욕 해주니까. 그래서 그 칼을 바다에 던졌어요. 그래서 쁘리핫게미리어도 그 칼 못 받았어요.

그래서 그 고향 갔어요. 그래서 그때부터 끝이에요.

[조사자 1: 그러면 그 칼이 던진 강은 어디예요? 어딘지는 몰라요?] 네. 강 아니고 바다(삽강).● [조사자 1: 어딘가 있을 텐데.] 그거 얘기까지는 잘 몰라요.

[조사자 1: 아니 이렇게 긴 이야기를. 옛날부터 알던 이야기예요?] 그거 할 때는 알고 있는데 시간 지나면 다 깜빡하겠죠? 그런데 뭐 오늘 부탁하니까 그래서 제가 인터넷 찾았어요, 어제. [조사자 1: 그래도 엄청, 지금 길게 얘기했어요. 40분 정도 얘기하는데 아니 30분 정도.] 근데 저는 이런 거 좋아요. [조사자 1: 좋아요.]

● 제보자는 검수 과정에서 바다가 아니고 삽강이라고 정정했다.

앙코르 와트 축조과정과 혼례 의식 유래

● **구연정보**

조사일시 : 2016. 12. 17(토) 오후
조사장소 : 강원도 횡성군 횡성읍 읍하리
제 보 자 : 체아다비 [캄보디아, 여, 1983년생, 결혼이주 8년차]
조 사 자 : 박현숙, 김민수

● **구연상황**

제보자가 〈뱀이 많이 생겨난 이유(낑껑뱀)〉 구연을 마친 뒤 조사자가 제보자에게 다른 이야기를 청하자 자신이 푹 빠진 역사 이야기라면서 이 설화를 구연했다. 제보자는 구연 과정에서 어릴 때 아버지와 앙코르 와트 축조과정에 관해 나눈 대화를 들려주기도 했다. 초반에는 사원 축조과정을 중심으로 구연했고, 후반에는 '브레타오 따옹 쓰바이'라는 혼례 의식 유래에 얽힌 내용을 중심으로 구연했다. 오숙민 작가와 일본 국적의 모우에 히로꼬 제보자가 청자로 참여했다.

● **줄거리**

앙코르 와트 다섯 개의 사원은 멀리 꼴렌산에서 돌을 옮겨온 뒤 한 판씩 정성껏 쌓아서 축조한 것이다. 거기에는 공룡과 용이 조각돼 있는데 함부로 만질 수 없다. 캄보디아 혼례 의식에는 용 이야기가 얽혀 있다. 옛날에 머리가 일곱 달린 용이 왕실의 왕비를 보호했다. 한 부자가 배를 타고 장사를 떠났다가 어느 섬에 머물렀는데 밤에 용왕의 딸들이 용궁에서 나와 춤을 추고 놀았다. 그때 막내딸이 무리에서 빠져나와 섬을 거닐다가 부자를 보고 첫눈에 반했다. 부자와 용왕의 막내딸은 사랑에 빠져 결혼했다. 부자가 자신은 사람이어서 용궁에 갈 수 없다고 걱정하자 용왕의 딸은 자신의 꼬리를 잡고 따라오면 된다고 했다. 이후 캄보디아 결혼식 때 신랑이 신부 수건 띠를 잡고 따라다니는 의식인 브레타오 따옹 쓰바라 풍습이 생겨났다.

이거 말고 다른 거 지금. [조사자: 네, 다른 거 하셔도 돼요] 지금 저는 푹 빠져드는 역사 (웃음) 캄보디아 앙코르 와트 이야기. [조사자: 아, 재밌겠다.] 근데 자세히 모르겠고. [조사자: 아시는 대로 해주시면 돼요.] 대충. (웃음) [조사자: 네, 시작하시면 돼요.]

앙코르 와트[•]는 유명한 지역이잖아요. 옛날 고대한 유적지고 그 전에는 앙코르 와트가 어떻게 생겼는지 구경도 못하고 모양새도 구경도 못했거든요. 한국에 와서나야(오고 나서야) 인터넷도 되고 검색도 사진 많이 나오니까 똑같이 캄보디아 살지만 앙코르 와트는 구경하지 못했어요.

근데 요즘은 이제 책 보면서 앙코르 와트 생긴 이야기. 아주 옛날에는 뭐 7세, 7세 바르만지야왕이 있었어요. 7세, 1세, 3세 있잖아요. 그전에는 1세, 2세는 이제 앙코르 와트는 없고 이제 7세부터 생겼어요. 7세부터 지은 앙코르 와트는 이제 뭐랄까? 앙코르 와트는 아주 자연적 돌로 만들고 사원도 많고 유적지도 많아요. 그 주변에는 이제 다 앙코르 와트 유적지예요. 뭐 킬로, 몇 킬로인지 잘 모르겠고 아무튼 삼각 이렇게 지었어요.

그리고 옛날에도 아빠 이야기 들으면서 대충 들었어요. 아빠가,

"어? 이거 앙코르 와트 저기 돌 어떤 돌인지 아니?"

그래가지고,

"네, 저는 모르겠어요."

"돌은 요즘 돌은 그냥 뭐지?"

"과학으로 만드는 그거 아닐까요, 아빠?"

아니래요. 땅속에 깊이 아주 깊이 있는 돌 한 판 한 판을 파서 만드는 이제 앙코르 와트예요.

그러면서 이제 앙코르 와트 옆에는, 위에는 삽강 있잖아요. 메콩강 같은 거 메콩강. 꼴렌 아시나? 꼴렌, 꼴렌산. 꼴렌산에서 돌을 한

● 캄보디아 시엠레아프 주의 앙코르에 위치한 사원으로, 12세기 초에 수르야바르만 2세에 의해 옛 크메르 제국의 도성으로 창건되었다. 앙코르(Angkor)는 왕도를 뜻하고 와트(Wat)는 사원을 뜻한다.

판 한 판 덩어리로 파면서 그리고 옮겨요. 뭐 사람들이 옮겨서 한판 한판으로 올렸어요. 그리고 옛날에는 이제 앙코르 와트는 사원 다섯 개. 다섯 개 있고 뭐 동쪽 남쪽 보면 세 개밖에 안 보여요. 실제 가봐야 다섯 개 있는 거고. 옛날엔 다 금색으로 지었어요. 금색 색깔도 금색 아주 황금, 황금 왕실이에요.

왕실은 저 왕비, 왕비가 뭐래요? 용. 용 같은 거, 용이 왕비를 보살폈어요. 밤마다 용이 이제 왕 데리고 다니면서 그런 거 있어요.

그리고 앙코르 와트는 뭐랄까? 공룡, 공룡 아시나요? 공룡 그림, 옛날 공룡이 살았던 [조사자: 화석이 있어요?] 네, 있어요. 공룡 그림이 있어요. 공룡 그림 있고, 그리고 [조사자: 아, 벽에 그려져 있는 그림이 공룡 모양이에요?] 네, 공룡 모양 한 군데밖에 없어요. 공룡 모양 그게 신기하게도 공룡 모양 지금 그림은 달라요. 약간 생김도 다르고 그런 게 있었어요.

그리고 앙코르 와트 옆에는 이제 야자나무 두 개 남녀 계속 이렇게 몇 년, 백 년, 몇 년 된 지 쭉 자랐어요. 지금은 이제 하나 죽고 하나 남았어요. [조사자: 어디 암나무, 숫나무?] 남녀, 어떤 거 죽었는지 자세히 모르겠고.

그리고 뭐랄까? 우리는 용 있잖아요, 그림 용. 쭉 나온 거 막 머리 몇 개 몇 길인지. 캄보디아에 그 옛날이면 여자는 만지지도 못해요. 뭐 신이니까 신. 신, 스님, 뭐 불상 스님 같은 거 가까이도 못 하고 1미터 그런 거 만지지도 못해요. [조사자: 그럼 머리가 몇 개?] 머리 일곱 개. [조사자: 일곱 개.] 네, 머리 일곱 개고. 옛날에 있었던 얘기가 그런 얘기예요.

[조사자: 역사 얘기.] 자세히는 모르겠고 캄보디아 말은 알겠는데 한국말은 뭔지 몰라. [조사자: 바꿔 얘기해야 하니까.] 네. 바꿔 이야기하기 조금 어렵고 그러네요.

그리고 한 가지 이야기는 결혼식 방식 이야기예요. 캄보디아 말로 이제 '브레타오 따옹 쓰바이'라고 해요. 브레타오 따옹 쓰바이 이야기는 저기 남자를, 여자를 수건. 남녀 결혼식 할 때 우리는 입장할 때 뭐 팔짱도 끼잖아요. 여러 의식 많았어요. 그 의식에 이제 남자는 여자 수건 띠로 잡아서 따라다닌 거 의미예요.

그거 의미는 아주 옛날에 용 딸과 남자가 결혼했던 이야기예요. 그 옛날에 부자가 장사하다가 배, 강으로 바다 가서 장사하고 인제 잘 곳이 막 갈 곳 없이 밤 어디서든 자잖아요. 어느 밤은 섬에서 잤어요. 섬에서 자다가 한밤이 되자 이제 용 여자들이 막 밖에 나와가지고 춤도 추고 놀았어요. 그 한 막내가 이제 사람으로 변해서 강가 걸었다가 그 남자를 만나서 이제 사랑에 빠진 거고 둘이 결혼하게 됐어요.

"내가 결혼하게 되면 이제 용 나라 가고 싶잖아요. 나는 사람이니까 뭐 물속 용 나라 갈 수도 없고 어떻게 하나?"

그랬는데,

"아, 서방님 걱정하지 마요. 내 꼬리를 잡으면 내가 데려다줄게."

그래가지고 그런 의미로 브레타오 따옹 쓰바이 결혼식으로 그런 게 있었어요.

[조사자: 이거는 무슨 속담하고 관련된 말은 없고요?] 속담은 '브레타오 따옹 쓰바이' [조사자: 그 지금 말씀하신 그 말이 아예 있는 거예요?] 네. 말이 아예 있는 거예요.

프놈펜 유래 [1]

● **구연정보**

조사일시 : 2016. 11. 11(금) 오후
조사장소 : 강원도 횡성군 횡성읍 읍하리
제 보 자 : 체아다비 [캄보디아, 여, 1983년생, 결혼이주 8년차]
조 사 자 : 박현숙, 김현희, 김민수

● **구연상황**

오숙민 작가가 제보자를 소개하고 장소도 제공해 주어 이야기판을 열게 됐다. 오숙민 작가가 체아다비 제보자에게 캄보디아에서 유명한 프놈펜 이야기를 해 보라고 권하자 제보자가 구연을 시작했다. 제보자가 구연을 마치자 오숙민 작가는 조사자에게 한국에 프놈펜 이야기 번역물이 있다고 알려 주었다. 오숙민 작가 외에 일본 국적의 모우에 히로꼬와 몽골 국적의 수흐바타르 알탄바가나 제보자가 청자로 함께 했다.

● **줄거리**

옛날에 부자 할머니가 살았다. 할머니는 어느 날 일꾼들을 시켜서 심한 홍수로 떠내려온 큰 통나무를 건졌다. 통나무 안에는 불상이 들어 있었다. 할머니가 이를 기이하게 여겨 불상을 모실 목조 절을 짓고 마을 사람들을 불러 축제를 열었다. 그러자 점점 마을이 번창하여 지금의 수도 프놈펜이 되었다.

옛날에 저희 프놈펜Phnum Penh• 도시 생기기 전에 그전에 거기 없었거든요. 그전에는 저기 앙코르 와트 쪽에 도시 있었어요. 그래가지고 전쟁 나면서 이제 도시 없어졌어요. 프놈펜 생긴 도시는 그전에

• 톤레삽와 메콩강, 바싹강이 합류하는 캄보디아의 남쪽 중앙에 위치한 도시이다.

는 그냥 작은 섬이었어요.

어떤 할머니가 부잣집인데 그 할머니는 이제 일꾼들도 많고 제일 부자니까. 그래가지고 어느 날에 비가 많이 왔어요, 갑자기. 비가 막 왔다면서 강이 무너지고 무너지는 게 다음 날 그 할머니 강 주변에 갔더니 저 통나무집 (양 팔을 벌리며) 아주 크게 어디인지 떠왔는지 모르겠어요. 일꾼들을 불러서 그 통나무집을 좀 끌어낸 (양 손으로 당기는 시늉을 하며),

“강에서 좀 끌어 빼라.”고.

그랬더니 끌어내는 사이에 갑자기 그 나무 안에서 구멍이 있었어요. 네, 구멍이 나는, 생기는 그 구멍 봤더니 저기 불상. [조사자: 불상.] (두 손을 모아 받침을 만들며) 불상이 거기 계셨어요.

그 할머니는 불상을 모시고 저기 프놈펜에서 그 절. 처음에는 그냥 (손을 작게 모으며) 아담하게 집처럼 대나무, 뭐지? 짚으로 지어서 [청자: 원두막처럼.] 네, 원두막처럼 지었었는데 불상을 모시고 마을에서 잔치 벌이는 거예요. 그래서 그 나무를 가지고 지붕도 만들고 여러 가지 재료 활용해서 불상을 모시면서 그다음에는 이제 계속 (두 손을 모으고) 불교 믿어보니까 많이 좋아지는 거예요.

거기 동네 주변에서 많이 좋아지면서 아픈 사람 쉽게 하면 옛날에는 저희 약도 없고 아무것도 없으니 믿었잖아요. 저기 불교 그 신 같은 거 아플 때는 막 기도하면서 인제 살았어요. 거기 마을 사람들이, 근데 갑자기 퍼지는 거예요. 점점 좋아지고 뭘 하든지 잘하고 먹고 살고 점점 되면서 그렇게 이제 커지는 거예요.

프놈펜 생기는 얘기는. 옛날에는 없었어요. 그 할머니는 왜 만들어졌는지 알아요. 거기 이제 커지면서 이름을 지었어요. 처음에는 놈펜. 놈펜 할머니. ‘놈’은 할머니 뜻이구요. ‘펜’은 프놈펜이 도시 뜻이에요.

그냥 입으로 짧은 얘기 글씨로 자세히 쓰면 재밌어요. [청자: 번역한 거 있어요.] [조사자: 얘기도 재밌어요.]

프놈펜 유래 [2]

● **구연정보**

조사일시 : 2017. 12. 09(토) 오후

조사장소 : 경상북도 경산시 자인면

제 보 자 : 씨앙리티아(이민희) [캄보디아, 여, 1986년생, 결혼이주 7년차]

조 사 자 : 김정은, 황승업, 강새미

● **구연상황**

조사자와 만난 제보자가 간단한 인사를 나눈 뒤 처음 구연한 이야기다. 프놈펜은 캄보디아의 수도로, 도시의 기원에 관한 이야기가 전해지는 '펜'이라는 큰 산이 있다고 한다. 제보자가 들었던 이야기는 무척 길었는데 짧게 줄여서 구연했다는 설명을 덧붙였다. 베트남의 부티푸엉 제보자가 청자로 함께 했다.

● **줄거리**

옛날에 큰 비가 내려 홍수가 나서 커다란 코끼나무가 떠내려갔다. 펜이라는 할머니가 그 나무를 끌어내고서 보니 안에 네 개의 청동 부처상이 있었다. 그 이후 마을 사람들은 행복하게 지낼 수 있었다. 사람들은 코끼나무를 기둥으로 삼아 부처를 모실 사원을 만들고, 사원을 펜 할머니의 탑이라 불렀다. 이것이 프놈펜의 기원이 되었다.

옛날에 '펜' 할머니가 거기 주변에 살거든요. 그래서 어느 날은 거기 주변에 폭우로, 폭우, [조사자: 폭우가 왔어요?] 네. 그래서 큰 홍수가 났대요. 그래서 그 걱정이 된 펜할머니는 마을에 어귀의 선착장으로 나갔습니다. 그리고 할머니는 강기슭에서 큰 코끼나무 이름, 이름 코끼, 코끼나무가 떠내려오는 것을 봤어요. [조사자: 나무가 막 떠내려오고 있어요.] 그때 강에 위에 이거 떠올라 갔어요. 그래서 할머

니는 요트를 불러서 그 코끼나무를 끌고 왔어요. 큰 코끼나무 안에 구멍이 있거든요. 구멍 안에, 거기 네 개 부처상이 있어요. 그래서 이거 할머니, 사람들은 이거 부처상을 들고 할머니 집으로 진행했습니다(갔습니다).

얼마 뒤에는 할머니는,

'부처상을 모실 산을 만들어야 한다.'

고 생각했어요. 그래서 이웃 주민들을 불러서,

"흙더미를 쌓아서 여기 산을 만들자."

고 말했어요.

그러고 나서 할머니는 코끼나무를 톱으로 잘랐는데요, 사원의 기둥으로 사용하기 위해서였습니다. [조사자: 사원의 기둥으로 코끼나무를 사용하구요?] 네, 탑에 만드는 거. 할머니는 그곳에 네 개의 청동 부처상을 옮겼습니다.

사원이 다 지어지자 할머니는 '펜할머니의 탑', '탑와프놈'●, 탑은 이거 와프놈놈뻥에, 옛날에 와프놈놈뻥라고 해요. 요즘은, 예전에는 거기 와프놈놈뻥, 요즘은 그냥 와프놈WatPhnom, 와프놈라고 해요. [조사자: 거기 탑을요. 와프놈.] 네, 와프놈. 그래서 스님을 또 초대하고, 행사도 하고, 기도도 하고 거기에.

어느 날 짧게 줄여서 탑와프놈 아까 불렀어요. 그리고 그곳에 프놈펜Phnum Penh의 기원이고, 그로부터 약 육십 년 후 프놈펜은 정말 캄보디아 왕의 부유한 도시가 되었습니다.

● 왓프놈은 크메르어로 '산 위의 사원'이라는 뜻이다. 왓프놈의 불탑을 뜻한다.

프놈펜 유래 [3]

● 구연정보

조사일시 : 2018. 02. 06(화) 오후
조사장소 : 경상남도 진주시 상대동
제 보 자 : 썸마카라 [캄보디아, 여, 1988년생, 결혼이주 4년차]
조 사 자 : 김정은, 황승업, 강새미

● 구연상황

제보자는 <백만장자 음식냄새 맡은 가난한 부부>를 구연한 후, 정확한 내용은 잘 기억이 안 나지만 아는 대로 이야기하겠다며 아래 설화를 구연했다. 한국계 중국인 임향금 제보자가 청자로 참여했다.

● 줄거리

옛날에 할머니 한 명이 살고 있었다. 어느 날 할머니가 강변에 가서 보니 태풍에 부러진 나무들이 물에 떠가는데, 한 나무의 구멍 안에 불상이 있었다. 할머니는 주변 사람들에게 도움을 요청해서 함께 불상을 건졌다. 불상이 아주 무거웠다. 불상을 높은 산 위에 올려놓자 사람들이 찾아와 기원을 드렸다. 그 사실은 왕에게까지 알려졌다. 사람들은 이 산을 할머니 산이라는 의미에서 '프놈펜'이라고 불렀다.

먼 옛날은 할머니, 할머니 한 분이 있었어요. 어느 날 그 할머니가 그 강변 근처에 갔어요. 근데 그때는 태풍 생겨서 나무들이 부러졌어요. 그리고 그 죽는 나무도 있고, 죽지 않은 나무도 있어요. 죽는 나무는 오래 죽었던 나무는 부러지고 나서 물 위에 떠올려요. 흘리고 왔어요.

근데 그 흘리고 오는 마른 나무 안에는 구멍, 큰 구멍 있어요. 그 구멍 안에는 불상, 불상 있었어요. 안에 있었어요. 그래 할머니가 그 불상을 발견했어요. 그 불상 발견해서 그 옆 이웃사람들 불러서,

"그거 같이 들고 본인 도와주라."고.

부탁했어요.

그래서 그 불상을, 나무 안에 있는 불상을 꺼내서 좀 무거워요. 사실 그때는, 은 같은 불상? 그런 거 가지고 와서 아주 높은 산. 그 산 위에 그때는 좀 높아요. 그 산 위에 모시고 가서 그 산 위에 놓았어요. 그리고 그때부터는 제사, 본인 그 뭐지 기도하기도 하고 그 제사하기도 해요.

그래 나중에는 딴 사람도 따라가서 같이 거기서 향도 피우고 합장하고 그런 거 다 해요. 근데 나중에 이 시대 되면, 그때는 나중에는 왕은 알게 됐고. 그 산은 뭐지, 정확하지 않아요. 좀 까먹었어요.

[조사자: 왕이 그 산에 대해서 어떻게 불상을 없애거나 그러진 않았나요?] 아니요. 그대로, 그대로 놓았어요. [조사자: 인정해 주고?] 네. 그 할머니 이름도 계속 알려주게 됐고. 그래서 그 산은, 그 할머니 이름은 '놈펜'이라고 불러요. 그래서 지금은 '프놈펜'Phnom Penh● 도시 이름은 그 할머니 이름이에요. 그 할머니 이름 따로 지어요.

[조사자: 아, 그렇게 이야기가 됐었구나.] 네. 프놈은 산이에요. 그리고 놈펜은, '놈'은 할머니, '펜'은 그 할머니 이름은 펜이에요. 그래 그 산은 프놈. 그래서 프놈펜 할머니, 할머니 산. 프놈펜.

● 프놈펜(Phnom Penh, 크메르어: ភ្នំពេញ)은 캄보디아의 수도이자, 행정, 경제, 문화의 중심지로 캄보디아 최대의 도시이다.

눈 뽑힌 열두 자매와 산이 된 거인의 딸 [1]

● **구연정보**

조사일시 : 2016. 11. 11(금) 오후
조사장소 : 강원도 횡성군 횡성읍 읍하리
제 보 자 : 체아다비 [캄보디아, 여, 1983년생, 결혼이주 8년차]
조 사 자 : 박현숙, 김현희, 김민수

● **구연상황**

오숙민 작가와 일본 국적의 모우에 히로꼬, 몽골 국적의 수흐바타르알탄바가나 제보자가 이야기판에 함께 참여했다. 몽골 제보자 수흐바타르알탄바가나가 남편과 자녀 교육관이 달라서 힘들었던 이야기를 구술한 뒤, 조사자가 체아다비 제보자에게 캄보디아 이야기를 청하자 이 전설을 구연했다. 제보자는 구연을 마친 뒤 이 이야기가 캄보디아에서 드라마로 제작됐다는 설명을 덧붙였다.

● **줄거리**

옛날 어느 마을에 한 부모가 열두 딸을 키웠는데, 막내딸 냉경리가 제일 예뻤다. 열두 자매는 왕의 궁녀가 됐는데, 그녀들을 욕심 낸 거인이 사람으로 변신하여 왕을 유혹한 뒤 열두 자매의 눈을 뽑았다. 열한 자매는 두 눈을 뽑고 막내 냉경리는 한쪽 눈을 뽑은 뒤 동굴에 가두었다. 그때 자매들은 왕의 아이를 임신하고 있었는데, 배고픔을 이기지 못해 아기가 태어나는 대로 잡아먹었다. 막내 냉경리는 언니들을 속여서 자기가 낳은 아이를 감추어 키웠다. 아이는 열 살이 되자 거인에게 복수하려고 동굴을 나와 왕궁에 하인으로 들어갔다. 거인은 아이가 왕의 자식임을 알아채고, 아이를 죽이라는 내용의 편지를 써서 아이를 자기 딸에게 보냈다. 아이는 길을 가던 중 만난 산신령이 편지 내용을 바꿔놓은 덕분에 죽지 않고 거인의 딸과 결혼했다. 아이는 아내의 도움으로 엄마와 이모들의 눈을 찾은 뒤 그곳을 떠났다. 거인의 딸은 남편을 쫓아가다가 말에서 떨어져 죽어 산이 되었다. 산은 여자가 누운 모양을 하고 있다.

그전에는 한 부모가 어느 동네에 살았어요. 한 부모는 딸 열두 명만 있었어요. 딸만 열두 명. 그 딸은 이제 크면서 왕의 궁녀가 되었어요. 그 궁녀는 밑에는 제일 막내딸이 제일 예쁘고 이제 왕이 제일 좋아하는 궁녀였어요.

그런데 어느 날 그때 거인이, 이제 그 막내딸이 냉경리•였어요. 이름이 냉경리. 냉경리를 불러서 그냥 이제 또 예쁘고 머리부터 끝까지 다 예쁘잖아요. 그러니까 그냥 몰래 욕심내서 이제 거인은 사람으로 변장해서 왕을 유혹했어요.

유혹하면서 이제 하는 일은 왕은 거기. 뭐야, 어느 믿으면 안 보이잖아요. 신들은 이제 자기 다음 스스로 다 묶어서 자기만 믿으라고 그 거인한테 빠져서 왕은 이제 열두 명 형제를 잡아서 그 거인이 잡아서 눈을 다 뺐어요. 눈 쪽 끝에 막내만 눈 한쪽만 뺐어요. 그러니까 눈은 다 빼고, 눈을 다 뺏기고 동굴에서 이제 가두어졌어요.

그냥 뭐 이제 열두 명 형제는 임신했어요. 열두 명 다. 임신하면서 다 날짜가 다르겠죠? 임신하는 애기가 나오는 날짜가 다 다르고. 먹을 게 없으니까 애기 낳으면서 이제 바로 애들을 다 먹어버렸어요. 눈 안 보이니까, 그 언니들은 눈 안 보이니까 막내만 눈 한쪽 있잖아요. 그럼 막내는 언니를 보살피고. 먹을 게 없었잖아요. 그래서 언니들 애기 낳으면서 이제 애들을 해서 먹었어요.

그래서 자기가 이제 자기 아기도 뱃속에 있으니까 어쨌거나 내가 애를 낳으면 이제 언니들은 다 먹어버렸으니까 내가 조금씩 내놨어요. 애들을 낳으면서, 고기처럼 한 거죠. 한 덩어리씩 잘라내면서.

어느 날 자기 아기 낳을 시간 됐고 인제 바로 낳으니까 언니들은 이제,

"당장 애기를 달라. 내가 배고파."

이러니까 그 냉경리는 그전에 냈던 고기를 이제 언니를 해 먹였어요. 그러니까 언니가 이상하게 이제,

• 다른 자료에서는 냉경리가 여자 거인의 딸 이름인데 비해 체아다비 제보자가 구술한 자료에는 열두 자매 중 아들을 키운 막내딸의 이름으로 설정되어 있다.

"아, 왜 냄새 나지?"

그러니까 어떤 한 언니가,

"아, 재는 애기가 안 좋아 냄새가 난 거다."

그러니까,

"아, 그렇다. 그냥 먹는구나."

그랬죠.

애기를 이제 몰래, 언니들 몰래 키우면서 애들은, 몰래 키우면 한 열 살. 열 살 정도 되면 애들은 동굴 밖으로, 밖으로 나가면서 몰래 나가면서 먹을 음식을 훔쳐가지고 엄마도 갖다 주고 그 고모(이모)들 다 주고 주면서 왜 엄마하고 고모(이모)들이 여기 동굴에 있는 이유가 엄마한테 물어봤어요. 그러니까 엄마가,

"나는, 나하고 고모(이모)들이 거인 때문에 그렇다."

그래가지고,

"거인은 지금 어디 있냐?"고.

그랬더니 저 왕궁에 있대요.

근데 어느 정도 시간 흘러서 자기가 성인 됐어요. 성인 되면서 엄마하고 고모들 눈을 찾아 주기 위해 이제 왕궁으로 들어갔어요. 왕궁 들어가면서 거인 밑에서 심부름 뭐든지 다 했죠. 그 거인은 이제 딸을 하나 낳았어요. 하나 낳았더니 신랑을 몰라서 자기 나라로, 거인 나라로 딸을 두었어요.

두고 오면서 어느 날 갑자기 그 거인은 아, 그 갑자기,

'그 애는 왕의 아들이다.'

감이 알잖아요, 대충. 그러면서 어느 날은 편지 써서,

"너는 내 고향에 있는 편지 딸에게 갖다 주라."

그 편지 내용은 뭐 '당장 그 사람은 언제든지 밤에 도착하든지 새벽에 도착하든지 도착하면 바로 죽여라.' 그런 내용이었어요.

그랬더니 뭐 그 남자는 가면서 힘들어요. 힘들어서 거인나라 가면 멀잖아요. 산도 넘고 강도 넘고 그러니까. 바다도 건너고. 그래서 가다가 중간 중간 서요. *** 뭐랄까? 산속에 있는 거 뭐지? 시영? [조사자: 산신령?] 네! 산신령은 내용을 바꿔요, 싹. 바꾼 내용은 죽인

거를 '바로 언제든지 밤에든 새벽에든 도착하면 바로. 그 딸은 결혼식 올리라.' 그런 거. 그 내용을 바꿨어요.

그 딸은, 이제 그 남자는 그 성에 거의 도착해서 바로 편지를 줬어요. 그 뭐 딸은 엄마 글씨면 그대로 지키니까 도착하자마자 결혼식 올린 거죠. 결혼식 올리면서 이제 같이 살았어요. 살아가면서 정이 들면서 이제 여자는 남자한테 정이 들었어요.

근데 남자는 이제 나는 마누라 아무래도 좋아도 나는 고모하고 엄마 눈을 찾아 주니까 이제 차근차근 몇 년을 같이 살았어요. 같이 살면서 이제 어느 날 저기 비밀 엄마의 비밀 장소를 그 자기 엄마랑 고모(이모)랑 눈. 눈동자를 이제 이렇게 그대로. [조사자: 있어요?] 네. 그대로 보관했었어요.

그러니까 나는 바로 그 언제나 기회 있으면 그 눈을 훔쳐서 거인 성을 도망가서 이제 고모(이모)한테 엄마한테 눈 드리라 이래가지고 어느 날 갑자기 남자는 여자한테 이제 뭐 잠이 취하는 약을 먹였어요. 먹이면서 눈을 훔쳐가지고 가다가 이제 가다가 강을 건너, 건너기 전에 갑자기 여자가 이제 마취는 다 풀려지고 남편을 따라왔어요.

따라오면서 막 쉽게 말하면 옛날 막 신기한 있잖아요. 땅도 갈라지면서 호수도 갈리고 또 뭣도 갈리고 그러면서 또 (웃음) 날아가고. 그러니까 그 남자는 이제 말 하늘 나는 말을 타고 다 도망, 거인 성에서 도망가고 여자는 말 꼬리에 잡으면서 이제 남편은 칼로 잘라버리고 여자는 떨어져서 강에서는 떨어져 죽고 그다음에는 산이 생겼어요.

산은 멀리서 보면 여자. 여자 모습으로 누운 모습이고, 그 산에서 주변에서는 나무 하나 특이하게 향이 났어요. 아주 신기한 나무 그 쉽게 하면 저기 고사리 같은 거 있잖아요. 나무, 나무인데 그 지역에서는 신기하게 그거 안 먹어요. [조사자: 안 먹어요? 고사리?] [청자: 왜 사람이 죽은 거라고?.] 네. 사람이 죽은 거라고. 이제 그 사람이 죽으면서 산에 생긴 털이기 때문에 그런 거 안 먹고. 뭐 다른 지역에는 다 먹는데 그 지역에는 그거 안 먹어요. [조사자: 그거 안 먹고.]

그 얘기는 옛날에 있었던 얘기고 그전에는 이제 입으로 옮기니까 자꾸 말이 바꿨잖아요. 어떤 사람은 자세히 하고, 어떤 사람은 이렇게 입으로 바뀌면서 그전에는 저런 대충 대충 들었어요. 자세히 모르고 똑같이 2010년? 2009년 정도? 그런 거 자세히 드라마도 나오고. [조사자: 이것도 드라마로 나왔어요?] 네네. 그래도 슬픈 이야기였어요.

[청자: 캄보디아는 그런 이야기가 드라마로 나오네요.] [조사자: 그러게요.] 아마 옛날. [조사자: 전설의 고향처럼.] 네네. [조사자: 그 옛날이야기를 드라마로 해서 나오는 거죠?] 네.

눈 뽑힌 열두 자매와 산이 된 거인의 딸 [2]

● **구연정보**

조사일시 : 2016. 11. 14(월) 오후
조사장소 : 서울특별시 서대문구 대현동
제 보 자 : 소다니스 [캄보디아, 여, 1986년생, 유학 4년차]
조 사 자 : 박현숙, 김민수

● **구연상황**

제보자가 〈똠과 띠우의 사랑〉 이야기와 관련된 속담 구연을 마쳤을 때 조사자가 냉경리산에 얽힌 이야기를 아는지 묻자 제보자가 곧바로 구연을 시작했다. 제보자는 구연을 마친 뒤 그 산 이름이 '냉경레이'이며 캄퐁치낭에 있다고 했다. 함께 있던 태국 국적의 와닛차 제보자가 함께 이야기를 듣다가 제보자가 구연하는 내용의 한국어 풀이를 도와주었다. 제보자의 한국어 표현이 서툴러서 조사자가 중간중간 내용을 확인해 가면서 채록을 진행했다.

● **줄거리**

옛날에 가난한 부부가 열두 딸을 숲에 버렸다. 숲을 지나던 왕이 열두 자매를 데려가서 아내로 삼았다. 거인이 이를 질투해 왕에게 마법을 걸어 열두 자매의 눈을 뽑고 동굴에 가두게 했다. 열두 자매는 뒤늦게 임신 사실을 알았지만 배고픔에 출산한 아기를 잡아먹었고, 막내만 언니들 몰래 아기를 낳아 키웠다. 왕이 어떤 계기로 막내의 아들을 데려갔다. 거인이 그 아들의 존재를 알고서 죽이려고 그한테 자신의 딸에게 편지를 전하는 심부름을 보냈다. 조력자가 편지 내용을 바꾼 덕분에 막내의 아들은 죽임을 당하는 대신 거인의 딸과 결혼했다. 막내의 아들은 거인 왕국에서 열두 자매의 눈을 찾아서 돌아왔다. 거인의 딸은 남편을 쫓아가다가 쓰러져 죽어서 산이 되었다.

시작하면 돼요? [조사자: 네, 시작하면 돼요.]

원래 한 가족에 애기가 너무 많아서 키울 수 없어서 버렸어요. 데리고 가서 그 포레스트forest 숲, 숲에서 버리려고 했어요. 그 부모님이 그리고 열두 명 있어요, 여자들이. [조사자: 딸이 열두 명이에요?] 네. 그리고 숲에서 버리고, 집에서 가 버렸어요.

그리고 딸들이 어디에서 사는지는 모르겠는데 기어 와서 그 왕이 데리고 가서 그 왕의 아내 되었어요, 다들. [조사자: 그러면 애를 열두 명을 부모님이 버렸어요. 그래서 어딘지 모르겠지만 거기서 살고 있었는데 왕이 왔어요? 거기에?] 왕, 그냥 그땐 거기 어딘지 모르겠는데, [조사자: 하여간 어디 갔는데] 그냥 아내 되었어요. [조사자: 아내가 되었어요? 열두 명이 다 왕의 아내가 되었어요?] 네. [조사자: 그래서?] 그리고 되었고.

그리고 열두 명 중에 제일 막내, 막내 있는 여자가 왕이 너무 좋아해요. 그리고 그 후에 그 자이언트Giant, 자이언트 알아요? [청자: 거인.] [조사자: 거인, 거인이라고.] 네. 그 사람은 보통 거인? 자이언트면 예쁘지 않고 그냥. 챙, 예쁘게 바꿨어요. [조사자: 아, 원래 예쁘지 않은데 예쁘게 모습을 바꿨어요?] 네. 바뀌고, 바뀌고 왕을 그냥 매직처럼 왕을 나만 사랑하고 만들어요. [조사자: 왕을 자기만 사랑하게 뭔가 마술을 부려서 자기만 사랑하게 만들었어요?] 네. [조사자: 그래서?] 그래서 다들 그 자이언트 그 왕에게 그 싫어하게, 그 열두 명 싫어하게 그리고 싫어하고, 그리고 한 번에 그 자이언트 사람에게 먹어서 그리고 왜 사람들이 없어지게, 이유가 뭔지.

그리고 그 게스guess, 아, 어렵다. 항상 왕이 일을 하는 사람 많이 있어요. 그 추측하는 사람이 또 있어서. 그래서 왜 그런지 미리 추측해 봐요. [조사자: 추측을 해보라고?] 네, 그거. [조사자: 그러니까 그 거인이 자꾸 사람들을 잡아먹어서.] 네네네. 근데 그 자기 사람 자기 마지막 아내는 자이언트 아니라고 자이언트인 줄 몰라서 그래서 매일 날 매일 밤에 그 사람들이 먹어서. [조사자: 그래서 그 사람들이 어떻게 추측을 한 거예요?]

"왜 그러지?"

알고 싶어서 그 지금은 여기 왕 근처에 자이언트 있다고 생각, 추측했어요.

근데 그 후에 자이언트 파워가 있어서 그 추측 하는 사람이 이렇게, 이렇게 뭐지 매직magic해서 머리가 바꿨어요. [조사자: 머리를 바꿔?] 그 자이언트 아니고 열두 명 있는 사람들이,

"그 사람 때문에 그래요."

그래서 그 열두 명이 그 아내 계속하지 않고 다른 곳에서 다 모아요. 모으고 버려요. (손으로 큰 원을 그리며) 그 방 아니고 그 안에 너무 어둡고 거기서 살아요. [조사자: 동굴? 그 깜깜한?] 그 돌돌돌돌 있는 거. 그리고 거기 들어가서 거기 살아요.

근데 다들 한 명씩 한 명씩 애기 임신해요. [조사자: 아이들을 열두 명이 다 임신을 해?] 네. 임신하고 근데 태어날 때, 태어날 때 그 먹을 거 없어서 그 애기 태어날 때는 죽여서 그냥 먹어요. 근데, [조사자: 먹는 이유가 있지 않아요? 혹시 앞이 보이지 않거나.] 아, 벌써 죽었어요. 애기. 애기 죽이고. [조사자: 그러니까 그 열두 명이 왜 애기를 먹어요?] [청자: 먹을 거 없어서.] [조사자: 먹을 게 없어서?] 먹을 게 없어서. 근데 자이언트는 그거 그 보내기, 보내기 전에 여기 눈 빼고 보관해요. 보관하고. 그 자이언트 창고에서 보관했어요.

저기는 저기에서 그 자이언트는 여자가 사람이고 데리고 와서 키워요. 딸처럼 생각하고. [조사자: 딸처럼 생각하고 키워요?] 네. 그 (입양한) 여자 거기에서 살아요. [조사자: 거기서 사는 건 어디? 동굴?] 그 자이언트 집. 자이언트 팰리스palace. 근데 자기는 그 왕 팰리스에서 살고 있어요. 그리고 그 눈은 저기(거인 왕국)에서 보관하고. 근데 그 여자들이 열두 명 다 한 명 마지막 막내, 막내딸은 (눈이) 하나만 없고 하나는 있고. [조사자: 하나는 없고 하나만 있고?] 네. 그중에 하나만 있어요. 그리고 다들 열한 명 애기 태어나자마자 죽었어요. 죽어서, 먹는 거 없어서 그걸 먹어요. [조사자: 애기들을?] 네.

먹고 근데 마지막 막내 그거 태어나고 살고 있어요. 살고 있어서 먹지 않기 위해서 숨겼어요. [조사자: 애기를.] 그 언니들한테 숨기고 키워요. 그리고 커, [조사자: 걔가 커?] 아, 아니. 그 키우고 있었고 그

때는 어떻게 됐는지 그 자이언트 그 왕이 애기 없고 그 자이언트는 그 사람이 데리고 가서 키워요. [조사자: 그러니까 막내 딸 애기를?] 네네. 키워요. 그리고 그 열두 명 있는 애기 중에 몰라서. [조사자: 애기가 죽었는지를 몰라서? 아니면 그 애기를 데려갔는지를 몰라요?] 아뇨. 그 데리고 온 사람이 키우는 사람은 열두 명 중에 있는 아들인 줄 몰라서. [조사자: 아들인 줄 몰라서?] 네, 데리고 가서 키워요.

키워서 알고 있어서 (내용을 정정하면서) 아, 막내아들인 줄 알았어요. 그때는 거짓말하고 그 편지 쓰고 그 거기에서 보내래요. [조사자: 그러니까 편지를 뭐라고 썼어요?] 편지 안에는 만약에 그 사람이 거기 자이언트 팰리스 도착하면 그 사람한테 죽어요.

근데 가다가 그 가다가 그 밤에 자고 근데 스님 비슷한 [조사자: 도사.] 네. 그 섬에서 사는 사람이 그거 그 사람은 편지 안에 어떤 뜻인지 알아서 바꿔요. [조사자: 내용을 바꿔요.] 네네. 그래서 만약에 도착하자마자 결혼하래요.

그리고 도착하면 진짜 결혼했어요. 결혼하고 근데 그 사람들은 그 남자가 눈이 어머니 눈이 저기 있다고. 있어서 알고 있어요. 근데 그 여자 그 자이언트 딸? 진짜 딸 아니고 그냥 물어봐서 나이를 물어보지 않고 그냥 이거 뭐지, 이거 뭐지 소개해 주라고 해서 그래서 그 날 그 밤에 눈이 찾아서 갔어요. [조사자: 그 아들이 이제 눈이 있는 장소를(장소에서 눈을) 찾아서 갔어요?] 네. 데리고 갔어요. 부모님들을 도와주려고 해서 가지고 갔어요.

근데 가다가 그 여자 딸, 자이언트 딸 그 남편 가는 줄 알아서 따라가고 이렇게,

"가지 마라."

그래서 하고.

근데 [조사자: 그래도 가요?] 가고. 그 홀스horse에서 타고 있고. 근데 그 여자가 (팔을 길게 뻗으며) 이렇게, 이렇게 불렀어요. 가지 말라고 뛰어서 근데 못 타고 넘어갔어요. 넘어갔고, 그 모양처럼 그 높으고 이렇게 하고 가지 마래요.

근데 그리고 그때부터 산 생겼어요. [조사자: 이렇게 해서 가지 말

라는 모양으로 산이 생겼어요?] 네네. 그런 모양으로 산 생겼어요. 산으로. 산 생겼어요. 그리고 거기는 장소에서 캄퐁치낭•이라고 해요. 거기 히스토리History가. 거기에서 생겼어요. 그리고 거기에서는 그 장소 산이 있어요. 산 그런 모양으로 생기고 있어요.

[조사자: 그럼 가서는 어떻게 돼요?] 네? [조사자: 거기 가지 말라고 하잖아요.] 네. [조사자: 그 아들은 눈 찾으러(찾아서) 가잖아요. 그다음엔 어떻게 돼요?] 그다음에 가서 부모님이 눈이 붙여서, 붙여가지고 끝난 것 같은데.

• 캄보디아 중부 톤레사프 호 서쪽에 위치한 캄퐁치낭주 주도이다.

눈 뽑힌 열두 자매와 산이 된 거인 딸 냉겅리

● **구연정보**

조사일시 : 2018. 05. 13(일) 오전
조사장소 : 강원도 인제군 인제읍 상동리 제보자 자택
제 보 자 : 킴나이키 [캄보디아, 여, 1991년생, 결혼이주 6년차]
조 사 자 : 박현숙

● **구연상황**

조사자와 제보자는 1차 조사 이후 4개월 만에 제보자 자택에서 다시 만나 2차 조사를 진행했다. 제보자의 남편이 어린 자녀를 데리고 외출하여 제보자가 이야기 구연에 집중할 수 있었다. 조사자가 제보자에게 준비한 이야기 구연을 요청하자 제보자는 주인공 이름이 포티사인, 닝겅라이(냉겅리)라고 알려준 뒤 본격적으로 설화 구연을 시작했다. 구연을 마친 뒤 조사자가 이야기를 알게 된 경로를 묻자 제보자는 캄보디아 교과서에 설화가 많이 실려 있으며 학생들이 대학교 교육과정까지 반드시 설화를 배운다고 했다. 이 이야기는 초등학교 교재에서 배운 것이라고 했다.

● **줄거리**

옛날에 어느 부자 부부가 부처가 깃든 나무에 기도를 올려 열두 명의 딸을 낳았다. 열두 딸이 일은 안 하고 돈만 써서 가세가 기울자 부모는 열두 자매를 숲에 버렸다. 거인 선티밀이 딸 냉겅리의 놀이 친구로 열두 자매를 데려왔다. 열두 자매는 그곳이 거인 왕국인 것을 확인하고 이웃 왕국으로 도망쳤고, 그 나라 왕은 열두 자매를 왕비로 맞았다. 거인은 열두 자매를 쫓아와 아름다운 여인으로 변신하여 새 왕비가 되었다. 거인은 꾀병을 부려 열두 자매의 눈을 뽑고 동굴에 가두었다. 열두 자매는 뒤늦게 왕의 아이를 임신한 사실을 알았지만 배고픔에 출산한 아기를 차례로 잡아먹었고, 한쪽 눈만 뽑힌 막내만 언니들 몰래 아들 포티사인을 낳아 키웠다. 포티사인은 동굴 밖에서 음식을 구해와 열두 자매를 돌보았다. 왕이 포티사인이 똑똑하다는 소문을 듣고 왕궁으로 불러 수수께끼 풀이를 했다. 거인이 포티사인의 정체를 알아차리고 그를 없애려고 딸 냉겅리가 있는 곳으로 편지 심부름을 보냈다. 한 도사가 나타나 냉경리에게 포티사인을 없애라는 편지 내용을 포티사인과 결혼하라는 내용을 바꾸었다. 포티사인은 냉경리와 결혼하여 함께 살다가 열두 자매의 눈을 찾아서 떠났다. 포티사인이 냉경리에게 다시 돌아오겠다고 약속했으나 냉경리는 남편을 필사적으로 쫓아가다가 죽어서 산이 되었다. 열두 자매의 눈을 회복시킨 뒤 약속대로 냉경리한테로 간 포티사인은 그녀가 죽은 사실을 알고 슬퍼했다.

아주 옛날 옛적에 그, 그 이렇게 얘기하는 전설? 전설 맞나요? 전설은 되게 캄보디아 대부분은 그거 진짜 있는 전설 생각해요. [조사자: 진짜라고 믿어요?] 진짜. 믿어요. 느끼는 거예요.

그래서 아주 옛날 옛적에 한 부부가 있는데요, 그런데 되게 시간 지나서 애기는 한 명도 없었어요. 그래서 어, 부부가 돈 많은 사람인데, 부잣집인데 애기가 없어서 그래서 가서 어떤 큰 나무 이렇게 가서 소원 비는 거예요. 소원 빌고. 그 나무 이름이, 캄보디 나무 이름은 '남쯔레이' 이렇게 불렀거든요? 원래 남쯔레이 이렇게 얘기하는 거 되게 옛날 부처님 이렇게 믿어는 마음이, 부처님 여기서 계시는 이렇게 느낌 들으니까 그래서 무슨, 소원 빌고 싶으면 거기서 뭐 얘기하고. 그래서 그 부부가 가서,

"애기, 애기 생겨 주세요."

이렇게 소원 빌었어요. 그래서 그다음 날이 그 비 엄청 많이 오는 날인데. 자다가 그 부인가 시간 지나서 임신했어요. 임신하고 그런데 애기 낳더니 애기가 열두 명 낳았어요. [조사자: 열두 명.] 네, 열두 명 아기가 낳는데, 그 아이가 다 여자아이예요. 열두 명 아이 낳았는데 그런데 아이가 다 여자아이야. 여자 아이 그래서 시간 지나서 그 아이가 일도 안 하고 돈만 쓰고 그래서 시간 지나서 그 부잣집에 되게 돈 없어버렸어요. 돈 하나도 없고 먹을 밥도 없고 옷도 못 입는대요. 그래서,

'어떻게 하나? 얘 때문에 우리가 되게 돈 하나도 없네요. 그래서 얘는 참, 잘 안 하네. 그러면 우리가 데리고 아주 깊은 산속에 버릴

거야.'

그렇게 생각하고. 그래서 어, 열두 명 여자 아이들. 애기들 되게 데려가서 산속에서 버렸어요. [조사자: 아, 아이들을?] 네.

애들 열두 명 버리니까. 그래서 시간 지나서 아이가 걸어가다가 어떤 어, 팔라스palace 한국말 어떻게 해야 돼요? 왕국. 가서, 어떤 왕국. 큰 왕국. 왕국. 이렇게예요. [조사자: 왕국!] 네, 그렇게. [조사자: 그니까 그 왕이 사는 곳?] 네, 왕국에서 도착했는데 그런데 그 왕국이가 사람 왕국 아니에요. 거인 왕국이에요. 가서 거인 왕국인데, 그 거인 여왕님 이름은 '선티밀' 이름이거든요. 거인 여왕님 이름은 선티밀. 그래서 선티밀가 되게 마법 이렇게 또 잘 알고 있대요.

그래서 그 보다가 열두 명 여자아이가 보고 그래서 생각해서 내가 열두 명 아이가 데려와서 우리 딸, 딸 이름은 어, '닝경라이'• 이렇게 있거든요. '닝경라이'. 닝경라이 이렇게 같이 놀고 아니면 어떻게, 일 시켜주는 거예요. 그렇게 데려왔는데요. 그래서 데려와서 뭐, 닝경라이랑 같이 뭐, 닝경라이 원하는 것 시키는 대로 하는 거예요. 그래서 시간 지나서 열두 명 여자 아이들 알았어.

'이 왕국이 사람 왕국 아니구나. 여기는 거인 왕국이구나. 내가 여기서, 만약 내가 여기 살면 시간 지나면 나 먹어도 모르니까. 그러면 자매들 모아서 도망가는 거예요. 그래서 도망가다가 새로운 왕국 또 하나 만났어요. 새로운 왕국 하나 더 만나서, 어, 그 왕국, 뭐지? 왕 이름이 '서더섯' 이렇게 해요. 서더섯, 서더섯 이름이에요.

그런데 그 열두 명 아이가 예전에는, 시간 지나서 다 컸어요. 다 컸어. 그런데 예전에는 되게 부잣집 사니까 일도 안 시키고 그렇게 시간 지나서 되게 예쁘게 자랐어요. 얼굴도 예쁘고 몸매 이렇게까지요. 그래서 그 왕과 그 여자가 보고 되게 사랑에 빠졌어요. 열두 명과 그래서 데려와서 부인 만들었어요. [조사자: 아, 열두 명을 다?] 네. 열두 명 다. 캄보디아에는 왕은 많은 부인 생겨도 괜찮아요. 그렇게 해요.

• 제보자가 '닝경라이'로 표현했으나 제목과 줄거리는 다른 자료와의 통일성과 검색의 용이성을 고려하여 일반적으로 알려진 '냉경리'로 표기했다.

그래서 결혼했더니 어, 같이 살다가 그, 선티밀 거인가 알았어. 그 열두 명 아이가,

"열두 명 여자들 되게 이 왕국에 살구나."

그렇게 해서, 그래서 가서 되게 자기 몸매는 예쁘게 만들어서, 마법해서, 만들어서 얼굴도 아주 열두 명 아이보다, 열두 명 여자들보다 더 예쁘게 만들어서, 그래서 대부분은 이렇게 한 명씩 알고 또 여러 가지 대부분도 알고. 그래서 그 소리를 듣고 왕, 그 서더섯 왕이 들었어요.

"그 여자가 너무 예뻤어. 세상에서 왜 이렇게 예쁜 거야?"

그래서 그 밑에 있는 사람 시켜서,

"너희들 가서 그 여자 데려와요."

그래서 데려오는데 되게 또 사랑 빠졌어.

그래서 사랑 빠져서 그 여자도 결혼했어요. 그런데 열두 명 여자가 결혼했지만, 그런데 그냥 부인 이렇게 생각하는데. 그런데 뭐 한국처럼 뭐, '왕비마마' 이렇게 불렀나요? [조사자: 왕비, 부인.] 네, 왕비. 큰 왕비 이렇게 시키는 거예요. 그래서 왕비 됐고. 그래서 그 왕비는 알잖아요. 열두 명 아이가는 자기가 잡아서 그, 화나서 왜 도망왔어요. 그래서 경라이 혼자 있어서 시키는 사람도 없구. 이렇게 생각하구. 그래서 어떻게 만들어서 열두 명 여자들은 없애버릴 생각하는 거예요.

그래서 어느 날 자기 건강하는 몸인데 그런데 아프게 만들었어요. 아프게 만들어서 그래서 그, 어, 왕님한테 얘기했어요.

"여보."

이렇게. 쉽게 얘기하고.

"여보. 내가 몸 너무 아팠어."

그래서 옛날 옛적에는 왕국 하나는 마법사 한 명 있어요. 그 마법사는 되게 미래 하는 일 잘 알고 있는 사람이에요.

"왜, 왜, 내가 사랑하는, 제일 사랑하는 부인이 왜 이렇게 아프는 거예요?"

그래서 그 마법사가 체크하는 거예요.

“어, 그 여왕님은, 왕비님은 왜냐면 열두 명 부인가 너무 잘 안 맞아서 그래서 아프는 거야. 그래서 만약 안 아프게 만들고 싶으면 그 열두 명 부인 전에는 눈을 다 빼야 돼요.”

그래서 아주 깊은 뭐, 물 있는 거 이름 뭐지? [조사자: 강?] 강 말고. 그 산속에서 있는. [조사자: 그니까 동굴 아니면 바위 안에, 그죠?] 네, 동굴 비슷하는 거. 네. 동굴 비슷해는 거. 캄보디아에 동굴 같은 거 별로 없는데. 그런데 동굴 비슷하는 거. 그냥 동굴도 되고.

“동굴 그냥 버리는 거야. 여기 왕국에서 같이 살지 말고.”

그런데 그 마법사 얘기하는 거 선티밀 거인이 시키는 거예요. 그렇게 꼭 얘기해야 돼요, 진짜 아니구요. 그래서 그 열두 명 부인가 눈 다 뺐어요. 그런데 한 명만 눈 한쪽만 뺐어. 그 막내가, 여자 막내. 막내는 되게 착하고 예쁘게, 똑똑하는 여자예요. 그래서 한쪽만 빼구.

그런데 가기 전에는 몰랐는데, 그런데 가서 그 열두 명 어, 열두 명 여자님은 임신했어요. 그런데 몰라서 그냥 버렸어. 네, 버렸는데 그래서 시간 지나서 먹는 것도 없고 그냥 뭐, 동굴 안에는 개구리나 뭐 이런 거 막 먹는 거예요. 그래서 임신한 사람들 이렇게 못 키우잖아요, 아이가. 그래서 아이가 태어나자마자 되게 너무 배고파서 못 참아서 그 아이가 잡아먹은 거예요. 태어나자마자.

그런데 맨 마지막 막내가 임신 똑같이 했는데 자기 눈 한쪽 있잖아요. 한쪽 빼니까. 그 뭐지? 예전에, 예전 아니고. 되게 캄보디에 이런 거, 자기 현재가 되게 좋은 일 만들으면 어, 죽고, 다시 태어나면 좋은 일만 생기는 거예요. 이렇게 믿거든요? 그래서 막내는 되게 자기의 태어나기 전에 죽은, 어떻게 말하죠? 그 되게, 어, [조사자: 전생?] 네네, 전생. 네. 전생에 되게 자기가 어, 물고기가 한쪽 눈만 뺐어요. 그래서 태어나서 새로운, 현재가 눈 한쪽만 뺄 수 있어요. 한쪽 못 빼요. 그래서 한쪽 눈은 못 빼. 다른 언니들은 눈이 다 뺐어요, 두 개.

그래서 애기 태어나자마자 알잖아요. 눈이 보여지니까. 다른 언니들은 안 보이니까 그냥 소리 듣고 태어나자마자 잡아먹으니까. 그런데 막내 그렇지 않고 그냥 꿋꿋이 혼자 애기 키우는 거예요.

그래서 애기는 태어나서 아주 예쁜 남자 아이 태어났어요. 이름은 포티사인. 이렇게 주인공이에요. 네. 그 포티사인 태어나서, 엄마도 키우구. 이렇게 어떻게 멕이는지 모르지만. 그래서 시간, 시간 지나서 되게 네다섯 살 이렇게 컸어요. 그런데 어, 포티사인가 되게 캄보디아 이렇게 믿어서 부처님 이렇게 태어나 이렇게 생각했거든요? 그렇게 믿어요. 포티사인 아주 예쁘게 똑똑하는 아이 태어났어요.

그래서 네다섯 살 좀 크면, 동굴에 앞에서 나와서 동네 사람들 만나서 게임하구, 뭐, 게임 같은 거 말구. 퀴즈 같은 거? [조사자: 수수께끼.] 수수께끼 같은 거 맞추면 밥 받고, 뭐뭐, 과일 같은 거. 그래서 그 밥이나 음식 이렇게 같은 거 받아서 그, 엄마나 큰 엄마들, [조사자: 이모들.] 네, 이모들이요? 이모들 멕여주는 거예요. 그래서 그 이모들 그 아이가 이렇게 멕여주는 바람에 죽지 않고 계속 살고 있는 거예요.

그런데 어, 그 똑똑하는 아이가, 다섯, 여섯 살인데. 너무 똑똑해서 한 명씩 알고 또 한 명씩 알고. 그래서 왕님이 또 알았어요. 알고 그래서,

"얘 어떻게 똑똑하는 거야? 나도 궁금해. 나보다 똑똑하나?"

그렇게.

"그러면 얘 불러와서 내가 퀴즈 같이 하자."

그렇게 하는 거예요. 그래서 불러왔어요. 그래서 만났더니 되게 마음에 쏙 들은 거예요.

"쟤 왜 저렇게 잘생겼지? 예쁘지?"

똑똑하게, 착하게 말 한 마디 하면 되게 쏙 들어가는 거예요. 아빠가. 그런데 몰랐어. 아빠는 아들은 몰랐어요. 그래서 뭐, 그렇게 살았어요. 그래서 이제 다 컸어요, 아들가. 포티사인가 다 커서, 어, 시간 지나서 그 거인가 여인, 여성, [조사자: 왕비를?] 네, 왕비. 그거 알았어.

"얘는 보통 아이 아니구나. 얘는 포티사인, 그 막내 첫 부인이 아들구나. 그러면 내가 어떻게든지 얘를 없애버릴 거야."

그래서,

“너 때문에 너 엄마들, 이모들도 안 죽고 너 때문이구나. 그러면 내가 어떻게 하든지 니가 없어버릴 거야.”

그래서 왕비가 얘기해요.

“포티사인, 나는 오랜만이서 왕국을 떠나서 되게 우리 딸이 너무 보고 싶었어요. 그런데 어떻게 나, 너 부탁해서 니가 편지 하나 배달해주시겠어?”

그렇게 얘기했어요. 그런데 그 편지 안에는 어떻게 쓰냐면,

“경라이, 내 사랑하는 딸아. 얘는 참 나쁜 남자야. 만약 얘는 도착하자마자 낮에 도착하면 잡아먹어. 밤에 도착하자마자도 잡아먹어. 꼭 잡아먹어야 돼. 없애버려야 돼, 얘는.

그런데 그 보내 갔어요. 어, 뭐지? 말 타고 갔어요. 그런데 가다가 너무 피곤해서 산속에서 또 잠들었어요.

그런데 갑자기 어느 할아버지가, 마법 할아버지처럼. 캄보디아 이름은 ‘아이사이’ 이렇게 불렀거든요? 착한 할아버지 이렇게 생각해요. [조사자: 우리나라로 치면 산신령 막 이런 건가 보다.] 응, 비슷해요, 그런 거예요. 그래서, 산신령? [조사자: 응, 그니까 갑자기 산이나 이런 데에서.] 네, 그렇게 해요. [조사자: 신기한 힘도 발휘하고 그런 사람.] 네, 맞아요. 그렇게 하는 거예요.

산신령 할아버지가 태어나서, 나와서 포티사인은 몰랐어, 잠 들으니까. 그래서 그 말 있는 편지가, 이렇게 목걸이처럼 끼웠는데. 그래서 그 편지 보고, 어, 그 편지는 왕비님 이렇게 보내는 편지구나. 그런데 그 편지 보고 나쁜 생각 했어요. 그런데 그 포티사인가 보통 사람 아니잖아요? 부처님 태어난 아이잖아요. 그래서 그 편지 바꿨어.

“경라이 사랑하는 내 딸. 만약 포티사인 도착하자마자 그 포티사인하고 꼭 결혼해야 돼.”

그렇게 한 거예요.

“꼭 결혼해야 돼. 그래서 꼭 행복하게 살아. 이렇게 엄마 마음이야.”

그래서 그 편지 도착하자마자 경라이 보고. 그런데 그 책에 써있는 거, 경라이 너무 예쁜 거인 여자였는데요. 너무 예뻐서 그래서 포

티사인은 경라이 되게 옛날 아까 말씀 뭐지? 전생. 전생에 부부예요. [조사자: 아, 둘이?] 몇 년 됐어. 전생했어요. 그래서 올해도 꼭 이렇게 전생 같이 사는 부부예요. 그래서 도착하자마자 되게 좋았어. 둘이 다 예쁘니까. 그래서 결혼했고. 되게 경라이가 남편 되게 사랑했고 남편도 경라이 사랑하는데.

그래서 시간 지나서 마음도 믿고, 너도 나도 믿고 이렇게 하잖아요. 시간 지나서 그 비밀하는 거 있잖아요, 비밀 동굴에가. 그 비밀하는 거 이 왕국는 뭐 열두 명 여성, 그 엄마, [조사자: 엄마랑 이모들?] 엄마랑 이모들. 눈이 어디든지 다 알어. 그런데 경라이는 포티사인은 누구 아들도 잘 몰라요. 그렇게 하는 거예요. 그래서 어, 그 비밀 자리는 알려주고 여기는 뭐 엄마가 안 좋은 사람들 그렇게 설명 해주구. 눈을 빼고, 그렇게 넣었어요. 얘기하고 여러 가지 해서 뭐, 여기는 비밀하는 몸 이렇게 뭐, 마법 이렇게 같은 거? 던지면 뭐 바다 나오고 던지면 산이 나오고 뭐뭐 이렇게 하는 거예요. 다 알려주는 거예요.

그래서 포티사인가 시간 지나서,

'어, 내가 이렇게 알면 그 사람들 때문에 우리 엄마 이렇게 만들었구나, 이모들. 그러면 내가 경라이 너무 사랑하는데 근데 경라이 둘이 행복하면 우리 이모랑 엄마 어떻게 하는 거야. 얼만큼 힘들게 살아왔어.'

그래서 이렇게 생각하고,

'경라이 너무 사랑하지만, 미안하지만 근데 내가 떠날 수밖에.'

그래서 어느 밤에 포티사인 떠나는 거예요. 그래서 그 물건도 모아서 가는 거, 필요한 물건들. 눈이랑, 뭐뭐 마법 같은 거. 데려가는데. 그런데 자다가 경라이 깨웠어, 가는 중에. 경라이 깨워서, 그래서 가는 중에 경라이 깨우더니, 남편 어디 가는지 못 봤어요. 그래서 봤더니 남편이 말 타고 날고 있어요. 그래서,

"왜 이렇게 나 떠나가는 거야? 나는 여보한테 얼만큼 사랑해주는데. 비밀도 다 알려주고 숙지(비밀) 하나도 없는데 왜 사랑하는 사람 왜 이렇게 만들어줘?"

그래서 포티사인가 보고 경라이 이렇게 노래도 부르고 여기는 직접 보면 너무 감동해요, 부부가. 되게 너무 사랑해서. 근데 어떻게 가족 위해서, 엄마 위해서 떠나가는데.

"어, 어떡해, 나도 너무 사랑해요. 그런데 내 엄마가 내 이모들 너무 힘들게 살잖아요. 내가 여기 혼자 한 명이 행복하게 살지만. 그런데 우리 엄마, 우리 이모들 그렇게는 못 보내는 거예요. 그래서 가는 거야. 나 기다려. 나 다시 올 거야."

그렇게 얘기하는 거야.

그래서 경라이는 그런 거 듣지 않고 계속 뛰어서 따라가는 거예요, 경라이가. 그래서 포티사인가 할 수밖에(할수없이) 그 마법 이렇게 동그라미 이렇게 던져서 어, 산이랑 바다 이렇게 나왔어요. 그래서 경라이 그 바다 때문에 못 들어가는 거예요. 못 건너. [조사자: 음, 못 따라 오라고?] 네. 못 따라오라고.

그래서 음, 못 따라가서 그래서 경라이 너무 속상해서 계속 울었어. 먹지도 않고. 계속 남편 이렇게 던지는 자리가. 계속 여기 앉아서. 그래서 돌아가셨어, 여기서. [조사자: 거기서?] 네. 거기서 돌아가셨어.

그런데 어, 포티사인 몰라서 갔어요. [조사자: 어, 모르고?] 네. 모르고 그냥 갔어요. 그냥.

"기다려. 내가 다시 오니까."

그래서 급한 바람에 갔어요.

그래서 도착하자마자 거인이 슥 하는 거 알고 그래서 보여, 아빠가 보여주고 얘는 왕비는 사람 아니고 거인 속하는 거예요. 뭐 마법 만들어서 거인은 예쁜 여자 아니구 그 처음 하는 모습을 보여주고, 거인, 못생긴 거인 나오고. 그래서 그 거인이 없어버리고 그냥 죽여버리고. 그래서 엄마가 모시고 눈도 넣고 약도 넣어주고. 되게 다 낫구. 엄마 아빠 만나서 되게,

"아이구, 내 아들이구나."

그래서 뭐,

"미안하고. 아빠가 잘못했어."

이렇게 얘기 끝나구.

다시 오는 거예요, 경라이한테. 그런데 갑자기 경라이한테 가는데 경라이 죽었어. 그 자리가 죽었어요. 어, 그래서 너무 후회하는 거예요.

'내가 너무 사랑하는 사람한테 이렇게 왜 내가 이렇게 만드는 거야.'

후회해도 엄마 사니까 그건 또 그렇구. 그래서 그 캄보디아 생각은 경라이가 들어가는 자리가 자기 거인이니까 그래서 몸이 크잖아요? 그래서 산에 생기는 거예요. 지금 산이 있어요. 그 산이가 되게 사람 누워있는 모습 이렇게 거든요? 똑같애요. [조사자: 누워서?] 네. [조사자: 그래서 뭐 어디 가지 말라구 손짓하는.] 네, 그렇게 하는 거예요. 사람 누우는 모습 너무 똑같애서 그래서 '똠닝경라이', '경라이산' 이렇게. [조사자: 이름이 경라이산이라고?] 네.

산 '닝경라이산' 이렇게 불렀는데요. 그래서 그 자리가 지금 자리는 그, '봉로' 이렇게. 아, 도시 이름 봉로거든요? 봉로 뭐, 스록 올리비에, 그 캄퐁치낭● 이렇게 도시 이렇게. [조사자: 도시 이름이? 그 산이 있는 도시 이름이?] 네. 캄퐁치낭 도시 있었는데요. 저는 또 한 번 못 갔는데 대부분 얘기는 사람 누워있는 모습 똑같애요. 가슴, 허리 다 보고 있는 거. 옆으로 누우는 거. [조사자: 옆으로 누워있는 거.] 네. 똑같앴어요.

[조사자: 그 엄마, 그 열두 딸 중에. 열두 명 딸 중에 막내, 눈 한 짝만 남아있던 막내, 얘네 엄마. 그 엄마 이름도 있어요?] 아, 이름까지는 안 얘기, 얘기 안 했는데 그냥. [조사자: 그냥 열두 딸이고 그중에 한 명이.] 네, 열두 딸 막내 이렇게 얘기 많이 해요.

[조사자: 이 이야기는 어디서 듣고 언제부터 알고 있던 이야기예요?] 저는 그, 이야기는 공부할 때. 초등학교 할 때, 그, 공부하던 책. 캄보디아 말 들어가는 책이에요. 그래서 다, 대부분 다 알아. 다 알아요. [조사자: 그니까 동화책처럼?] 동화책 아니에요. [조사자: 교과서?] 어,

● 캄보디아 중부의 톤레사프 호 서쪽에 위치한 캄퐁치낭 주의 주도이다.

뭐지? 그 교육하는 책. [조사자: 교재?] 교재? [조사자: 캄보디아어 가르쳐주는.] 네네, 가르쳐주는 학생들. 그래서 고등학교 대학교까지 꼭 알아야 돼. 그래서 공부할 수 있어요.

그렇게 얘기, 사회 어떻게 하는지 뭐 전설 이렇게 얘기하잖아요? 그거는 무슨 이렇게 교육하는, 좋은 점에서 우리 사회는 어떻게, 옛날 사회 어떻게 하는지, 지금 어떻게 하는지 비교해주고 그렇게 꼭 알아야 돼요. 그래서 저는 시간 지나서, 아는데 그런데 이름까지는 확인해야 돼. 너무 시간 지나서 그렇게. [조사자: 그럼 처음 이야기를 알게 된 거는 이제 초등학교 때 캄보디아어 교재를 통해서. 요 이야기가 있었다는 거죠?] 네, 네네. 그렇게 아는 거예요. [조사자: 재밌어요.]

공주의 변신! 악어와 마법 머리카락의 여인과 산천의 유래

● **구연정보**

조사일시 : 2018. 06. 09(토) 오후
조사장소 : 강원도 인제군 인제읍 상동리 제보자 자택
제 보 자 : 킴나이키 [캄보디아, 여, 1991년생, 결혼이주 6년차]
조 사 자 : 박현숙

● **구연상황**

제보자가 귀신에 빙의된 사람에 대한 경험담을 구연한 뒤, 재미있게 읽은 이야기가 있다면서 장편소설 〈아름다운 커너리와 결혼한 짜이적〉을 1시간가량 실감나게 구연했다. 제보자가 장시간 구연했고 서사가 풍부한 좋은 자료이지만, 구술설화가 아니어서 정리 대상으로 삼지 않았다. 제보자는 이 자료 구술을 마친 뒤 조사자와 점심식사를 했으며, 잠시 쉬었다가 다시 설화 구연을 시작했다. 이 이야기는 그중 첫 번째로 들려준 것이다.

● **줄거리**

옛날 어느 섬에 공주가 있었는데, 어느 날 한 왕자가 배를 타고 섬에 왔다가 공주와 사랑에 빠졌다. 하루는 공주가 바닷가에서 놀다가 큰 알을 주웠는데 알에서 악어가 태어났다. 사람으로 변신할 수 있는 능력이 있었던 악어는 공주를 엄마로 여기며 따라다녔다. 왕자는 공주를 다시 데리러 오겠다는 약속을 하고 본국으로 돌아갔다. 그런데 본국에서는 왕이 마법을 부리는 여인을 왕자의 새신붓감으로 정해놓고 왕자가 돌아오자 결혼을 명했다. 새신붓감을 태운 배가 결혼식에 필요한 물품을 싣고 오다가 왕자를 기다리는 공주가 사는 섬을 지나게 되었다. 공주는 그 배가 자신을 데리러 오는 왕자의 배라고 생각하고 매우 들떠 있었다. 그러나 그 배가 공주의 섬을 지나쳐 다른 곳에 정박하자 화가 나서 악어에게 배를 망가트리고 사람들을 죽이라고 했다. 배에 탄 사람들이 악어와 싸우는 과정에서 많은 사람들이 죽었고, 죽은 사람들은 여러 산이 되었다. 새신붓감은 악어와 대결하면서 마법을 써서 머리카락으로 바닷물을 다 흡수하자 악어는 물이 없어 죽게 되었다. 악어는 죽어가면서 꼬리로 땅을 쳤고, 그 자리가 파여 호수가 되었다. 신붓감이 바닷물을 흡수한 자리는 산이 되었다. 왕자는 공주가 악어를 시켜 사람들을 해친 사실을 알고 화가 나서 공주의 목을 치고 내장을 꺼내서 썰었다. 잘게 썰린 공주의 내장도 산이 되었다.

이게 신 이야기거든요? [조사자: 귀신 이야기?] 신, 신. [조사자: 아, 신 이야기?] 귀신은 무서워서. [조사자: 귀신은 아니고 신 이야기.] 그 이름이 리쯔껄 이게 주인공 이름이거든요? 리쯔껄 닝 름싸이써.

름싸이써는 그 이름이었는데 그런데 무슨 뜻이냐면 되게 그 여자가 자기가 머리 긴 머리 있어요, 그 머리가 마법 머리예요. 뭐, 라푼젤처럼은 아니구요. 그 머리가 되게 엄청 신기한 점이 있어요. 그 머리 땡기면 되게 바다잖아요? 바다가 흡수. 물 흡수하면 물 그 바다가 얼마큼 물 있던지 땅이 마를 수 있고. 그런데 그 머리카락 되게 많이 물 내려오면 물 내려왔어요. 그런 게 있어요. 되게 신기하게 [조사자: 그러면 마음을 먹은 대로 이렇게 되는 거예요?] 먹은 대로, 네 맞아요.

그 아주 옛날에 그 뭐지? 한 산속에서 바다 옆에 그런데 어떤 책 한 얘기거든요, 그런데 바다예요. 너무 커서 그래서 그 바다 옆에가 어느 여자가 살았대요. 그 여자가 할아버지 뭐지? 산속에서 사는 할아버지 뭐라 말씀했는데? 어떻게 산속에서 사는 할아버지. 마법하는 할아버지. [조사자: 산신령?] 산신령. 산신령 같이 사는데 [조사자: 아니면 도사.] 도사? 도사랑 같이 사는데 살다가 어느 날 어떤 배가 큰 배 애니메이션에서 많이 나오는 배 있잖아요. 그런 거 배, 배가 나오는데 그 배가 왕자 한 명이 타고 온대요. 그 왕자 이름이 리쯔껄. 되게 잘생긴 남자예요. 그런데 그 남자가 그 산속 그 옆에 있는 바다가 들어가더니 그 여자 만났어요. 그 여자 만나고 그래서 그 할아버지 인사도 하고 둘이는 사랑에 빠졌어요.

그런데 그 둘이 만나기 전에 깜빡해서 한 가지가. 그 여자가 바다가 놀아가더니 그 바다 옆에 큰 알 하나 주웠어요. [조사자: 알?] 알.

큰 알 하나 주웠는데 그 알 안에가 되게. 아니, 그 알 주워서 키우는 거예요. 너무 아름답게 낳아서 그 알이 며칠 몇 달 지나서 애기 악어가 태어났어요. 그 아가 악어예요. 근데 그 악어가 이름이 있어요. 이름 뭐지? 아톤, 이름이 아톤. 아톤. 응, 아톤이 맞지 않나? 너무 오래돼서 깜빡했네. 이렇게 하지요. 이름 아톤이라고 불렀는데 되게 똑똑한 악어예요. 엄마도 사랑해요. 그냥,

"엄마. 엄마."

불렀는데 그런데 그런 거 있어요. 어떤 책에 그 아톤이 특별한 아톤이에요.

자기의 처음 태어난 모습이 악어지만 근데 변신, 사람 변신 할 수 있어요. 그런데 어떤 책가 그 변신 못해요. 그런데 재밌게 만들려고 그냥 변신할 수 있어요. 왜냐하면 그전에 변신 있었는 거, 저도 드라마 봤어요. 사람 변신 있는데 그래서 엄마 너무 좋아요.

그런데 그거 끝나고 배가 나와서 그 리쯔껄 남자가, 왕자님이 와서 그 여자가 그 엄마 이름은 써완낫싸 그 여자 이름이 써완낫싸 만나서 대화하고 사랑에 빠졌어요. 그래서 아마 시간 한 달 정도 같이 지냈어요, 둘이.

그래서 그 리쯔껄이 자기가 왕국에 가는 시간 됐어요. 그래서 아빠가 불러서 뭐 가서 내가 왕 대신 너 왕 다음하는 거예요. 그럼 가서 그 왕국에 받드는 거예요. 그래서 써완낫싸한테 얘기해서,

"내가 너 너무 사랑하는데 근데 어떻게 해 왕국 꼭 가야 해요. 그러면 네가 여기 있고 내가 가면 할 일 끝나면 와서 너 데려가서 우리 행복하게 살자."

그렇게 약속했어요. 약속했는데 도착하자마자 아빠(왕)가 얘기했어.

"네 결혼식 만들어 줄 거야. 그 써완낫싸와 하는 것 아니고 그 다른 여자 이름은 닝롬싸이써 공주님이거든요? 그 공주님 그 닝롬싸이써 공주님과 되게 다른 나라 같은 캄보디아 나라 얘기인데 그런데 다른 이렇게 왕국 하는데 그런데 너무 잘하고 너무 좋은 여자예요."

그렇게 얘기하는 거예요.

그런데 닝롬싸이써는 되게 마법 잘해요. 왜냐면 자기의 선생님이 마법사니까. 그래서 마법 많이 가르쳐 줬어요. 침착하고 마법 잘하고 예쁘기도 하고 그래서 둘이는 안 만났어요.

리쯔껄은 되게 써완낫싸 사랑하지만 근데 아빠가 그렇게 얘기하고 되게,

"아니에요."

말소리도 안 해요. 그냥 받았어요.

받고 그다음 아마 며칠 후에 배 만들었어. 배 만들고 이제 결혼식 어떻게, 결혼식 하면 무슨 물건들 준비하고 가잖아요? 뭐 밥이나 뭐 여기 준비하는 거는 뭐 야채, 닭, 이렇게 여러 가지 넣는 거예요. 배 안에 넣었는데 준비하고 뭐 파티하는, 파티 진행하는 필요한 물건들 준비하는 거예요 그래서 사람들 많이 갔어요.

그래서 리쯔껄 밑에는 사람 되게 믿는 사람 두 명 있어요. 이름은 따쁘린땅엣 그렇게 이렇게 얘기하거든요. 되게 특별한 사람 되게 믿는 사람이어서 이름까지 알려주는 거예요. 따쁘린땅엣이 준비하는 거예요. 그래서 가더니 써완낫싸는 되게 사랑하는 사람과 떨어지니까, 이쪽은 바쁘니까 생각 안하지만 이쪽은 자기 일 없으니까 계속 생각하는 거예요. 그러니까,

'사랑하는 사람이 있었는데 언제 오는 거야.'

하루, 하루 또 일주일 이주일 한 달, 일 년 이렇게 되는 거예요. 그래서 계속 사랑했어요. 그래서 아톤이 엄마 보고 속상한 거예요.

'되게 어떻게 하면 엄마 도와줄 수 있을까?'

그렇게 했는데 갑자기 배 하나 왔어요. 그 리쯔껄 배. 그래서 (씨)완낫싸는,

"오, 리쯔껄 배 왔네, 나 데리러 왔구나."

너무 기뻐서 가서 막 정돈하고 예쁜 옷 입었는데 그런데 그 배가 자기가 사는 자리에 안 오고 다른 자리 가는 거예요. 그래서 열 받아서,

"왜 나 사는 자리 안 오는 거야? 나한테 안 오고 다른 사람 데려가나? 어디 가나?"

이렇게 해서 화났어. 화나더니 화나는 마음이 커서 아톤 악어한

테 얘기했어요.

"너 가서 그 배가 바다 망가지도록 해라."

그렇게 얘기, 배 안에 있는 사람이 죽어버리게 하라는 의미인 거예요.

그래서 아톤이 변신해서 큰 악어로 만들었어요. 그래서 바다 들어가고 그 배가 어떻게 머리가 꼬리가 이렇게 막 때리고 막 붙이고 이래서 그 배가 물도 들어가고 그래서 그 배 타는 사람도 그런 거 보고 악어가 배 고플까 봐 마법 악어인지 모르고 물건 있는 거 다 던졌어요.

"너 먹어, 먹어."

뭐 다 그냥 음식도 다 던져 먹지도 않고 계속 그 배 공격했어요.

그래서 그다음에는 닝롬싸이써가 그 선생님이 알고 있어. 그 자기 왕국 오는데 그 오는 길에 되게 닝롬싸이써 때문에 만들어 놓은 거예요. 그래서 닝롬싸이써가 얘기해주고 닝롬싸이써가 가서,

"어떻게 좀 해봐. 어떻게 그런 일 죽은 사람 하지 말고 어떻게 만들어 해 줘봐."

그래서 닝롬싸이써가 가서 닝롬싸이써 마법 사람이 물 위에도 잘 걸어요. 물속에 안 들어가요. 그래서 물 위에 걸어가더니 가서 그 자기 머리가 땡기고 그 바다 흡수했어요. 바다 물 흡수했어요. 그런데 너무 악어가 너무 공격이 너무 심해서 그 흡수하기 전에 사람 많이 죽었어요. 그 배가 바다 속 들어가면 수영 못 하는 사람도 있잖아요. 그렇게 많이 죽었어요. 그래서 흡수했어요.

그래서 악어가 물 없어서 되게 한참 어떤 재가 악어가 그때 죽었어. 근데 어떤 재가 닝름싸이써랑 악어랑 되게 싸웠어. 싸웠는데 싸우다가 아톤이 졌어. 그래서 죽었어, 그때. 죽었는데 그런데 그 있어요. 악어가 건드리는 바람에 사람들 물건 던지잖아요. 근데 땅엣. 따뻐린땅엣은 이렇게 죽었잖아요? 그 여러 사람 이렇게는 산이 변했어요. 산이 변하고 그 지금 사는 그 산에 지금도 있어요. 그래서 이렇게 스토리 만드는 거예요.

그 산에 그 뭐지? 닭집? 닭집 맞아요? 닭집 던지잖아요? 닭집은

닭집 이렇게 캄보디아 말로는 그 플름싼. 닭집싼 이렇게 부르거든요? 캄보디아 말로는 [조사자: 그러니까 닭이 아니라 닭이 사는 집을 말하는 거죠? 닭장?] 응응, 닭장. 닭장싼. 이렇게 한국말로 그렇게 하는 거예요.

그래서 여러 가지 있어. 닭장싼 그래서 배잖아요? 배도 이렇게 배 싼 캄보디아 싼빠으싼 이렇게 프놈싼빠. 이렇게 지금도 있어요. 그래서 뭐지? 그 행사 지내는 파티 있잖아요. [조사자: 제사?] 파티, 축제. 파티 그것도, 편 그것도 다 죽은 사람들 있잖아요. 그래서 그 자리가 있어요. 그렇게 산 만들어잖아요? 그 산속 안에 동굴. 어떻게? [조사자: 뭐?] 산 밑에잖아요. 동굴. 동굴 속 들어가잖아요. 그것도 이름이 있어요. [조사자: 동굴 이름은 뭐예요?] 라카온, 앙 라카온, 앙 라카온.

[조사자: 이 동굴은 뭐가 동굴이 된 거예요?] 어, 되게 공연하는 것처럼 되게 사람이 얼굴 예쁘게 만들고 공연 만든 스토리 만들어서 주인공 그 책 이야기 주인공 만들었잖아요, 그거 있어요. 그런 거 공연하는 자리. [조사자: 공연하는 자리?] 공연하는 우리 뮤지컬 같은 거. 우리 가서 뮤지컬 사람 와서 노래도 부르고 대화하고 그런 거. [조사자: 무대? 무대 같은 거?] 응, 그런 거. [조사자: 이거는 자연적으로 생긴 게 아니고 새로 만든 거예요?] 아니, 예전부터 있어요. 지금은 있는데 그런데 만든 얘기한 사람이 고파서 만들어주는 거예요.

그래서 오일 노는 자리잖아요, 그 배가. 그래서 오일 동굴 그렇게. 오일 동굴 그런 것도 있어. 그래서 뭐지? 그 뭐지? 닝롬싸이써 이제 물 흡수 자리 있잖아요? 그거는 이름은 룸싸이써 산. [조사자: 그것도 산?] 되게 많이 했어요. 그게 그 동네가 쭈욱 이렇게 길은 다 산이에요. 그런데 큰 거 아니고 작은 거 조금 조금 조금 산이에요. 그래서 그 산마다 이름 다 있어요. 그런 얘기 있으니까.

그래서 땅엣이랑 따쁘린 이렇게 들어가잖아요? 그래서 들어가는 바람에 산도 나왔어요. 그 산이 이름이 땅엣 따쁘린 이렇게 불렀거든요. [조사자: 이것도 그러면 산 이름이에요?] 네. 산 이름이에요.

그래서 아톤이 음, 아톤이 사람들 물 없는 바람에 그래서 자기

꼬리가 이렇게 땅에 흡수 되잖아요? 땅에 이렇게 파인 이렇게 있잖아요. 그거는 호수 만들었어요. [조사자: 땅에 파인 자리가 호수 됐어요?] 응, 파인 자리가 네, 호수 됐어요. 그 호수 이름은 악어 호수예요. [조사자: 악어 호수?] 아니, 악어꼬리 호수랑 [조사자: 악어꼬리 호수] 악어꼬리 호수랑 악어코 호수랑 두 개. [조사자: 코?] 응.

그리고 아톤 몸은 아톤 산이랑 그게 다 산 이름이에요. 그 사건 하는 바람에 산 많이 생긴 얘기인 거예요. 뭐 악어 산, 거북이 산, 어, 그 배. 배 산 그렇게도 부르고 있고.

그리고 맨 마지막은 아까 얘기 안 했어요. 그 써완낫싸가 자기 잘못했잖아요. 자기가 얘기하는 바람에 사람 많이 죽었잖아요. 그래서 그 왕자님가 그런 거 화났어요. 그래서 밑에 있는 사람한테 얘기해서,

"가서 써완낫싸를 데려와서 죽여 버려."

그렇게 된 거예요. 그래서 머리 잘랐어요.

머리 잘라서 그 머리가 그 머리 자른 바람에 그 자리가 이름이 썽카발프놈. 썽카발 무슨 뜻이냐면 머리 자른 뜻으로 얘기하는 거예요. [조사자: 와, 산이 엄청 많네.] 네, 많이 있어요. 근데 저는 가본 적은 없어요.

그래서 그 왕자님이 얘기했어요. 얘는 죽었으면 머리 자르고 배 안에 있잖아요. 그 뭐지? 내장, 내장 다 파서 어떻게 [조사자: 잘게 잘게 잘랐다고?] 네, 짧게 잘라요. 이렇게 만드는 거예요. 그래서 그 자리도 이름이 윌첸체람뽀. 그거 무슨 뜻이냐면 그 배가 내장 빼는 거 이렇게 반찬처럼 하는 거 이런 뜻으로 하는 거예요. [조사자: 그 내장을 꺼내서 잘게 잘게 썰었다는 거예요?] 네, 썰었어요. 그런 거예요. 그래서 죽었어요, 얘는. 그래서 끝났어요.

[조사자: 그게 썬 자리라는 뜻인 거죠?] 네, 썰은 자리. 되게 산 많이 있어요. 그거 지금 있어요. 마룸봉 도시에서 있어요. 그 가면 마룸봉 그 도시 12km 정도만 나가면 이런 동네 있어요. 그래서 산 엄청 많아요.

그래서 우리 같은 거 멀리 있는 거 책을 읽고 알지만 거기 그 동네 가면 되게 자연스럽게 얘기가 잘 알 거 같아요.

악어가 죽어서 생긴 산

● **구연정보**

조사일시 : 2018. 06. 09(토) 오후
조사장소 : 강원도 인제군 인제읍 상동리 제보자 자택
제 보 자 : 킴나이키 [캄보디아, 여, 1991년생, 결혼이주 6년차]
조 사 자 : 박현숙

● **구연상황**

제보자는 〈모기의 몸이 작아진 유래〉 이야기 구연을 마친 뒤, 이 전설이 전승되는 지역과 산 이름을 설명한 뒤 구연을 시작했다. 제보자는 구연을 마친 뒤 이 이야기에 여러 변이형이 있다고 부연했다.

● **줄거리**

옛날에 힘이 세고 몸집이 큰 손뽀갈라이 악어와 스님이 키우는 착한 닝아오라이 악어가 살았다. 스님이 키우는 닝아오라이 악어는 변신 능력을 가지고 있었다. 닝아오라이 악어는 주변 사람에게 힘이 센 악어가 있다는 말을 듣고 대결하기 위해 손뽀갈라이 악어가 사는 호수로 떠났다. 닝아오라이 악어는 스님으로 변신하여 길을 가다가 가족을 만나러 가는 노부부와 동행했다. 닝아오라이 악어는 도술을 써서 호수에 도착한 뒤 힘센 손뽀갈라이 악어와 대결하여 승리했다. 대결에서 패한 손뽀갈라이는 죽어서 산이 되었다. 시간이 흘러 착한 닝아오라이 악어는 스님과 동행하다가 다른 악어의 도전을 받았다. 닝아오라이는 스님을 삼켜 뱃속에 보호한 뒤 다른 악어와 싸워 이겼다. 그런데 스님은 닝아오라이가 싸우는 동안 숨을 못 쉬어 죽고 말았다. 닝아오라이는 슬픔에 빠져 있다가 스님 다비식 때 불에 뛰어들어 죽음을 맞이했다.

그다음 이야기는 캄퐁참 도시에서 왜 이렇게 손뽀갈라이마싼이라고 왜 그렇게 있어요. 손뽀갈라이. 캄보디아 가면 그 캄퐁참 도시

에서는 손뽀갈라이 산이 있어요. [조사자: 산?] 응. 그 산이 어떻게 나오는지 얘기해 주는 거예요.

아주 옛날 옛적에 악어 한 마리 있었어요. 근데 그 얘기는 여러 책 나오는 거예요. 그 책 다른 책은 되게 조금 다르게 얘기하는 거예요. [조사자: 이야기마다?] 응.

그 어떤 예전에 큰 악어 있어요. 그 악어가 여자 악어예요. 암컷? [조사자: 암컷.] 암컷. 그래서 그 악어가 되게 마법 있는 악어예요. 그 악어가 자기가 변신하고 그 여자 악어 할 수 있어요. 근데 보통 여자예요, 예쁜 여자고. 신의 여자처럼 그렇게 그 악어가 어디 사냐면 호수 이름은 언롱쌀라이 이렇게 이름이거든요? 언롱쌀라이 호수 살고 있는 게 되게 행복하게 사는데요.

그래서 그 악어 왜 있으니 그 악어가 어떤 스님가 키웠어요. 그 스님가 어디 가서 다른 집 기도해주면 그 악어가 그 호수에 악어가 타고 호수 건너가서 데려가 주는 거예요. 착한 악어예요. 그런데 스님이 악어가 너무 좋아 말 잘 들으니까 잘 키우고 시간 지나왔어요.

그런데 그 악어는 그런데 다른 이름 또 있어 이름이 사람 만들어졌잖아? 이름이 닝아오라이, 닝아오라이 이렇게 키웠어요. 그 악어 닝아오라이가… 어, 제가 죄송해요. 그전에 악어 한 마리 있잖아요? 그 악어가 손뽀갈라이. 그 손뽀갈라이가 강한 악어 강에서 사는 거예요. 그 강 이름이 언롱쌀라이 그거 다른 악어예요.

그런데 스님 키우는 악어는, 스님 키우는 악어는 이름은 닝아오라이 그 사람은 변신해 있는 여자 악어고. 그래서 닝아오라이가 이런 소리 들어서 그 동네 사람과 얘기했어.

"닝아오라이가 그렇게 강해? 강해? 커? 그 닝아오라이보다 더 강해. 더 강한 악어 있어. 그 악어 이름은 손뽀갈라이."

아까 전에 얘기한 악어. 그래서 닝아오라이가 그 소리 듣고 되게 화났어.

'무슨 손뽀갈라이가 강해? 나는 세상에서 더 강한데.'

그러면 자기가 생각할 땐,

'가서 손뽀갈라이가 적게 우승 싸우면, 우승할 수 있으면 내가

일등!'

이렇게 생각했거든.

'내가 세상에서 강한 악어야!'

그래서 닝아오라이가 가서 손뾰갈라이가 같이 싸우는 거예요. 그래서 강, 언롱쌀라이 강에 가서 손뾰갈라이 찾았는데 한참 찾아도 못 찾았어요. 그런데 한참 찾았더니 손뾰갈라이 나왔어.

손뾰갈라이 나왔는데 되게 그전에는 악어가 그 손뾰갈라이 강에 가면 되게 시간이 멀어요. 시간이 걸려요. 왜냐면 그 강이 너무 멀으니까. 그래서 힘이 빠지면 또 안 되잖아요? 그래서 수영하다가 어떻게? [조사자: 헤엄?] 헤엄하다가 할머니 할아버지가 강, 그 강 같이 가는 자리에 언롱쌀라이가 가는 중이에요.

그 가족을 만나려고 가는데. 자기가 변신한 거 여자아이. 아니 그때는 여자 아니예요. 변신하고 스님 변신했어요. [조사자: 스님으로 변신했어?] 네. 스님 변신했는데 대부분은 스님하면 되게 착하게 해주는 거예요. 뭐 착한 사람이니까 그렇게 생각했어요.

"스님 어디 가세요?"

여러 가지 보고 하면,

"제가 언롱쌀라이 가는데 너무 멀어서 같이 가도 되나요?"

그렇게 하면,

"네. 같이 가세요."

이렇게 참 착하게 얘기했어요.

할머니 할아버지가 너무 나이 많아서 천천히 가는 거야. (매우 느리게 말을 하며) 아, 헤엄. 하나 둘 셋 하는데 그런데서 여기 뭐지? 이름 뭐지? 닝아오라이가 너무 급한 마음이 있어서,

"할아버지, 할머니. 너무 힘들어하니까 제가 할게."

"괜찮아요. 우리가 할게요. 스님 편하게 계셔."

하니까,

"괜찮아요."

해서 닝아오라이가 너무 빨리 가는 거야.

고리에 뭘 넣고 착착착 이렇게 빨리 도착했어요. 보통 하루종일

했는데 닝아오라이가 하니까 아침 오후 때 도착했어요. 도착하더니 손뽀갈라이 찾아서 싸우는 거예요. 얼만큼 싸웠는지 되게 어떻게 멀리 나오잖아요. 뭐지? 그렇게 이렇게 [조사자: 물결.] 응. 물결. 이런 거 엄청 크게 되게 옆에 하는 동네에도 물 들어가는 조금 조금 물 들어가는 그 농사들 그런 거 좀 떠오면 너무 강하게 싸웠어요. 그렇게 한 거예요.

그렇게 했더니 그 결과 닝아오라이가 우승했어요. 우승했고 그 닝아오라이가 자기가 사는 동네가 다시 들어갔어요. 손뽀갈라이가 들어가지고 죽었어요. 그 손뽀갈라이 들어간 자리가 너무 커서 손뽀갈라이가 그 자리가 이제는 프놈손뽀갈라이 이렇게 지금까지 있어요. 캄보디아 동네에서.

[조사자: 그러면 그 악어가 죽은 그 자리가 산이 된 거예요?] 네. 산 되는 거예요. [조사자: 그럼 모양이 악어 모양이에요?] 아니요, 그냥 산 모양이에요.

그래서 시간 지나더니 시간 지나서 스님가 데려가는 자리 먹기 또 오는 사람들 해주는데 스님 데려가더니 다른 악어가 많았어. 다른 악어가 많았는데 그 악어 보고, 닝아오라이보고 몰라서 어떻게 싸우는 거 같이 싸우고 싶었는데 근데 닝아오라이가 자기 키워주는 스님 있어서 세게 못 싸우잖아. 심하면 스님가 물 빠져가 죽을까 봐 걱정해. 그래서 그 결과 스님이 삼켰어, 뱃속에. 바보죠. 스님을 삼켜서 그래서 마음껏 싸운 거야.

싸우는데 세게 싸우다가 그 악어가 우승했어, 닝오라이가. 그래서 스님이 자기가 키운 스님이 베는 거예요. 베는데 스님이 돌아가셨어. 시간 너무 한참 해서 숨을 못 쉬고 그래서 돌아가셨는데, 그때부터 사람이 닝아오라이가 되게 좀 미웠어요, 자기 키운 스님 돌아가시니까. 그 스님도 너무 착한 스님이니까 다른 스님도 너무 안타까웠어요.

그래서 그 스님 돌아가시는 몸가 불타버렸잖아요? 닝오라이가 너무 속상해서 자기를 잘 키운 사람한테 기도해 주고 좋은 말도 얘기해 주고 매일 근데 자기 때문에 이렇게 죽었잖아요? 그러면 너무 속상해서 변신하고 악어 변신하고 주인님이 타는, 스님 타는 중에 가서 불 안에 들어가서 같이 죽은 거예요. 그래서 둘이 죽었어요. 들어가는 스님 있잖아요? 그럼 위에 기어가서 위에 덮어서 죽었어요.

[조사자: 그러면 거기 죽은 자리는 뭐가 있어요?] 없어. [조사자: 그건 없고?] 없어요.

그 얘기는 여러 가지 있으니까 그 얘기는 닝아오라이가 너무 얘기잖아요. 그 다른 얘기도 있어요. 그전에 읽은 거는 뭐지? 손뽀갈라이 얘기도 기억 안 나요. 기억 안 나요. 비슷해요. 그런데 어떤 책가는 손뽀갈라이 이렇게 쓰지. 변신도 못했고 그냥 악어인데 착한 악어 얘기 근데 똑같애요. 얘기했는데 그런데 이름은 아톤 이렇게 얘기거든. [조사자: 아톤. 아까.] 아니 그냥 이름 똑같애서. 근데 그런 거 아니고 아톤 불렀는데 그런데 변신도 못했고 그냥 착한 남자악어예요. 그래서 자기 강한 것도 싸운 것도 똑같애. 얘기는 이름만 달라요. 그런 것도 있어요.

소 쁘라꼬와 사람 쁘라케야 형제 바위

● 구연정보

조사일시 : 2018. 05. 13(일) 오전

조사장소 : 강원도 인제군 인제읍 상동리 제보자 자택

제 보 자 : 킴나이키 [캄보디아, 여, 1991년생, 결혼이주 6년차]

조 사 자 : 박현숙

● 구연상황

제보자가 〈눈이 뽑힌 열두 자매와 산이 된 거인 딸 냉경리〉 전설을 구연하고 나서, 평소에 아들에게 캄보디아 설화나 언어를 알려주려고 노력한다는 얘기를 한 뒤 이야기를 구연했다. 제보자는 본격적인 구연에 앞서 등장인물 쁘라꼬는 소를 뜻하며 쁘라케야는 사람 이름이라고 설명했다. 구연 중에 자신의 생각과 느낌을 덧붙이기도 했다. 제보자는 약 1시간에 걸쳐 구연했으며, 고등학교 수업 시간에 배운 이야기라고 했다.

● 줄거리

옛날에 자식 없는 부부가 정성을 들인 뒤 다이아 반지 세 개를 끼는 태몽을 꾸었다. 스님이 꿈을 풀이해 주면서 절대 망고를 먹지 말라고 했다. 그러나 여자는 망고가 너무 먹고 싶어서 망고나무에 올라갔다가 떨어져 죽었다. 그러자 죽은 어머니 뱃속에서 송아지 쁘라꼬가 혼자 나왔다. 송아지 쁘라꼬는 아버지를 데려와 어머니 뱃속에서 생명이 위험한 동생 쁘라케야를 살려냈다. 쁘라꼬는 동생 쁘라케야를 젖동냥으로 키우려고 했으나 사람들은 송아지 형을 불길하게 여겼다. 아버지는 쁘라꼬와 쁘라케야 형제를 데리고 다른 마을로 이주했다. 동생 친구들이 쁘라케야가 가난하다고 놀리자 송아지형 쁘라꼬가 무엇이든 원하는 것이 나오는 다이아 반지를 꺼내 동생에게 귀한 음식을 먹였다. 그러던 중 어느 공주가 형제가 사는 산속에 들어왔다가 동생 쁘라케야와 사랑에 빠졌다. 왕이 쁘라케야에게 닭싸움, 코끼리싸움, 소싸움 내기를 제안하자 송아지형 쁘라꼬가 각 동물로 변신하여 이겼다. 형제의 위력이 멀리까지 소문이 나자 이웃 나라 태국에서 형제를 잡으려고 했다. 형제는 여러 차례의 대결 끝에 결국 태국의 마법사에게 잡혀 그 자리에서 바위가 되었다.

캄보디아인들은 쁘라꼬와 쁘라케야가 부처의 전생이라고 믿고 집, 사원, 마을 곳곳에 형제를 상징하는 바위를 모시고 소원을 빈다.

아주 예전에 한 부부가 아이 한 명도 없는데요. 그래서 어느 날, 그 부인이가 꿈꿨어요. 어떻게 꿈하면, 그, 세상에서 누구 모르는데 다이아몬드 반지가 세 개 끼웠어요, 손가락. 아주 반짝반짝한 크게 다이아몬드 반지예요. 이렇게 얘기했어요. 그래서 다이아몬드 반지 세 개 끼웠는데, 그래서 태어났어요. 어, 여기 끼웠어요. 그래서 남편한테 얘기했어요.

"여보, 내가 어젯밤에 좋은 꿈 꿨어. 다이아몬드 반지가 세 개 이렇게 끼웠어, 손가락에."

그래서, 어, 그 소리 듣고,

"그러면 우리 가서 스님한테 부탁하자. 그거 무슨 뜻이야? 궁금해."

그렇게.

[조사자: 해몽. 그니까 그 꿈의 뜻을 풀어.] 네네, 태몽, 태몽? [조사자: 그러니까 해몽이라고, 해석한다구. 꿈을 해석해주는 게 해몽이에요.] 네. [조사자: 그러니까 그 해몽을 하러 가자는 거죠?] 네, 해몽 보는 거예요. 그래서 가서 스님한테 부탁해. 어, 가서,

"스님. 제가 어젯밤에 이렇게 꿈, 이렇게."

여러 가지 얘기 듣고,

"어, 참 좋은 꿈이네. 자기야, 어, 좀 이따가 임신할 거야."

이제 임신했어요.

"자기가 이제 임신할 거야."

임신했어요.

"그 임신, 그 아이는 세 명 있는 거야. 그런데 보통 아이 아니야. 그 전설에 참 좋은 아이 태어날 거예요."

그렇게 하는 거예요.

"아주 좋은 아이야. 그 아이가 어디에서도 참 건강한 사람만 살구, 행복하게 삶을 사는 거야."

이렇게 얘기했어요.

"그런데 나쁜 거 하나 있어. 그 꼭 망고 먹지 마."

[조사자: 망고?] 네, 노란 망고. 아, 노란 망고 말고, 초록 망고.

"그냥 망고 먹지 말고, 절대 먹지 마. 그 망고 먹으면 너무 안 좋은 일 생기는 거야.

그렇게 하는 거예요. 꼭 그렇게, 얘기했는데. 그래서,

"네, 감사합니다."

갔어요, 집에. 그래서 가더니 배 엄청 불렀어. 세 명이니까. 네, 그래서 불렀어. 그런데 갑자기 엄청 망고(먹고) 싶은 거예요, 엄마가. 참고 또 참고 침도 흘르고.

"갈 거야, 나."

걸어가다가 망고나무 하나 봤어요.

그래서,

"못 참아. 나 망고 먹을 거야, 먹고 싶으니까."

그래서 가서 나무, 망고나무 올라갔어. 올라갔는데 갑자기 떨어졌어. 못 먹었어. 떨어져더니 배 터졌어. [조사자: 배가 터졌다고요?] 터졌고, 뒤에 뼈가 이렇게 망가져서 배가 터져니까 그, 쁘라꼬, 그 소, 어, 애기 소 이름 뭐예요? [조사자: 송아지?] 네, 송아지 한 마리 나왔어요. 그 뱃속에는 송아지 한 마리 나온 거예요. 그 세 명 아이가 좋은 사람은 꼭 사람 아니고. 그 송아지 한 마리 나오고. 그 송아지는 아주 마법도 알고 말도 대할 수 있는, 태어나자마자 막 다녀는 거예요. 그래서,

"어, 어떻게 하지? 내 동생 한 명 있는데? 나 혼자만 나오고 내 동생 안 나오면 죽을 거야."

그러면 뛰어서 아빠 불렀대.

집에 가더니 아빠 또 없어. 아빠가 산속에서 뭐, 먹을 거 찾아갔어요. 산속에서 일 하러 갔는데. 어떻게 하지? 한참 있다 아빠 왔어. 그래서 아빠한테,

"아빠, 나는 아빠 아들이야. 믿어, 안 믿어도 꼭 믿어야 돼. 아빠 아들 맞아. 그런데 엄마가 망고나무 떨어져서 이제 나는 나왔어. 그런데 동생이가 뱃속 안에 있어. 아직 못 나온대. 시간 지나면 죽을 거야. 아빠 빨리 가서 동생이가…"

어, (앞 대사를 정정하며) 그거 죄송한데 얘기 안 했어. 그, 그냥 어, 소가 계속 뛰어다니는 거야, 아빠 앞에서. [조사자: 태어난다고?] 태어났는데, 아까는, 아까는 뛰으는 거예요. 죄송해요. 아빠보고 얘기 안 했어요. 그런데 아빠가 궁금해.

'왜 그 소가 나 집 앞에 온 거야? 가지도 않고?'

그래서 나한테 무슨 얘기하는 것처럼. 그래서 아빠가 소가 따라갔어요. 따라가더니 그 도착하자마자 얘기하는 거야. 아까 얘기하는 것처럼.

"아빠, 내가 아빠 아들."

이렇게 이렇게.

"동생 한 명 있어. 빨리 나와. 빨리 어떻게 나와요."

[조사자: 꺼내라고?] 네, 꺼내라고.

"꺼내 와요. 아니면 애기 죽는 거야. 빨리 꺼내 오세요, 아빠."

그래서 꺼내 와서 되게 엄청 예뻐. 남자아이 한 명 또 나와서. 이름은 쁘라케야 이렇게 이름인데요. 그래서, 그런데 어떡해. 안 좋은 점, 엄마 죽었잖아요. 돌아가시니까, 젖 멕이는 사람 없잖아요. [조사자: 엄마가 죽어서?] 네. 그래서 쁘라꼬, 쁘라케야 두 명.

쁘라꼬는 그냥, 뭐지? 소니까, 풀이나 먹어도 되잖아요? 뭐 과일 같은 거. 막 먹어도 되잖아. 그런데 쁘라케야는 사람이잖아요. 그 꼭 젖 먹잖아요, 우유 같은 거. 없어서 그래서 그 근처에 있는 동네에 가서 애기 태어난 사람이 부탁해서,

"남자 아이가, 우리 아들가 좀 젖 멕여주면 안 될까?"

이렇게 부탁했는데요.

"엄마가 돌아가가지고."

"어, 괜찮아. 멕여도 돼."

갑자기 아빠가 그 소 아들한테 얘기하더니 그 소 대답하는 바람

에 사람들 생각해요.

"그거 왜, 소 얘기할 수 있어?"

"그거 내 아들이야. 금방 태어났어. 그래서 말도 할 수 있어."

"그러면 너는 보통 사람 아니구나. 참 나쁜 사람이구나! 왜 이렇게 사람한테 소 태어나는 거야? 한 명 소, 한 명 사람."

이렇게 얘기했어요.

"그래서 너 젖 안 줄 거야. 빨리 가! 우리 동네 살지 말고 멀리 가서 살아. 아니면 우리 너희들 없애버릴 거야. 죽여버릴 거야."

그래서 무서운 바람에 갔어요.

[조사자: 떠났어요, 마을을?] 네, 떠나갔어요. 그런데 떠나기 전에는 그 쁘라케야가, 쁘라꼬가 소니까, 어, 사람들 보고,

'어, 얘는 참 맛있게 생겼네?'

되게 뭐, 예쁘게 나오니까, 주인공이니까.

'잡아먹을 거야.'

그렇게 생각하고. 그래서 여러 사람 같이 모아서 이렇게 어, 그 쁘라꼬, 쁘라꼬를 잡아먹는데 근데 쁘라꼬가 마법이 있어서,

"아빠, 내 꼬리 잡아서 내가 뛰어가서 갈 거야."

그래서 뛰어가서 살 수 있어.

깊은 산속에 가서 살았는데요. 그래서 얼만큼 힘들게 살았는지 아빠가 맨날 가서 과일 닦으로, 과일이 자꾸 물 나오잖아요. 아이가 멕이는 거예요. 젖 없어서. 어떻게 살아요. [조사자: 그래서 쁘라케야를 그렇게 먹여서 키웠다는 거예요?] 네, 과일 짜서 이렇게 남아는 물 이렇게 멕이, 이렇게 살았어요.

그렇게 쁘라케야가. 뭐, 예쁘게 컸어요. 그래서 다섯 살, 여섯 살 됐나요? 그렇게, 그런데 사는 동안 집도 못 만든대요. 아는 사람 말하면 와서 또 잡아먹을까 봐. 그래서 그냥 동굴에서 살았는데 시간 지나서 다섯, 여섯 살 돼서 아, 그, 가까이 다른, 가까이 동네가 애들 와서 소 키우는데. 우리나라 소 키우면 한국처럼 이렇게 뭐, 하우스 이렇게 만든 아니고, 그냥 자연스럽게 먹는 산에서나 [조사자: 방목해서?] 네, 그렇게 먹는데.

그래서 그 아이가 재밌게 노는 거야 아이들. 그래서 쁘라케야가 보고,

“아빠, 내가 친구 생기고 싶어. 친구들은 또 놀고싶으는 거야. 그래서 형아, 쁘라꼬 형아, 내가 또 가서 놀고 싶으면 안 돼?”

그래서 아빠가 불쌍해서 친구 생기고, 누구나 그러니까,

“그럼 너 가서 친구랑 같이 놀고. 그런데 해, 해지면.”

맞죠? [조사자: 네.]

“해지면 여기서 다시 와.”

“네, 아빠. 감사합니다.”

갔어요, 형이랑.

형 가는데 같이 재밌게 노는데, 그래서 갑자기 점심시간인 거예요. 다들 밥을 싸서 집에 엄마아빠 싸줘서 맛있게 먹고 있는데. 그래서 쁘라꼬, 쁘라케야 쁘라꼬는 그냥 풀이나 먹을 수 있지만. 얘기도 안 해. 왜냐면 얘기하면 이상하게 생각하고 사람들. 그래서 쁘라케야가

“나나, 나는 배고프는데 나 한 입 주면 안 돼?”

“아니야, 너 주면 안 돼. 너 왜 밥 없어? 와서 다른 사람이 밥 줘? 안 줘!”

하나도 안 줬어. 엄청 배고팠어. 그래서 쁘라꼬가 동생 너무 불쌍해. 동생 보통 사람 아니잖아. 좋은 사람 태어났는데, 부처님 비슷하는 거? 그래서,

“쁘라케야, 그렇게 하지 말고 내 뱃속에,”

선생님 궁금하지 않아요? 아까 반지가 세 개 있었잖아요. [조사자: 그러니까. 나도 그거 지금 물어볼려고 그랬거든.] 그 반지 세 개가, 세 명 얘기했죠? 그런데 저도 처음에는 엄청 궁금했어요. [조사자: 저도 엄청 궁금했어요. 끝나고 물어보려 했어요, 지금.] 태어났는 거, 쁘라꼬, 쁘라케야 두 명이잖아요. 한 명은 뱃속에 있는 마법이에요. 그거 책 같은 거 되게 뭐, 쓰는 거 뭐뭐, 마법 같은 거 이렇게 얘기하는 거예요. 마법책 같은 거? 그, 어디 가든지 행복하게 해주는 거. 뭐 원하든지 꺼내서 할 수 있는 거. 이런 거. [조사자: 뭐든지 할 수 있는 거?] 네. 뭐든지 할 수 있는 거.

그래서,

"쁘라케야."

이렇게,

"동생 너무 많이 배고프지? 그렇게 하지 말고, 내가 뱃속에서 마법 있었잖아. 그거 우리 자매야. 그거 우리 자매. 세 명이잖아요?"

그래서,

"내가 세 번 이렇게 소리 부르면 나올 거야, 밥 먹어."

그래서,

"아메고."

여기 소처럼 소리 세 번 나왔어.

"음매, 음매, 음매."

이렇게 나와서, 그 좋아하는 금 그릇이나 이렇게, [조사자: 금 그릇?] 네, 금 그릇 나와서, 좋아하는 반찬이 밥이 다 나왔어. 그래서 그, 같이 노는 사람들 애기들 보고,

"야, 너 밥 없더니 왜 이렇게 좋은 밥 나왔어?"

되게 냄새 너무 좋아서 맛있는 냄새, 뭐, 좋은 사람이니까. 그래서 왕처럼 나는 반찬? 그런 거. 그래서 와서,

"나, 나 같이 먹으면 안 돼? 나 같이 먹으면 안 돼?"

그래서 쁘라꼬 얘기했어요.

"너희들은 못 먹어. 그 밥들은 음식들은 쁘라케야만 먹을 수 있는 거예요. 너희들은 먹으면 안 돼요. 못 먹는 거예요."

그래서 쁘라케야가 쁘라꼬한테 말, 얘기했어요.

"형, 그렇게 맛있는 반찬 밥 많은데 왜 우리 아빠 힘들게 살아왔어?"

[조사자: 그러네.]

"야, 그거 나도 알아. 그런데 우리 아빠는 아까 얘기처럼 우리처럼 사람 아니야. 아빠는 원래 그렇게 살으니까 우리 착한 사람, 착하는데 그런데 전생, 좋은 전생 사람 아니고 그래서 우리만 먹고, 먹을 수 있는 거야. 아빠는 그런 거 먹으면 안 돼. 그래서 이렇게 알고 그래서 먹고 있는 거야."

그래서 그 조그만 아이들 알잖아요. 쁘라케야랑 쁘라꼬 말 할 수 있고, 그래서 한 번,

"음매, 음매, 음매."

하면, 밥도 나오고, 좋은 밥도 나오고.

그래서 엄마 아빠 얘기했어, 그 아이들. 그래서 엄마 아빠 궁금하는 거야.

"왜 이런 일 있어? 진짜나? 가짜나?"

이렇게 가서 꼭꼭 숨었어. 그냥 지켜는, 지켜고 있어요. 그런데 그 점심 시간도,

"음매, 음매."

밥 또 나왔어. 그래서,

"어, 내가 그 음매 소 잡아먹을 거야. 잡을 거야. 잡아서 키울 거야."

이렇게 생각도 하고. 그래서 그, 쁘라꼬가 되게 자기 알고 있어. 전생 알고 있으니까 그래서 미래도 가끔씩 알고 있거든요? 그래서 알고서,

"동생아, 우리가 이제 안 좋은 일 생길 거야. 사람들, 동네 사람들 우리 잡을 거야. 그러면 동생아 꼭 내 꼬리 잡고. 그런데 뒤에 보지 말고."

그렇게 얘기했어요.

"내가 날 거야."

그렇게 얘기하고. 그래서 내 꼬리 잡고 날았어. 어디지? [조사자: 그래서 둘 만 그렇게 날아가고 아빠는 있고?] 네, 아빠가 있고. 그래서 아빠도 불쌍해 죽겠어. (웃음) 아유.

그래서 아빠가 어떻게 하냐면, 시간 지나서 아들 안 왔어. 밥도 못 먹고 아들 찾으러 갔어요. 그래서 칠 일 동안 돌아가셨어요. 밥도 못 먹고 너무 걱정해서. 뭐 뱃속에 들어가는 것도 없고. 걱정해서, 아들 아빠가, 아들 찾는 바람에 그래서 돌아가셨어요.

그런데 그 돌아가시는 아빠가 하느님의 부처님 같은 거 아니고, 옛날 얘기하는 '토마발콤마랑 다프롬' 이렇게 얘기하잖아요? 그런

사람이. 마법하는 사람, 하늘에서, '하느님' 이렇게 부르거든요? 태어났, 에, 내려와서 불쌍해서, 그래서 뭐, 돌아가는 바람에 그래서 이렇게 만들어서. 저기야. 죽어는 사람이 어떻게,

[조사자: 환생? 다시 태어나는 거?] 환생, 어, 어떻게 하지? 유령 같은 거. [조사자: 아, 그니까 영혼?] 영혼? [조사자: 그니까 귀신?] 네네, 귀신같은 거. 근데 만들어서 되게 하늘에서 살았어요. 행복하게 하늘에서 살아서 보냈어요. 그렇게.

그래서 시간 지나서 쁘라꼬, 그거 끝났고, 아빠가 돌아가시는 거 끝났고. 그래서 쁘라꼬 쁘라케야 만나서 어, 여기, 떠나는 바람에 그때는 어디 갔지? 네, 그냥 떠나갔어요. 떠나가는, 가고, 어, 뭐지? 쁘라꼬, 아니 쁘라케야가 얘기했어요.

"형, 우리 이렇게 멀리 떠났잖아. 시간도 지나고 아빠 어떻게 해? 우리 너무 걱정해서."

"아유, 걱정하지 마. 아빠 돌아가셨어요."

이렇게 얘기했어요, 아이가. 그래서 돌아가시더니 그래서,

"이제 우리 둘이만 같이 살 수 있는 거야. 아빠 돌아가시고, 엄마도 돌아가시니까 걱정하지 말고. 그거는 전생이야. 그냥 태어나서 아프고, 죽고 그거는 누구나 받을 거야. 그래서 속상하지 마."

그래서 그 쁘라꼬가,

"그러면 우리는 이제 여기서 살아."

내리는 자리에도 깜빡하네요? 음. 그렇게 같이 살고. 같이 살고. 그래서,

"동생아, 내가 뱃속에 있는 거 왕국 있어. 그래서 너 꺼내 와서 여기 놓으면 좋은 왕국 너, 나랑 같이 살 수 있는 거야."

그래서 뱃속에 있는 거 꺼내서 왕국 엄청 좋았어요. 너무 반짝반짝 금처럼, 반짝반짝하게 그렇게 같이 살았어요, 둘이. 그래서 시간 지나서 다 컸어. 예쁘게 자랐어 둘이가. 그래서 그거 끝났고.

그, 왕국. 다른 왕국. 캄보디아 똑같은 자리인데. 그런데 뭐 조그만 왕국도 있고 큰 왕국도 있고. 큰 왕국에는 되게 어, 왕 이름은 '리으미으티리엣' 이렇게 이름이거든요? '리으미으티리엣' 이렇게, 있

는데요. 리으미으티리엣 왕. 되게 왕은 너무 착한 사람이에요. 힘드는 사람은 도와 주구, 좋은 일만 해는 거예요, 그 왕가.

부인 한 명 있는데요, 왕비. [조사자: 왕비도 있고?] 네, 왕비 있고. 그래서 응, 딸 다섯 명 있어. [조사자: 아, 공주가.] 공주. 공주 다섯 명 있는데, 막내가 제일 예뻐. 원래 막내 제일 예쁘나? 우리 집도 막내 제일 예쁘는데. (웃음) [조사자: 우리나라도 막내, 셋째 딸이 제일 예쁘다 그래요.] 그래서 막내 제일 예쁜데요. 그런데 그 막내가 막내랑 쁘라케야 되게 전생 부부, 이렇게 의미 있어요.

그래서 되게 그 왕국이 가까이니까 뭐 모르지만. 산속에서 있으니까 대부분 몰라요. 안 들어가니까. 그래서, 그런데 막내가 되게, 마음이 되게 이상해. 그 쁘라케야가 여기 도착하자마자 되게 이상해. 되게. [조사자: 느낌이 이상한 거야?] 느낌이 이상해. 되게 누구도 마음 안 들어. 남자들 누구도 마음 안 들어.

그래서 아빠한테 얘기했어. 언니들도.

"밖에 놀고 싶어요. 산속에서 그냥 가서 뭐 놀구. 목욕하고. 강에서 목욕하는 거, 호수나 뭐 목욕하고 이렇게 재미있게 놀고 싶어요."

그렇게 얘기했는데요. 그래서,

"응, 그러면 가. 막내랑 언니들 공주님들 같이 가. 그런데 가면 다른 남자애나 뭐."

다른 사람, 뭐 왕 하면 뭐, 어떻게, 안전하게 가는 사람, 지켜는 사람 있잖아요.

"같이 가고. 그래서 누구나 남자나 이렇게 가까이 오면 안 돼. 그거 금지야. 그거는 캄보디 문화니까."

결혼하기 전에 남자랑 손 잡아, 손 대하는 거 이렇게 예전에 엄청 심해요. 그런 거. 하지 마라고 했대요.

그래서 가다가 그, 쁘라케야 사는 자리 도착했어요. 가까이. 그 자리 아니고, 가까이.

그런데 앞에는 그 뭐지? 쁘라케야는 원래는 왕국 사는데 그런데 그 호수, 호수 하나 있는데. 그 자기가 목욕하는 호수. 그래서 호수 가까이는 뭐 큰 나무 하나 있는데 그거 같이 형이랑 놀고 있어. 뭐,

목욕, 같이 놀고 있는데요. 그래서 그 공주님들 그 강, 그 호수 도착하자마자 목욕하고 놀고 싶은 거예요.

그래서 옷 벗기고 가서 놀고 있는데, 쁘라케야가 봤어요. 보고 이렇게 보는데 그런데 막내가 못 봤어요. 그래서 보더니, 음. 놀고 싶으는 거예요. 그런데 그 호수 이름은 또 얘기했어요, 드라마가. 뭐지? 호수는 이름이 '못질런' [조사자: 못질런?] 네, 못질런 이렇게. '스라 못질런' 이렇게 이름이. 스라 못질런을 이렇게 보는데, 그래서 어, 공주님들 보더니, 이렇게 보고 이렇게, 멍했어.

"어, 왜 이렇게 예쁘지? 이렇게 잘생겼네, 사람이. 어디서 왔지?"

이렇게 하는 거예요.

"어, 못생겼어요."

그래서 다른 남자 오지 말라고 했잖아. 그 남자 예쁘게 보고,

"자기야."

이렇게 얘기해요.

"자기야."

참, 남자들, 여자들.

"자기야, 그렇게 왜 여기 왔어? 우리 여자들 목욕하고 있는데, 여기 오면 어떡해. 우리 얼만큼 부끄러운지. 우린 여잔데?"

이렇게 차갑게 얘기했어요. 그래서 남자, 쁘라케야가 얘기했어요.

"아니 아니야. 그렇게 생각하지 마. 내가 오는 거 내가 너희들 보는 거 아니야. 당신들 보는 거 아니야. 그냥 여기서 내가 그전에 목욕하는 자리, 노는 자리 그래서 온 거야."

그래서,

"그러면 왜 여기 하고 있어? 그냥 들어와."

이러는 거예요.

"그냥 와서 같이 목욕해."

그래서 숨바꼭질 노는 거예요.

숨바꼭질 놀더니, 그 막내 봤어. 막내 보더니 사랑 빠졌어. 막내도 그 남자도 사랑 빠지는데. 그래서 숨바꼭질 하더니 둘이만 잡으

는 거예요. 그 쁘라케야가 막내, 막내, 그냥 막내. '쁘라 닝뻴' 이렇게 불르거든요, 이름이. 쁘라 닝뻴. 그래서 쁘라 닝뻴는 그 보고, 그 남자가 어, 술래하면 그 남자가 쁘라 닝뻴만 잡고. 쁘라 닝뻴 술래하면 그 쁘라케야만 잡고.

그렇게 둘이만 잡고 어떻게 숨바꼭질 여러 가지 노는데, 둘이만 노는 거예요, 되게 재밌게. 그런데 언니들 되게 화났어.

"아니. 잘생긴 남자 너만 놀고, 나는 못 놀고. 어떡해."

이렇게 일 만들었어.

"얘는 되게 안 좋은 여자라고 아빠한테 얘기할 거야. 왜 그렇게 남자랑 노는 거야? 나도 못 놀고."

네 명 언니들. 그래서 이제 끝, 노는 거 끝나고 이렇게 왕국에 갔어요. 왕국에 가더니 아빠한테,

"아빠. 얘는 이상해. 가서 남자만 같이 놀아."

그래서 혼났어, 언니들.

"야, 동생만 여자랑, 아니 같이 남자랑 같이 놀아? 너 왜 안 봤어? 동생한테 잘 보지. 어떤 남자 와서 노는 거야? 왜 그렇게 딸한테 같이 놀았나. 얘기했지? 어떤 남자도 같이 놀지 말고."

그래서,

"몰라 너는, 얘는 말도 안 들어."

이렇게 되는 거예요. 그냥 자기 잘난 척처럼. 그래서,

"그래, 닝뻴 불러봐."

이렇게.

"막내 불러봐."

그래서 막내는 무서워서 못 가는데. 자기가 잘못했으니까, 알고 있는데. 어떡해.

"왜 못 와? 나는 니 아빠잖아, 왜 못 와?"

다시 불러, 두 번 불러도 안 온대.

"그러면 니가 알구나? 니가 잘못하는 거. 얼마나 잘못했는지, 내가 생각보다 독하구나. 그러면 나는 너랑 어, 아빠랑 딸 아니야. 이제 너 없을 거야. 그러면 데려가서 얘 죽여버려."

이렇게 하는 거예요. 그런데 부인, 왕비가 와서,

"아니에요. 여보, 우리 딸이잖아. 착하잖아. 그냥 나이 적어서 어떻게 되는지 몰랐어. 문화도 잘 모르구. 아직도 배우는 거 많잖아. 그렇게 하지 말고."

그런데 불쌍했는데, 자기 피니까. 불쌍하지만, 그런데 자기 왕이니까. 말 한마디 얘기하면, 또 침 꿀꺽, 그 얘기하는 거, 얘기 없애는 거처럼 하면 안 되잖아요? 그래서 그 얘기 전처럼 죽여버렸잖아요? 그러면 꼭 그렇게 해야 돼요. 그런데 자기 앞에 만들으면 되게 너무 속상해서, 너무 불쌍, 착한 딸인데. 한번 잘못해니까 용서도 못 하고 후회도 했어요. 그 말 던지는 바람에. 그래서 그냥 어, 밑에 사람 얘기했어요.

"너 그냥 막내 데려가서, 산속에서 데려가서 죽여버려. 나 앞에 죽여버리지 말고."

그래서 데려가서 죽여버렸어요. [조사자: 아이구.] 어, 잘랐어요. 머리 잘랐어요. [조사자: 아, 교수형에 처한 거야?] 네, 머리 잘랐어요.

그래서 그렇게 하구. 그 쁘라꼬, 쁘라케야 몰라. 얘 죽었는 거 몰라. 응, 그 둘이는 서로 사랑했는데. 그런데 아직도 만나는 사이 안 됐어요. 기간. 만나는 시간 안 되니까 그냥 그거는 몰랐어. 행복하게 형이랑 계시는데. 그런데 아까 살아주는 아빠가 하늘 보내는 아빠가 하느님이 또 다시 태어났어요. 아니, 내려왔어요. 그, 이렇게 보고 있잖아.

"아유, 불쌍한 닝뻴. 막내가, 닝뻴가 어, 착하게 사는데 뭐 그냥. 뭐 잘못한 거, 같이 잔 것도 아니고 그런 거까지는 안 되잖아."

그래서 데려와서 닝뻴는 살게 만들었어요, 다시 살게. 다시 살게 만들어서, 그래서 닝뻴는 어, 자기 왕국 가지 마. 그냥 자연에서 살아.

그런데 산속에서 동네도 없고, 동네 보면 친구, 사람들 만나면 자기 알잖아요. 그러면 아빠가 안 죽여버리는 거 어떡해. 아빠가 왕인데. 그래서 갔어요. 산속에서 가더니, 너무 멀리 가서 뭐, 뭐지? 어, 열매나 따고 먹고, 예쁜 옷도 찢어버렸어요. 망했어, 망했어요. 그래서 가더니 갑자기 그 쁘라꼬, 쁘라케야 사는 자리가 도착했어요. 그

호수. 같이 논 호수. 아니, 얼레리꼴레리 둘이. 그래서 만났는데,

"어, 그 호수가 그전에는 내가 사랑하는 사람 같이 놀았구나. 그런데 지금은 어딨는지 나도 몰르구."

그 왕국에 가까이 있는데. 가까이 있는데 그런데 도착 안 했잖아요? 그래서 가더니, 조금 걸어가다가 쁘라꼬, 쁘라케야 봤어요. 그래서 쁘라케야 보자마자 가서 안으구 이렇게 서로 아니, 보기 전에 그 여자가 쁘라꼬 먼저 봤어요. 그런데 이렇게 보더니, 쁘라케야도 봤어요. 그래서 자기가 망해서 얼굴도 잘 못 보잖아. 머리카락도 이렇게 그래서, 이렇게 소원했어.

"만약 제가 그 남자가, 전생 부부하면."

소원이,

"전생 부부하면, 제가 아주 예쁜, 예전처럼, 공주님처럼 해주세요."

그래서 새로운 거 했어요. [조사자: 어머나, 소원 들어줬네?] 네, 빌었어요. 들었어요. 그래서 예쁜 옷, 공주님처럼. 캄보디아 공주님 엄청 큰 목걸이 이런 거 엄청 많아요. 예쁘게 나왔어요.

그래서 쁘라케야 보자마자, 쁘라케야도 자기 전생 좋아서. 뭐 왕처럼 이렇게 옷 입었어요. 그래서 서로 만나서 사랑해서, 결혼했어요. 여기 어, 형가 그, 그 뭐지? 그 왕, 왕 둘이 같이 반짝반짝 왕이잖아, 왕국이잖아. 전에 얘기하는 거. 그거는 조금 만들어도 뱃속 안에 넣어도 되고, 꺼내도 되고. 자기 마음 말 들으는 거예요. 그래서 그전에는 작으게 만들었어요. 뭐 사람들 보여주지 말고, 그전에. 그래서 그러면 다시 왕국을 꺼내서,

"내가 둘이 결혼하는 거 만들어 줄게."

그러는 거야. 자기가 결혼하는 거 만들어 줄게.

그래서 둘이, [조사자: 결혼 반지를 만들어준 거야?] 아니. 반지 말고. 그 왕국을 다시 만들고. [조사자: 아, 왕국을 다시 만들고.] 결혼식 만들어 주는 거예요, 둘이가. [조사자: 그걸 다 해주는 거야?] 네, 다 해주고. 그래서 둘이가 부부 됐잖아요. 같이 살고 할 수 있잖아요. 그래서 그 왕국이 행복하게 살았어요.

그런데 그 왕국이 되게 중국. 아니, 중국 맞아요? 아, 중국 아니야, 중국 아니야. 캄보디 가까이하는 나라, 어, 타일랜드 뭐예요? [조사자: 타이완? 대만?] 타일런, 타일런. [조사자: 타일런?] 어, 무슨 국이에요? [조사자: 지도를 봐야 되겠는데?] 으음. 제가 여기 갔다 올게요. (제보자와 조사자가 나라 이름을 확인하다가) 태국.

(제보자가 화장실에 다녀오느라 잠시 중단됨.)

그래서 그 쁘라꼬 쁘라케야 사는 자리가, 저기야, 좋은 사람이니까. 되게, 어 되게 사람들. 되게 건강하게 사는 거예요. 아파도 다 낫고. 어, 농사하는 사람도 되게 예전처럼 되게 힘들게도 안 하고. 되게, 음. 뭐지? 되게. 쌀 키우잖아요? 되게 많이 받았어요. 어떻게 하지? 그거, 어. 받아는 거 어떻게 하지? 뭐 키우는 거 잘 나오는 거. [조사자: 그니까 수확을, 수확이 잘 됐어요?] 네, 수확이 잘 됐어요. 잘 됐어요. [조사자: 농사도 잘 됐고?] 네, 농사 잘 됐고.

그래서 옆에 있는 나라가, 그, 쁘라꼬 쁘라케야 사는 자리가 태국에 이렇게 가까이하는 자리, 태국. [조사자: 태국 가까이 있는 자리예요?] 그런데 예전에는 태국 안 불렀고, 되게 '씸' 이렇게 불렀거든요? 캄보디아 이렇게, 캄보디는 '어크렁엉거' 이렇게 같이 불렀고. 그래서 태국에서, '씸' 이렇게 불러요.

그냥 태국 얘기하고 우리는 한국에서 힘들게 알려지면. 그냥 태국에서 되게 궁금해요. 왜, 예전에는 농사 잘 안됐는데 사람들도 왜 이렇게 행복하게 살고 건강하게 살고, 농사도 잘 하지? 특히, 어, 왕 옆에 있는 망고나무 원래는 힘들게 자랐는데요, 갑자기 되게 열매 다 나왔고. 되게 그 시간이 열매는 나는 어, 시간 아니고 계절 아니고. 갑자기 열매 나와 이상하게. 어, 그 계절은 그냥 잎이나 나오고 나뭇잎 같은 거 망고가. 그런데 열매도 나왔어요.

"뭐 좋은 일 있나?"

그래서 어, 왕국에 있는 마법사. 그거 불러왔어요. 예전에는 왕국마다 마법사 한 명 꼭 있어요. 그래서 점성 보는 사람들. [조사자: 점 보고?] 네, 뭐 미래도 보고? 그래서,

"너, 봐봐. 한 번 봐봐. 왜 그렇게 이상하게 일 이렇게 많이 생기

지? 농사도 잘하고, 새로운 사람, 사람들도 잘 행복하게 살고, 건강하게?"

그래서 이렇게 체크했어.

"어, 왕님."

왕님 맞아요? 이렇게 불러요? [조사자: 임금님, 또는 왕. 임금님이라고 부르죠.]

"임금님, 세상에서 너무 점성하는 사람, 좋은 사람이 우리나라 가까이에 살았대요. 그 나라, 그 사람이 되게, 되게 좋은 사람이에요. 만약 그 사람이 어디 살아도 되게."

이렇게 얘기해요.

"그 사람이 좋은 사람이에요. 그런데 우리나라 사는 사람 아니에요. 캄보디에서 사는 사람이에요. 그런데 그 사람이 너무 좋은 사람. 어디 살아도 되게 사람들 행복하게 살고, 건강하게 살고, 농사도 잘하고 있고."

그렇게 얘기했어요. 그래서 그 왕이 궁금했어요. 그래서 캄보디아 오고 싶어요. 캄보디아 오고 싶은 바람에, 그래서 어떻게 갈 거인지 이렇게 생각해.

"그러면 내가 캄보디 왕에서 게임할 거야."

퀴즈 같은 거. 그래서 그 캄보디아 사람이, 왕랑 같이 얘기하는 거 되게,

"내가 게임하는 거, 그냥. 닭이."

닭 두 마리 있잖아요? 이렇게 싸우는 거. [조사자: 닭싸움?] 닭싸움? 네,

"닭싸움할 거야. 그러면 그 캄보디아 왕에서 어떻게 생각하세요?"

이렇게 얘기하는데, 그래서,

"그래 좋아. 와서 닭싸움해요."

그렇게 하는 거예요. 그래서 캄보디아 그것도 좋은 닭 준비했어. 그런데 싸우다가 그 캄보디아 졌어요. 그런데 그, 어떻게 하면, 싸우면, 싸우면은 그거, 태국에서 얘기했어.

“내가 사람들 데려왔어요. 그러면 내가 져면 그 사람들 여기 돈이나 금 같은 거 되게 다 줄 거야, 캄보디아에서. 그런데 만약 캄보디아 져면, 그 왕국은 나한테 줘.”

이렇게 얘기하는 거예요. 그래서,

“그래 좋아, 나는 자신 있어.”

그런데 캄보디아 왕이, 리으미으티리엣 왕님이,

“나 자신 있어. 그렇게 해.”

그런데 싸우다가 졌어. 져서 부탁했어.

“나 부탁 들어줄래? 그냥 오늘 한 번 졌잖아. 그런데 한 번 더 하고 싶어. 사 일 후에 또 하자. 그런데 만약 내가 또 져면, 내 왕국의, 내 부인, 내 딸들, 내 사람, 뭐지? 왕국에 사는 사람들 너 가져가. 나는 그냥 나만 나갈게.”

이 왕 안 살구 나가는 거야. 그런데 자기가 그냥 지금은 못 주니까 그렇게 얘기하는 거야. 자신 없어. 어디서 닭이 할 수 있어? 이렇게 닭싸움할 수 있는. 그럼, 아무튼 그래서. 태국에서 이렇게 생각,

‘얘는 그렇게 사람이구나. 지금 못 주니까 그래서 그냥 시간 늘으게 만들어.’

“그럼, 내가 받을게요.”

그렇게 얘기했어요. 그래서 그 리으미으티리엣, 여기 왕님가, 왕이가

‘어떡해, 나.’

그래서 밑에 있는 사람 시켜서,

“너희들 가서 동네 사람들 누구나 강한 닭 한 마리 잡아 와.”

그래서 다 가서 하는데 없어, 그 닭이. 좋은 닭이 없대요. 그런데 마지막 날에 가다가 그 쁘라꼬, 쁘라케야 사는 왕국에 도착했어요. 그런데 갑자기 가자마자 어, 막내 공주님 쁘라 닝뻴 만났어요. 그래서,

“어, 왜 쁘라 닝뻴 살고 있지?”

이렇게 하는 거야. 그래서 어, 리으미으티리엣 여기 왕님한테, 왕님한테 얘기했어요.

“임금님, 어 닝뻴 살고 있는데요? 죽어버렸는데 어떻게 살 수 있

어요?"

얘기했더니, 기쁘는 거예요. 자기 그전에 얼만큼 후회했어요. 그래서 기뻐서, 가서 데려, 닝뻘 데려오는 거 가서 만나서,

"왜 그렇게, 내가 너무 잘못했어. 너무 미안해. 후회했어, 내가 그때는. 그런데 지금 아빠가 너무."

어, 그때는 데려왔어. 그, 왕국에 데려와서 다시 결혼시켰어요, 둘이가. 쁘라꼬랑, 아, 쁘라케야랑 쁘라 닝뻘은 다시 결혼시켜서 그 시간도 늘어났지만. 그래서 시켜서, 결혼했고, 그래서 닭싸움 생각하고. 그래서 쁘라케야가 얘기했어.

"걱정하지 마. 내가 알아서 해줄게."

이렇게 하는 거예요. 그래서 쁘라케야가 쁘라꼬한테 얘기해서,

"형아, 어떻게 할까, 우리? 그 우리나라 위해서 꼭 그렇게 해야 돼."

그래서 아빠가 또 얘기했어. 사위한테 얘기해서,

"너네가 만약 그 닭싸움이 우승할 수 있으면 그 왕국을 내가 너한테 줄게."

그렇게 얘기했거든요. 그래서, 둘이 쁘라꼬한테 얘기한다가 쁘라꼬가,

"걱정 마. 내가 알아서 할게."

그래서 시간 지나서, 어, 닭싸움은 시간 도착했어요. 그래서 쁘라꼬가 변신했어요, 닭. 한 마리 닭, 까만 닭. 변신했어요. 그래서, 그 닭이 너무 까맣게. 아주 쪼끄만 닭, 큰 닭싸움 할 만큼 크는데. 쁘라꼬가 변신을, 짜끄만 닭 이렇게 만들었어요. 그래서 태국하는 왕님, 그 사람, 왕님가 그 닭을 보자마자 되게 웃겼어.

"아유, 이런 닭이 왜 이렇게 나와? 건강한 닭, 강한 닭끼리 싸우는 거야. 너희들 그 왕국을 나 줄 거야."

이렇게 생각,

"나 받을 거야."

그랬어. 그래서 그 캄보디아 왕도,

"어, 이런 닭 어떡해. 나 질 거야. 나 너 믿었는데 그렇게까지 어

떻게 나 그렇게, 생각, 얘기했는데.”

그런데 막내, 공주님 얘기했어요.

“괜찮아요, 아빠. 우리 믿어주세요.”

그래서 믿었어요. 싸우더니, 그 싸운 닭이가 태국에서, 그 쁘라꼬 닭 보자마자 뛰어가서 이렇게, 이렇게 머리 이렇게 싸우는 거. 그런데 쁘라꼬는 이렇게 알고, 보자마자 얘 뛰으는 바람에 비켰어. 얘는 뛰어오는 바람에 너무 강해서 이렇게 머리 땅에 부딪혀서 그래서 쓰러졌어. 그래서 캄보디 우승했어요. 그래서 캄보디아 우승해서 그 물건들 캄보디아도 받고, 그래서 어, 캄보디도 뭐 착한 왕이가 처음부터 얘기,

“내가 너, 너까지는 뭐 너 왕국이 나 필요 없고. 그냥 가요. 그냥 가요.”

그래서 갔어. 태국 왕이 갔어. 자기는 인사법은 되게,

“어, 감사합니다.”

이렇게 이렇게 여러 가지 얘기해주구. 그런데 마음속에는,

‘내가 다시 와서 꼭 왕국을 내가 내 거 만들을 거야.’

이렇게 생각해요. 그래서 자기가 집에 갔어요. 그런데 자기가 집에 가서, 그 시간 지나서 어떻게 싸운 거 생각 또 했어요.

그다음에는 어, 코끼리. 코끼리. [조사자: 아, 그 이야기 끝난 거야?] 아니요, 너무 많아요. 코끼리 싸우는 거예요. [조사자: 아, 이번엔 코끼리 내기를 한다고?] 네, 그래서 코끼리 내기한다고. 그래서 캄보디아 왕한테 다시 얘기해 봐. 이번엔 코끼리 싸운다고. 그래서 캄보디아가 어, 사위한테 물어봤어. 사위는,

“괜찮아요?”

그래서 쁘라꼬도,

“괜찮아, 내가 알아서 해줄게.”

그래서 이번엔 쁘라꼬가 변신하고, 어 코끼리가 변신했어요. [조사자: 이번에 쁘라꼬가?] 네네, 코끼리 싸우다가 그 지난번처럼 뭐 왕국 이렇게 늘이는 거? 그거는 너무 멀어서 그냥 이렇게 알고. 그래서 싸우다가 캄보디아 또 우승했어요. 얘도 더 화났어요. 또 집에 혼자

만 갔어. 물건들 사람들 이렇게 다 코끼리 뭐, 오백 마리나 이렇게 다 캄보디아 주고. [조사자: 다 뺏기고.] 네, 다 뺏기고 자기만 갔어요. 또 열 받았어. 그래서 생각했어요.

'왜 캄보디아에, 왜 캄보디에 이렇게 물건들 뭐 동물들 왜 이렇게 강해요? 뭐, 닭은 어, 너무 조그만 닭인데 그런데 왜 너무 강해? 이렇게, 나보다? 코끼리도 왜 이렇게 나는 못 강해?'

그런데 다 마법이잖아, 캄보디에서 쁘라꼬 오는 바람에. 그래서 그다음에는 또, 하고 싶어. 이번은 소, 쁘라꼬 소잖아요? 우리도 소 한 마리 있잖아요?

"소 싸울 거야."

그래서, 그런데 이번은 보통 소 아니야. 태국에서는 그냥 로봇 같은 소. 자기 안에는 돌, 어 뭐지? 아이런iron 같은 거? 뭐 로봇 같은 거 만들구. 그런데 어, 피부는 그냥 소처럼 만들었어요. 그리고 캄보디는 몰라요. 발견도 안 돼요. 그렇게 하는 거. 뭐 소 부르니까 어, 뭐 꼭 자연하게 소 아니잖아요. 이렇게 얘기 없잖아요. 그래서 그, 이번은 또 쁘라꼬는 알고 있으니까,

"내가 질, 척(질) 거야. 질 거야."

(조사자에게 단어를 확인하며) 질 맞아요?

"내가 척(질) 거야."

[조사자: 질 거야.]

"질 거야. 내가 질 거야. 왜냐면, 자연하게 할 수 있으면 내가 우승할 수 있지만."

그런데 이 사람은 자연하게 하는 거 아니에요. 그냥 로봇 만들어 왔어.

"그러면 내가 질 거야. 그래서 동생아 너 가서 왕국 오지 말고. 만약 여기 힘든 일 있으면 우리 둘이만 받고. 왕국 있는 사람들 이렇게 힘들게 만들으지 말고."

그래서 그 쁘라케야가 이렇게 형 얘기도 알고, 가서 얘기해서 그 왕국 안 넣고. 뭐 돈 같은 거 넣고 뭐뭐 이렇게 여러 가지. [조사자: 큰 걸 안 걸고 작은 걸 건 거야?] 네, 작은 거. 뭐 왕국 안 넣고. 그럼 태국

도 받고. 그렇게 둘이 싸웠어요.

싸우다가 쁘라꼬가 너무 열심히 싸우는데, 그런데 못 이기는 거야. 뭐, 자기가 또 마법을 쓰지만, 그 마법 언제나 약할 수 있으니까. 그런데 태국에서는 그냥 로봇 있으니까. 그러면, 우승 못 하는 거야. 그래서 졌어요. 그 결과 캄보디아 저거는 저기 졌네? 부인한테 얘기, 에, 쁘라케야, 져는, 져기 전에, 싸우기 전에, 부인한테, 쁘라 닝뻴한테 얘기했어요. 그래서 쁘라 닝뻴 알고, 그래서 쁘라케야, 아니 쁘라꼬 얘기했어요.

"내가 얘기하면 너희 둘이는 나 꼬리 잡고 우리 뛰어갈 거야. 날고 갈 거야."

그래서 져는 거, 싸우다가 졌어. 졌어. 그래서,

"쁘라케야, 쁘라케야 동생, 내 꼬리 잡아. 우리 갈 거야."

그래서 부인 손 잡고 형 꼬리 잡고 날아갔어요. 그래서 태국도 보고,

"야, 얘는 보통사람이구나. 마법사람이구만. 그래서 매번 나한테 우승할 수 있구나. 그러면 이번은 내가 너 잡을 거야."

그 마법사, 태국 마법사 얘기했어.

"그 두 사람 잡아서 우리 이 왕국이 넣으면 우리 왕국 너무 행복 사람살게. 행복하게 살 수 있는 거야 사람들. 건강하게."

이렇게 욕심하는 거예요.

"꼭 쁘라꼬 쁘라케야 잡을 거야."

그렇게 했는데, 그래서 사람 모아서 따라서 잡으는데. 쁘라꼬, 쁘라케야 뛰으다가 되게, 너무 힘들었어. 부인이가 또 너무 힘들어서 부인 떨어졌어. [조사자: 아이고.] 부인이 떨어져서 죽었어요, 죽었고. 그 하느님, 지난번 하느님, 데려와서 보고 이번은 닝뻴가, 쁘라 닝뻴가 돌아가는 시간 됐어요. 그래서 온몸에 돌 만들어서 그래서, 아까 뭐지? 귀신하는, 한국말 뭐예요? [조사자: 그니까 한국말은, 사람 죽으면 혼, 혼.] 혼? [조사자: 어, 그니까 혼이 나간다고 그러거든요?] 네, 이렇게 하는 거예요. 혼, 귀신 같은 거. 그래서 남아는 거. 하늘에서 행복하게 보냈어요.

그래서 또 어, 그냥 이제, 부인이 떨어지니까 남편랑 형랑 둘이만 있어요. 그런데 날다가 동생까지 떨어졌어요. [조사자: 동생도?] 네, 바람이 너무 세서 그래서 떨어졌더니, 어, 둘이는 헤어졌어. 그 쁘라꼬랑 쁘라케야랑 헤어졌는데요.

그래서, 그다음에는 여기 쁘라케야, 쁘라꼬가 혼자만 있잖아요? 그래서 날다가 그 '플롬 스롯' 이렇게, 플롬 스롯 산, 플롬 스롯 산에서, '롬 플롯 스롯' 이렇게 불, 이름이 '롬 플롯 스롯'에서 어, 내려갔어요. 그런데 동생 없었으니까. 동생은 형을 찾았어요. 찾았다가 롬 플롯 슬롯 들어가 찾았더니 형가 만났어. [조사자: 다시 또 만났어?] 다시 만났어, 둘이가.

그런데 만나도 행복하게 못 살아요. 왜냐면 태국에 있는 왕이 욕심 있어서 그 둘이 잡아가야 돼요. 그런데, 그래서 가요. 어, 그래서 가서, 가서 잡았는데 못 잡았어요. 그 둘이는 또 날아갔어요. 다른 자리가 날아, 도망갔는데요. 도망가서, 어, 이번은 캄보디는 자리 '번띠이롱웨Lungveak' 이렇게까지 도망갔거든요?

'번띠이롱웨'는 되게 예전에 유명한 캄보디아 도시예요. 그 도시가 안에는 도시 있는데 사람 살고, 왕은 같이 왕국 살거든요? 예전에, 캄보디아 진짜 얘기하는 거? 전, 캄보디아 문화? [조사자: 문화?] 문화. 일으키는 거예요, 예전에.

그런데 번띠이롱웨, 뭐지? 어라온around 뭐죠? 그, 이렇게. [조사자: 성벽?] 아니, 번띠이롱웨 이렇게 있잖아요. 그런데 그 옆에 다 이렇게 있잖아요. 그거는 대나무 이렇게 키웠어요. [조사자: 대나무로 이렇게 울타리를 쳐요?] 네, 쳤어요. 그래서 뭐 나쁜 사람한테 그런 번띠이롱웨 못 들어가요. 이렇게 강하게 못, 만들어니까 못 들어가는데요. 그래서 칠 일 동안 여기 계시는데 어, 마법사, 태국 마법사는 다 알아.

'여기 그, 쁘라케야, 쁘라꼬가 여기 안에 있어. 그런데 우리는 못 들어가잖아. 태국 사람은 못 들어가, 왕 못들어가니까. 그러면 우리가 돈,'

캄보디아 돈 옛날 이름이 '쁘락룽' 이렇게 불렀거든요? 그거 어떻게 생기면, 되게 은색처럼 이렇게 이만큼 동그라미. 이렇게 생기는 거. 그래서 그 쁘락룽 던졌어. 그 대나무 안에. 그래서 캄보디 사람들 그거는 얼만큼 원했는데요. 그 돈이니까 몰랐어요. 그래서 가서 그 대나무 잘랐어. 쁘락룽 받으는 바람에. 받으고 싶으니까 대나무 잘라서 그 쁘락룽 받아. 그래서 그 강한 번띠이롱웨 어, 여기 옆에 다 있잖아요?

[조사자: 그 울타리 쳐 놓은 거, 대나무?] 네, 네, 잘라버려. 다 잘라버렸어요. 엄청 몇, 뭐 1킬로메트km 아니, 몇 메트m 정도 아니고, 몇, 몇 메트 이렇게 좀 또 키웠잖아요? 좀 강하게 다 잘랐어요. 그래서 쁘라꼬 쁘라케야 찾을 수 있잖아, 그런 거.

그런데 갔더니 쁘라꼬 쁘라케야 없어. 그래서 화났어. 태국 남자가, 그 왕이. [조사자: 마법사가? 왕이?] 왕이. 왕이 화나서 마법사한테

"너 죽여버릴 거야! 너 여기 있잖아. 내가 얼만큼 돈 썼어. 쁘락룽 얼만큼 썼는데, 그런데 지금 없잖아?"

그런데 그런 거 아니고 쁘라꼬 쁘라케야는 되게 변신하고 자기가 어, 소, 아니 물소. [조사자: 물소?] 네, 이렇게 변신했어요. 그래서 그 동네가 물소 많이 키우니까 안에. 그래서 물소 변신하더니 여러 물소 이렇게 들어갔어요. 들어가더니 그래서,

"아니야, 아니야. 그런 거 아니거든요. 그 물소, 그 쁘라꼬 쁘라케야가 지금 변신해서 물소 만들었어요. 그 물소가, 여러 물소 같이 있는 거야."

뭐 백 마리 물소 있잖아요? 같이 들어가는 거예요. 왜냐면 쁘라꼬가 그동안에 식사도 못 하고, 마법도 많이 쓰니까 너무 힘드는 거예요. 그래서 더이상 날고 없는 거예요. [조사자: 날 수가 없구나.] 날 수가 없어. 그래서 자기가 그렇게 만들었어요. 물소 만들어 들어가는데 그런데 마법사도 알았어요. 얘는 되게 엄청 욕심이에요. 그래서 캄보디아는 되게 태국 너무 미웠어요. 그렇게 있는 전설 때문에.

그래서 그렇게 했는데. 이렇게 왕한테 어, 캄보디아 마법하는 줄, 마법 뭐뭐뭐 이렇게 만들어서 그 마법이 이렇게 안에 만들어주고. 그래서 줄, 큰 줄 이렇게 만들었어. 그래서 그 물소 잡아서 그 줄

이 동그라미 이렇게 만들었어요. 그래서 줄이 많이 썼구, 그래서 쁘라꼬 쁘라케야 아니면 도망가는 거예요. 도망갈 수 있어, 소가. 그런데 [조사자: 주문을 그렇게 걸었어?] 네, 주문 걸었어요.

그런데 쁘라꼬 쁘라케야 가면 절대 이 주문은 못 건너가. 왜냐면 주문 건너가면 자기 잘못하는 거야. 마법 있으는 사람, 착한 사람. 왜냐면 그 마법이 그, 뭐, 부처님 같은 거 이런 마법이니까. 그러면 못 건너 가는 거. 그래서 주문 썼고, 그, 소들은 다 도망갔어. 두 마리만, 쁘라꼬 쁘라케야만 있어요.

그래서 어, 그때는 잡았나? 깜빡했네요. [조사자: 혹시 빠진 거 있으면 다시 해주셔도 돼요.] 아, 그랬어요? 그래서 아마 그때는, 어, 맞아 맞아. 그때는 한번 잡았어요. [조사자: 음, 한 번?] 네, 한번 잡았어. 그래서 태국에서 데려갔어요.

그런데 특이하는 거, 되게, 왜 캄보디 왕이 하나도 관심 없지? 자기, 자기 땅에서 다른 사람이 하는데 되게 열 받아. 읽으는 거. [조사자: 얘기 듣고 있으면?] 네, 이상하게. 아유. 캄보디아 되게 바보 같아요. 특히 읽으는 거 되게 열 받아요. 캄보디아 왕은 왜, 왜 태국 왕을 이렇게 만들어 하는 거야? 자기 아무도 왕인데. 아유, 진짜. 짜증 나.

그래서, 시간 지나서 그, 어, 태국 알고 있어. 그 마법책 안에 있는 거. 다 알 수 있는 마법은. 그거 배 하면, 쁘라꼬가 배 하면, 그거는 어, 자기 나라 건강하게 이렇게 주는 나라인 거 이렇게 얘기하고 있고. 그래서,

"배, 빨리 빼. 빼 오세요."

이렇게 하는 거예요.

그래서 쁘라꼬가 안 뺐어요. 그거, 그거 마법책인 거. 그 뭐, 꺼내서도 할 수 있는 거예요, 그 마법책이. 그런데 안 꺼냈는데, 그래서 혼났어. 많이 때렸어. 밥도 안 주고. 그래서 마법사 보고 몰랐어. 시간 지나서 마법사 알구. 태국 마법사 그런 거 안 돼. 그 사람이 세 명 꼭 같이 있는 대요. 그 마법책도 한 명, 쁘라꼬 쁘라케야 같이 이렇게 해야 돼. 나라 건강하게 살고 그런데. 우리 강하게 이렇게 때리거나 아니면 밥 이렇게 안 주고 그런 거 죽으면 그렇게 크니는 거예요. 뭐

안 좋은 일 하면 이렇게 더 우리나라 안 좋은 거 그렇게 하지 말고.

그래서 태국 이렇게 알고 죄송했어요. 쁘라꼬 쁘라케야 죄송해서 그래서 예쁜 옷 입혀주고 좋은 왕국 같은 거 만, 집 같은 거. 왕국 아니고. 집 같은 거 만들어 주고. 뭐 좋은 거 만드는데. 근데 둘이는 좋지 않아. 자기 나라 아니니까. 자연하게도 못 살고 밖에 못 나오니까 그냥 갇히는 거처럼 살잖아요.

그래서 어느 날, 며칠 지났어요. 며칠 지나서 쁘라꼬가 쁘라케야한테 얘기했어.

"오늘은 어, 내일은 보름달이야. 보름달이면 내가 움직할 수 있는 날이야. 그러면 동생이가 준비하고 우리 오늘 밤에 사람들 다 자면 갈 거야, 우리가."

그래서 시간 지나서, 둘이 시간, 다들 자니까 도망갔어. 도망가는데 너무 깜깜해서 날씨가, [조사자: 안 보여?] 아니, 보름달인데 그런데 그 책에 이렇게, 그 인터넷에는 깜깜 이렇게, 썼어요. 뭐 구름이 있었나? 뭐 이런 것도 있고 그니까. 깜깜해서 어디인지 뭐 알았어요? 못 알아들었어요. 그래서 이번은 '프롬런(파일린Pailin)'● 이렇게. 이름은 프롬런에서 내렸어요. 프롬런 내렸었는데, 그래서 태국 왕이 또 알았어.

"아, 쁘라꼬 쁘라케야 없어버렸어요! 가서 태국."

여기 뭐지?

"프롬런 가서 잡어 먹어, 잡아야 돼. 가서 잡아야 돼."

그래서 이번은 더 많은 사람을 데려가서 잡았는데요. 프롬런 들어가서 또 나무 잘라서 쁘라꼬 쁘라케야를 찾았는데 못 찾았어. 쁘라꼬 쁘라케야 그거 알고 그전에는 가서 아니, 어. 그래서 그 프롬런 가서 또 다른 자리도 옮겨갔어요. 뭐 뛰어가서 또 프롬섬쁘(섬쁘 산)도, 프롬섬쁘, 여러 산같이 이렇게 뭐, 높으게 뭐지? 나니까. 그래서 밑에 내려가면 좀 힘들잖아요. 산에 위에만 내리는 거. 뭐 프롬런도

● 제보자가 자료 확인 과정에서 캄보디아의 현 '파일린, Pailin' 도시라고 설명했다. 파일린 주는 캄보디아 서부 지역에 위치해 있고 태국과 국경을 맞대고 있다.

내려오고. 아니면 프롬런부터 또 프롬섬쁘 이렇게 내려오고. 프롬섬쁘도 그 사람이 알아서 또 찾아가도 또 다른 자리 옮기고 이렇게 하는 거예요.

그래서 어느 날, 어느 날인데. 어, 그, 날다가 힘들었어. 너무 며칠 동안 못 먹고 밥도 못 먹고 너무 힘 빠져서 그냥 내리는 거야. 자리가. 그런데 갑자기 내리는 자리가 그 태국 한 사람들 이렇게 있는 자리인 거야. 어떡해. 뛰고 또 뛰고 도망가고, 도망가고도 잡히고.● 아유 참. 그래서 자기 내려오자마자 그 사람이 자는 자리가 되게 있는 거예요. 그래서 그때는 잡았어요. [조사자: 아이구.] 응, 그냥 잡아서 태국에서 데려가고 그냥 여기서 살아서 죽었어요. [조사자: 태국에서?] 네, 캄보디아 아무들도 관심 없고 얘기도 안 했어요. 그래서 태국에서 있어요.

[조사자: 어, 그러면 그 쁘라꼬 쁘라케야와 관련된, 걔네가 죽고 나서 뭐가 된 건 없고?] 돌 됐어요. [조사자: 돌?] 돌아가시고 그래서 돌 됐어요. [조사자: 음, 그 돌이 어디에 있는지는?] 지금은 쁘라꼬 쁘라케야는 뭐. [조사자: 바위가 됐다는 거죠? 바위?] 네, 바위. 그렇게. 지금은 태국에 있어요. [조사자: 태국에?] 네.

그래서 그런데 캄보디아에는 또 뭐, 돌이나 만들었어요. 뭐. [조사자: 어떤 거?] 그, 쁘라꼬 쁘라케야 네네. [조사자: 그냥 만들었어?] 직접으로만. 직접 아니고, 그 진짜 아니고 그냥. [조사자: 그러니까 이제 인공으로 만든 거야?] 네, 인공으로 만든 거예요.

[조사자: 그게 이제 원래 캄보디아 사람들이니까?] 네, 그렇게 만들었어. 되게 믿어서, 소원 빌고 이렇게 하는 거예요. [조사자: 아. 그래서 사람들이 거기 가서 소원을 많이 빌어요?] 네. [조사자: 어떤 소원 많이 빌어요?] 뭐. 행복하게 건강하게 살고. 애기 생겨주세요. 뭐 회사나 이렇게. 부처님만큼. 부처님만큼 믿어요. [조사자: 부처님한테 소원 빌듯이 비는 거예요?] 네, 믿어요.

● 제보자가 자료 확인 과정에서 쁘라꼬와 쁘리케야 형제가 캄보디아 소재의 트바잉산에서 잡혔다고 부연했다.

[조사자: 그러면 이 돌은 어디에 지금 있는 거예요? 캄보디아, 어느 지역에?] 아니, 어느 자리 다 만들어 놔요. [조사자: 아, 곳곳에 이게 다 쁘라꼬 쁘라케야.] 아, 쁘라꼬 쁘라케야 누구 다 알아. [조사자: 아, 어디든 갔다가 소원 비는 거야?] 네, 어디든 있는 거예요. 뭐 큰 도시 있으면 뭐, 만들어 놓고, 뭐 소원 빌고 이렇게. 뭐 책도 만들어서 사진도 이렇게 예쁘게 만들어서 집에 놓구. 사람들. 어, 우리집도 있어요. (웃음) [조사자: 어, 집에도 있고? 아.] 우리집도 그림책 이렇게. 그림 이렇게 만들고 놓고 부처님처럼 이렇게 그림 놓고 이렇게. '뭐뭐 이렇게 살아주세요. 건강하게.' 이렇게. 되게 유명하죠?

[조사자: 그러네요. 쁘라꼬 능력도 많고.] 엄청. [조사자: 그런데 너무 힘들어. 사는 게. 힘들었어.] (웃음) 아유 참. 캄보디는. 음. [조사자: 그러게. 그게 왜 바위가 또 거기에 있는 걸 찾아오면 좋았을텐데.] 그러네요. 참. 음. 못 말려.

[조사자: 이렇게 긴 이야기가 그 교재에 들어있단 말이에요?] 네. [조사자: 우와.] 책 하면, 이만큼 책 있어요. [조사자: 두껍겠네요.] 그런데 제가 어떻게 캄보디에는 그, 주소가 적당하게 알려주거든요? 그런데 아까 선생님 말씀이 뭐, 쁘라꼬 쁘라케야 적당하게 어디 있는지 안 알려줘요. 그냥 태국에서 있는 얘기만 하고. 근데 어디 적당, 동네 이름 뭐뭐 이렇게는 얘기 안 해요.

그런데 우리는 쁘라꼬 쁘라케야 되게 부처님만큼 믿는 거예요. [조사자: 사람들이?] 생각해. 부처님 전생이 쁘라꼬 쁘라케야. 그다음 전생이 부처님. 이렇게 얘기하는 거예요. 그래서 엄청 믿어. 그 전생 얘기하는 거 다들 믿으니까. 그래서 부처님은 되게 여러, 여러 전생 있잖아요? 그래서 그 전생 하나씩 하나씩은 여러 가지 태어났으니까. 그래서 그게 너무 믿어요. [조사자: 음, 그니까 쁘라꼬 쁘라케야도 부처님의 전생이다? 그렇게 생각한다고?] 네, 생각해요. 그렇게 해요. [조사자: 좋네.]

야자나무와 구장덩굴이 된 부부

● **구연정보**

조사일시 : 2016. 12. 17(토) 오후
조사장소 : 강원도 횡성군 횡성읍 읍하리
제 보 자 : 체아다비 [캄보디아, 여, 1983년생, 결혼이주 8년차]
조 사 자 : 박현숙, 김민수

● **구연상황**

오숙민 작가와 일본 국적의 모우에 히로꼬 제보자가 이야기판에 함께 참여했다. 모우에 히로꼬 제보자가 〈귀 잃은 악사 호이치〉 구연을 마친 뒤, 조사자가 체아다비 제보자에게 번역한 책을 보여주며 구연을 요청했다. 제보자는 〈야자나무와 구장덩굴〉 이야기를 구술하다가 책에 실린 내용이 자기가 본래 알던 것과 차이가 있다고 했다. 조사자가 본래 알고 있던 내용을 들려 달라고 하자 제보자는 그에 대한 구연을 이어나갔다. 구연 말미에는 캄보디아의 결혼 풍습에 대해서도 들려주었다.

● **줄거리**

옛날에 형제가 부모 없이 단둘이 살았다. 형제는 마술을 배웠고, 형이 스승의 딸과 결혼했다. 형은 먼 곳으로 마술을 하러 떠났는데 집으로 돌아오지 않았다. 아내가 남편을 찾아다니다가 그가 죽어서 변한 바위에서 머물다 그 자리에서 죽었다. 동생이 형과 형수를 찾아다니던 중에 형이 죽어서 변한 바위에서 쉬다 잠이 들었다. 그때 꿈속에 도사가 나타나 방망이를 주면서 바위의 정체를 알고 싶으면 방망이를 세 번 흔들라고 했다. 동생이 방망이를 흔들자 형이 변한 바위가 야자나무로 변했고, 이어서 형수가 변한 구장덩굴이 나타나서 야자나무를 감고 올라갔다. 그 후 캄보디아에서는 결혼식 때 형과 형수가 변한 나무의 열매를 부모님 입에 넣어드리고 신랑과 신부에게 야자꽃을 뿌리며 축복하는 의식이 생겼다.

[조사자 1: 그럼 지금 거기에 있는 이야기는 어떤 이야기인 거예요?] 아, 이거 있는 이야기는 야자나무와 자장덩굴 이야기. 자장 잎이 그런 거 아닌가요? [조사자 1: 자작나무 말하는 거예요?] 네. 자작나무 아시나요? [조사자 1: 네네. 알아요] 저는 야자, 야자는 캄보디아 야자고 구장은 아, 구장. [조사자 1: 구장은 뭔지는 잘 모르겠어요. 찾아보면 나올 거 같아요.] [조사자 2: 구장은 나무 이름이에요?] 네, 나무 이름. 이 얘기가 길어요.

[조사자 1: 그래서 지금 읽어보셨어요?] 이거 근데 쉽게 하면 두 형제가 죽어서 한 명은 야자나무가 되고 한 명은 구장덩굴 야자 올라가면서 결혼식 할 때는 야자도 쓰고, 그리고 구장잎 덩굴은 또 많이 써요. [조사자 1: 베트남에. 그 얘기랑 비슷한 거 같아요. 베트남에도 결혼식 할 때 그 써야 되는 열매 있잖아요.] 네네. [조사자 1: 그거랑 관련된 이야기가 형제 이야기가 있더라구요. 캄보디아도 그 유형의 이야기인가 봐요.] 네네, 그 이야기.

구장은 이제 캄보디아 가면 할머니 할아버지. 할아버지는 아니고 할머니. 구장 열매. 막 씹으면 피 같은 거 나오잖아요. 막 쓰잖아요. 그런 거 이야기. 쭉 있는데 [조사자 1: 한번 그럼 쭉 보시겠어요?] (제보자 자신이 번역한 책을 잠시 살펴보다가) 지금 얘기할까요? [조사자 1: 네, 하세요.] 네.

야자나무와 구장덩굴 이야긴데요. 옛날 아주 옛날 두 형제가 있었어요. 두 형제는 이제 엄마 아빠 부모 없이 고아. 둘이 살았어요. 그래 어느 날 가까운 왕국 스님에서 마술, 마술 피우러 인제 소식이 왔어요. 그들은 둘이서 이제 거기 찾으러 갔어요.

"내가 좀 마술 배우게 해주세요."

해가지고 그 이래저래 얘기하다가 거기는 배우게 됐어요. 거기서 배우면서 먹고 자고. 인제 거기 스승님은 딸 하나 있었어요. 딸은 열일곱이고 형은 열여덟 정도 됐구요. 동생은 이제 열 몇 살 됐고 인제. 그 딸, 스승 딸하고 형이 결혼하게 되었어요. 이제 자기 근데 형님이 그러죠. 결혼하게 되고 결혼생활 하면서 마술도 배우고 형은 가끔씩 어디 가서 마술도 하고 어쩌다 형이 욕심 생긴 거죠. 이제 막 욕심 생기니까 점점 더 멀리멀리 나가게 됐고 부인은 형을 (제보자 자신이 번역한 책을 가리키며) 여기하고 얘기 좀 달라요. 그러니까 제가 듣던 [조사자 1: 아시는 걸로 이야기해 주세요.] 이야기, 네. 동화책 나온 거보다 달라요.

근데 형은 나가니까 소식이 없어요. 소식이 없으니까 부인이 걱정이 돼서 이제 남편을 찾으러 가요. 찾으러 가니까 밤낮없이 찾아 가지고 뭐 많은 일 많이 겪었어요. 겪으면서 이제 어느 날은 뭐 바위 앞에 자다가 산신령이 나타나서,

"너는 왜 여기 왔냐? 주인 허락 없이 막 왜 허락 없이 여기 마음대로 자냐?"

싶어서,

"그럼 저는 어떻게 하면 돼요? 향 피우면 돼요?"

향. 캄보디아에서는 그래요. 어디 가면 주인. 아무도 보이는 사람 없으니까 어디나 주인 있잖아요. 향 피우면서 허락해요. 내가 여기 좀 자게 해주고 어떻게 지나갈 때는 좀 도와주시든지 그런 거 향 많이 피워요.

형수는 향 피우고 거기서 자게 되었어요. 향 피우면서 자게 됐는데 형이 사실 그 남편은 죽었어요. 죽으면서 그 바위에, 바위 앞에 죽었어요. 죽었는데 자기가 모르니까 거기 앞에서 그냥 자는 거예요. 자다가 죽어 모르게도 지났어요.

부인은 지나가면서 이제, 동생은 이제 형수는 형을 찾으러 갔는데 안 오니까 또 찾으러 와요. 형수를 형수도 찾고 형도 찾고 찾게 되니까 어쩌다 그 둘 바위를 지났어요. 바위는 어쩌다가 흰 바위 변하기도 하고 검은 바위 되기도 하고 그건 자기 형 시신이 죽어서 이제 바위 생기는 거예요. 순진해 모르니까 바위에서 흰색도 되고 검은색도 되고 어떡하다 동생 거기 자게 되었어요.

자게 되었는데 막 깜깜해 나타나요. 뭐 신령인지 귀신인지 '짜잔'하고 막 큰 저기 방망, 방망이 줘요.

"너는 이 바위 무슨 바위인지 아냐?"

"나는 모르겠다. 이 바위 무슨 바위인지."

"그럼 너는 이 방망이 줄 테니까 궁금하면 이 방망이 흔들어라."

해가지고 그래서 동생은 자다가 깼어요.

무슨 꿈이었는지 자다 깼는데 방망이 옆에 있었어요. 방망이 옆에 있었는데, 옆에 있었는데. 아 그전에 얘기 안 한 거. 그 형수가 남편 찾으러, 찾으다가 죽었어요. 어디 죽었는지도 모르고 어디 죽었는지 수습도 안 하고 형은 이제 죽어서 바위 생긴 건지 모르니까 이제 산신령 나타났는지 뭐 방망이 줬어요. 그 동생 궁금이니까,

'만약에 그 꿈속에, 기억했던 꿈속에 하면 바위 변했을까?'

궁금이니까 또 그냥 방망이 세 번 흔들었어요. 세 번 흔드니 바위가 번쩍이는 나무로 변했어요. 야자, 야자로 변했고. 또 흔들었어요. 또 세 번 흔들었는지 어디선가 구장, 구장 굴은 나타나 이제 막 야자를 둥글둥글 올라가면서, 타고 올라갔어요.

그래서 그 옛날에는 그 나무는 인제 사람이 전쟁했을 때 사랑과 희생나무이고. 이제 요즘은 쭉 전통 이어 붙어 야자는 결혼식 할 때 야자꽃 축복받기 위해 야자꽃 뿌리는 의식이 있어요. 우리 요즘 쉽게 하면 꽃 뿌리는 데 있잖아요. 캄보디아 그런 거 있고. [조사자 1: 야자꽃 뿌려요?] 네, 야자꽃 뿌려요.

또 구장, 구장은 저는 뭔지 모르겠고 이제 캄보디아에서는 슬락, 슬락멀루라고 해요. 슬락멀루는 할아버지 할머니는 야자 반. 반자, 반야 열매 아시나요? [조사자 1: 반야? 반야라는 과일이 있어요?] 네. 반야 열매랑 구장이랑 살살 넣어서 막 부모, 부모님 드리는 의식이 있어요. 그럼 부모님이 먹으면서 [조사자 1: 그걸 드시면 어때요?] 거기는 이제 막 피처럼 번지는 거예요. [조사자 1: 그걸 부모님한테 드려서 드시게 하는 이유가 뭐예요?] 이유가 이제 그동안 내가 속았던, 뭐와 뭐 힘들었던 이야기니까 이제 자신은 어디 갈 데 없고 없잖아요. 아직 자기 먹고 이제 뱃속에 들어가니까. 그런 의식 뭐 그런 거 있었어요.

[조사자 1: 그러면 그 방망이 휘둘렀던 그 형수 그리고 아내는 어떻게 됐어요? 아니 아내가 아니고 시동생.] 아내는 죽고. 시동생은 이제 시동생은 얘기 안 나오고 야자는 [조사자 1: 그럼 야자는 형이고 덩굴은 아내가 되는 거예요?] 아내 되는 거구. 이제 거기 있는 귀한 나무 있었거든

요. 희생, 뭐 전쟁이 날 때 희생이고.

[조사자 1: 그럼 전쟁 났을 때는 이런 거 쓰는 건 아니죠?] 쓰는 건 아니고 결혼식 때는 축복. [조사자 1: 결혼식 할 때, 축복할 때만 쓰는 거죠?] 네. 결혼식 할 때 축복할 때 쓰고. 그리고 [조사자 1: 부모님한테 드릴 때.] 네. [조사자 2: (조사자가 스마트폰으로 찾은 사진을 보여주며) 이거예요?] 아, 맞아요. [조사자 1: 맞아요? 열매가.] [조사자 2: 판야나무라고.] 판야 거기 안에는 이제 알 같은 거 까만색 [조사자 1: 그것도 그럼 먹으면 색깔이] 피 같은 거. [조사자 1: 아 피 같은 색 나와요?] 네, 피 같은 색 나오고. 아 그럼 아닌가? 동그랗게 또 있는데, 동그랗게.

그 캄보디아에서는 결혼식 3박 4일 해요. [조사자 1: 3박 4일?] 네, 옛날 전통식은 3박 4일. 의식이 많아요.

[조사자 1: 그럼 첫날엔 어떤 의식을 해요?] 첫날은 이제 저기 남자 쪽에. 원래 결혼식은 여자, 여자 쪽에 결혼식 올리거든요. 첫날은 이제 결혼식 준비, 물건, 그릇 같은 거. 천막도 치고 이제, 남자, 남자 집안은 멀으니까 하러 와서 지내고 저녁 먹고 이제 다음날은 결혼식 올리는 거고 혼례식하고. 그거 올리면 아침부터 저녁 여덟 시 반까지. [조사자 1: 하루 종일 의식 하고?] 네. 의식. 의식 하는 일이 많아요. 뭐 실제 나오던 얘기 뭐 따옹따운쓰바이 그런 거. 야자 축복 뭐 그런 거 같은 거 많고. [조사자 1: 마지막 삼 일째는?] 마지막 삼 일째는 이제 축하하는 게, 고마움 위해 이제 마지막. 축하, 고마우니까 밥도 나눠주고 그릇 같은 거 걷고 막 정리하면서.

[조사자 1: 그러면 신랑 신부 합방은 3일 행사 중에서 두 번째 날에 합방하는 거예요? 첫날밤 같이 자는 건?] 3일. [조사자 1: 마지막 날?] 마지막 날. [조사자 1: 그럼 혼례식 하는 날 12시 전까진 따로 자야 돼요. 신랑 신부가?] 아, 12시 밤은 그냥 같이 지내요. 지내긴 지내는데 짧으니까, 아침에도 가야 되고.

[조사자 1: 근데 한국에서는 첫날밤에 막 구멍 뚫어서 보는 풍습이 있어요. 근데 캄보디아는 첫날밤 근처에 아무도 안 가요, 사람들이?] 복잡해요. [조사자 1: 복잡해요? 신방 앞에?] 네. [조사자 1: 그 앞에 모여서 뭐해요?] 그거 저기 이제 부모는 옆방 대문자야 되고 도망 못 가게. [조사

자 1: 못 도망가게 지키고.] 지키고 그런 거 있죠. [조사자 1: 아 그렇구나.]

대부분 이제 결혼식하기 싫으면 이제 의식 끝나고 도망간 사람 많았거든요. [조사자 1: 아, 식이 너무 힘들고 길어서요?] 아니, 신랑이 맘에 안 들어서. 어차피 부모한테 거절 얘기할 수 없으니까 일단 의식을 올리고. [조사자 1: 그러니까 못 도망가게 신부 측에서 지키는 거예요?] 네네.

그리고 약혼할 때는 이제 서로 얘기해요. 얼마얼마 백, 이백 그런 거. 여자, 남자, 여자는 먼저 요구해요. 뭐, 이백인가 삼백. 막 오십, 삼십 같은 거 요구하면서 그럼 남자가,

"아! 비싸다. 얼마얼마에 해 달라."

그런 거. 뭐 그럼,

"그만큼 주면 뭐해 주나?"

"반지. 반지 몇 돈 몇 돈."

이런 거 따지고.

[조사자 1: 아주 옛날부터 그랬어요?] 지금도 그래요. [조사자 1: 그렇구나.] 네, 지금도 그래요.

모기의 몸이 작아진 유래

● **구연정보**

조사일시 : 2018. 06. 09(토) 오후
조사장소 : 강원도 인제군 인제읍 상동리 제보자 자택
제 보 자 : 킴나이키 [캄보디아, 여, 1991년생, 결혼이주 6년차]
조 사 자 : 박현숙

● **구연상황**

제보자가 〈일곱 색 꽃다발 세 개로 선녀와 결혼한 왕〉 구연을 마친 뒤 조사자가 다음에 들려줄 이야기가 무엇인지 물었다. 제보자는 모기 이야기라며 구연을 이어나갔다.

● **줄거리**

옛날에 창조주 쁘레아에이쏘가 세상을 만들고 동물과 사람을 만들었다. 쁘레아에이쏘가 모기를 사람만큼 크게 만들어서 모기가 사람을 잡아먹었다. 사람들은 모기에게 희생당하는 순서를 정해놓고 그 순서가 되면 가족들이 슬프게 울었다. 한 부잣집 딸이 부모의 만류에도 희생 제물이 되겠다고 자원했다. 부잣집 딸은 거대한 모기가 다가오자 낙엽을 태워 연기를 피웠다. 모기는 연기 때문에 부잣집 딸 가까이 다가가지 못했다. 모기가 창조주 쁘레아에이쏘에게 가서 사람들이 자신을 보지 못하고 쉽게 물 수 있도록 몸을 작게 만들어달라고 요청했다. 쁘레아에이쏘가 모기의 요청을 받아들여 지금처럼 몸집을 작게 바꿔주었다.

[조사자: 어떤 이야기예요?] 그 지난번 뭐지? 모기. 모기 얘기인 거예요. [조사자: 모기가 생겨난 이유?] 네.

그 예전에 이런 얘기는 세상에서 지구에서는 누구 만들었어요. 그 쁘레아에이쏘 만들었어요. 사람도 만들고 동물도 만들고 세상을 다 만들어 주는 거예요. [조사자: 누가 만드는 거예요?] 쁘레아에이쏘. 쁘레아에이쏘. 그래서 그때는 쁘레아에이쏘가 모기가 만들었대요. 근데 모기가 사람보다 더 커. 몸매가 사람보다 더 커. 뭐 잡아먹어? 사람 잡아먹어요. 그런 거예요. 동물 같은 거, 사람 이렇게 잡아먹는 대요.

그래서 세상에서 동네마다 그 이름 적고 하루하루 사람 보내서 모기 잡으는 거예요. 그래서 대부분이 자기의 자리 도착하잖아. 되게 엄청 많이 울었어. 세상에서 죽었는데 어떻게 되는 거예요. 울었어.

"내가 오늘 밤에 가서 죽는 거야. 어떡해나. 어떡해나."

그래서 속상해서 가족들이랑 계속 우는 거예요. 그런데 어떤 부잣집에서 똑똑한 여자가 있대요. 그 여자가 아빠 엄마 얘기해서,

"엄마. 내가 가서 그 모기 먹는 자리 쪽 갈게요."

그래서 아빠 엄마 혼났어.

"우리 집이 얼만큼 부자인지 너 몰라? 나는 죽은 사람 가족들 돈 얼마나 줬는데 너 자리 이렇게 안 넣어줬는데 너는 왜 이렇게 바보처럼 자리 찾고 죽을 자리 찾는 거야? 그러지 말고 내 말 잘 들어."

그런데 엄마 아빠가 얘기 어떻게 하든지 듣지도 않고 가고 싶으니까. 그래서 얘기 안 들으니까 갔어, 그 여자가. 가더니 그 여자가 모기 무서운 생각이 들었어.

'만약 우리가 나뭇잎에 죽은 나무 떨어진 나뭇잎 있잖아요. 그거 불 만들어서 연기 있으면 모기가 그 불에 보고 무섭지 않을까?.'

그렇게 생각했는데 그래서 옆에 사람한테 얘기해가지고 그 불을 만들었어요.

그래서 불 만들었더니 연기 너무 심하잖아요. 그래서 그 사람은 그 가운데 있어. 동그라미 예전 사람이 가운데 있는데 그 모기가 사람 먹으러 오는데 왔더니 없어요. 그 불 안보이잖아. 그래서 들어가면 뜨거워서 못 들어가는 거예요. 배고파 죽겠는데 계속 불 피우니까 모기가 그동안 못 먹는 거예요.

그래서 못 먹으니까 힘없어서 쁘레아에이쏘한테 가서 얘기했대.

"내가 사람 잡아먹는데 사람이 너무 똑똑해서 불을 피우고 우리

는 뜨거워서 가서 못 잡아먹는 거예요."

그랬더니,

"그러면 내가 어떻게 해줘?"

그랬더니,

"그러면 우리 아주 작게 만들어 주세요. 그러면 사람이 우리 보지도 못하고 쉽게 물 수 있잖아요."

"그러면 너 마음대로 해줄게."

그러면 기도하고 얘는 이렇게 작게 만들어졌어요, 지금처럼. 그때부터 모기 크지 않고 작게 나오잖아요.

그런데 사람 먹을 때마다 배 많은 모기 많이 죽었잖아요. 뭐 때리든지 뭐든지 많이 죽었어. 그런데 그때그때 먹고 살 수 있잖아요. 그래서 이렇게 했어요.

뱀이 많이 생겨난 이유(낑껑뱀) [1]

● **구연정보**

조사일시 : 2016. 12. 17(토) 오후
조사장소 : 강원도 횡성군 횡성읍 읍하리
제 보 자 : 체아다비 [캄보디아, 여, 1983년생, 결혼이주 8년차]
조 사 자 : 박현숙, 김민수

● **구연상황**

제보자는 〈떡이 그릇보다 클 수 없다〉는 캄보디아 속담 구연을 마친 뒤 이 설화 구술을 시작했다. 이야기와 관련된 관용어를 먼저 소개한 뒤 본격적인 이야기 구연을 시작했다. 구연을 마친 뒤에는 이야기 속 여주인공과 관련된 속담을 소개했다. 오숙민 작가와 일본 국적의 모우에 히로꼬 제보자가 청자로 함께했다.

● **줄거리**

옛날 한 가정의 남편이 일 년 동안 장사를 떠나고, 집에는 아내와 딸만 살았다. 어느 날 아내가 호미를 구덩이에 빠트렸는데 그곳에 뱀이 있었다. 여자는 뱀에게 호미를 꺼내주면 원하는 대로 해주겠다고 했다. 뱀은 저녁에 여자의 딸이 자기를 찾아오면 원하는 것을 말하기로 하고 호미를 꺼내주었다. 뱀은 저녁에 찾아온 딸에게 집으로 가겠다고 전한 뒤, 그 집을 찾아가 아내와 정을 통했다. 어느 날 아내가 뱀과 정을 통해서 임신한 사실을 눈치챈 남편은 뱀을 죽이고 그 몸통으로 음식을 만들어 아내에게 먹였다. 까치가 이를 보고 아내가 뱀남편의 살을 먹는다고 말했다. 남편은 옷을 벗고 목욕하는 아내의 배를 찔렀고, 뱃속에서 새끼 뱀이 쏟아져 나와 세상에 퍼졌다. 캄보디아에는 〈냉리처럼 바람피우고 새끼 뱀을 낳지 말라〉는 속담이 있다.

깽껑뱀은 이제 옛날이야기예요. 뭐 믿을, 안 믿었지만 옛날에는 이제 한 나라에는 뱀이 없었어요. 이게 뱀 관련된 이야기예요. 그쪽 어

렸을 때부터 많이 듣던 이야기니까 동화책 없었기에 그냥, 할머니 할아버지들 뭐 어디 가면 경로당 여긴 경로당 가면 인제 쭉 듣던 이야긴데요. 이건 만약에 이제 가면 어느 가면 수다수다 이야기하잖아요.

"이 집처럼 바람피지 마라. 애들 뱃속에 뱀 나온다."

그런 거.

"이 지역에 뱀 많다."

그런 거 얘기 많이 했어요.

그 뱀은 이제 옛날에 아주 여기 큰 뱀인데 독 없는 뱀 뭐죠? [조사자: 구렁이?] 네, 구렁이 뱀이에요. 그 한 여자가 남편도 있고 딸도 있고 인제 평범하게 살았어요. 그 옛날에는 남자는 장사, 장사하면서 쌀도 팔고 옷감도 팔고 그러니까 남편은 일 년 내내 집에 없었어요. 그래가지고 먹을 거 없이 그냥 산속이나 인제 어느 고구마 키우고 그런 거 있잖아요. 고구마 키우면서 인제 거기는 고구마 아니고 마 같은 거 이제 마 같은 거 캐러 다녔어요.

캐는데 대나무 앞에는 마도 엄청 많고 캐다가 인제 뭐 호미, 호미로 이제 구멍을 빠져 들었어요. 빠졌는데 아무리 꺼내도 안 되니까 꺼내려는데 거기 뱀이 있어요. 뱀이 있었고 인제, 뱀하고 막 얘기해요.

"내 호미를 주세요."

"만약 니 호미를 주면 너는 나한테 뭘 해주냐?"

그러니까,

"원하는 대로 해주겠습니다."

막 하고 그러니까,

"알겠소. 그럼 내가 주겠소. 내가 뭘 원하는지, 오늘 저녁에 다시 여기 와라. 내가 얘기 해줄게."

"어, 저는 바쁘니까 저녁에는 못 오고 딸 보낼게요."

그래서 호미를 받고 그냥 집에 갔어요. 어느 저녁이 되어서 약속했던 대로 딸을 보냈어요. 딸을 보내니까 이제 어떤 소식이 어떤 거 원하는지 얘기해 줘가지고 딸은 소식 듣고서 엄마한테 와서 얘기했어요.

“그 뱀은 몇 시 몇 시에 우리 집에 온다.”

그래가지고 엄마는,

“그냥 침대에서 기다리라.”

그러니 와서 뱀하고 바람을, 믿을 수 없지만 옛날이야기 했을 때니까 이제 뱀하고 같이 잠도 자고 뭐 그런 거 했어요. 하니까 한 몇 달 지나더니 한 일 년 후 뱀하고 같이 지냈다가 남편이 왔어요. 남편이 오더니

“내가 한 일 년 집에 없는데 왜 왔더니 마누라가 왜 임신했냐?”

그러니까 의심도 하면서 인제,

“혹시 어디서 바람피나?”

딸한테 물어봤어요. 딸은 그 사실 얘기하고 이제,

“엄마는 이제 뱀하고 바람 했다. 저녁때마다 들어와요.”

그러니,

“아, 알겠어.”

저녁때마다 들어오니까 이제 어느 저녁은 이제 아빠를 막 꾸민 거예요.

“너는 이제 뱀을 불러라 엄마가 집에 없으니까.”

딸은 또 뱀한테 가서 이제 신호 보낸 거예요. 신호 보내고 이제 저녁 되어서 뱀이 들어왔고 대문을 열자마자 그 남편이 이제 뱀을 죽였어요. 뱀을 죽이고 나무 옆에는 꼬리하고 머리 걸고 몸, 몸통은 요리해서 다음 날 먹었어요.

그 까치 앞에서 까치가 와서 밥 먹는 동안 까치가 그 나무 앉아서 인제 막 자기 울음소리 소리 나온 거예요.

“냉리는 남편 죽이고 남편 살을 파먹는다.”

그런 거 뜻이. 네, 그래 자꾸 울어요.

그 여자 아유 짜증나서

“아, 나는 왜.”

까치는 물러가고 물러가면서 밥 먹고, 신랑 남편(아내)에게

“내가 그 동안 일 년 동안 집에 없으니까 애들도 보살피고 많이 힘들었지? 그러니까 오늘 내가 도와줄게. 뭐 하고 싶은 거 시켜 내가

목욕해 줄게 머리 감아 줄게."

옛날에는 이제 우물 같은 것도 없고 인제, 강가. 강가 가서 목욕도 하고 씻고 빨래도 하고,

"오늘 내가 같이 빨래해 줄게."

그래 빨래하다가 뭐 힘들었는지 쭉쭉 얘기 했잖아요 부부끼리니까 그래가지고,

"내가 목욕해 줄게."

해서 목욕하면서 이제 부인은 강가 가서 앞에서 옷 벗고 목욕하려 했는데 남편이 부인을 죽였어요. 칼로 배를 찔렀어요.

찔렀는데 막 쉴 새 없이 뱀이 나와요. 다 애기 뱀, 새끼 뱀이고. 그러니까 남편은 아무리 뱀을 죽여도 이제 강가도 가고 너무 많으니까 잡아 죽일 수 없어요. 그럴 때부터 쭉 이제 뱀이 생긴 이야기. 쭉 얘기 있었어요.

그래서 어디 가면 속담 있어요. 바람피우는 속담인데 '냉리처럼 바람피우고 애기 뱀 낳지 마라.' 그런 속담이 있었어요.

뱀이 많이 생겨난 이유(낑껑뱀) [2]

● **구연정보**

조사일시 : 2017. 01. 18(수) 오후
조사장소 : 경기도 화성시 향남읍 행정리
제 보 자 : 포유미네 [캄보디아, 여, 1988년생, 결혼이주 6년차]
디다넬 [캄보디아, 여, 1988년생, 결혼이주 5년차]
조 사 자 : 오정미, 이원영, 이승민

● **구연상황**

제보자가 〈쭈쭈 할아버지〉 구연을 마친 뒤 조사자가 캄보디아의 동물이나 계절에 관련된 속담이나 이야기를 청했다. 제보자는 캄보디아에 큰 뱀이 많고 뱀 이름이 '낑껑'인 이야기가 유명하다고 했다. 먼저 머리카락이 뱀인 아이를 낳은 여자 이야기를 한 뒤, 낑껑뱀 이야기를 시작했다. 포유미네 제보자가 주로 구연을 하고, 디다넬 제보자가 거들었다.

● **줄거리**

남편이 멀리 진주 장사를 나가고 숲에서 홀로 죽순을 캐던 여자가 있었다. 하루는 여자가 대나무 밑의 구멍에 호미를 떨어뜨렸다. 여자가 호미를 찾아주면 같이 살겠다고 하자, 뱀이 그 말을 듣고 호미를 찾아주었다. 여자는 뱀에게 밤에 집으로 오라고 했고, 남자로 변한 뱀과 며칠 밤을 보냈다. 그 딸이 엄마가 낑껑(뱀)과 자는 것을 알았고, 삼 개월 뒤에 돌아온 아버지에게 엄마가 낑껑과 바람을 폈다고 알려줬다. 남편은 딸과 함께 뱀이 사는 구멍에 가서 딸에게 엄마 흉내를 내라고 했다. 여자가 온 것으로 여긴 뱀이 밖으로 나오자 남편이 칼로 뱀을 쳐 죽였다. 남편은 뱀의 머리는 대추나무에 걸고, 고기는 국으로 끓여서 아내에게 주었다. 아무것도 모르고 국을 먹던 여자에게 구관조가 나타나 '네 남편을 먹고 있다'고 말했다. 그 후 남편이 목욕을 가자며 여자를 숲으로 데려가 등을 밀어주는 척하다 칼로 여자의 배를 찔렀다. 여자의 배에서는 수없이 많은 뱀이 쏟아져 나왔고 그 뒤로 캄보디아에는 뱀이 많아졌다. 남자가 여자의 배에서 나온 뱀들을 많이 죽였으나 도망간 뱀이 여럿 있었기 때문이다.

포유미네 : 남편이 있는데, 남편가(남편이) 뭐지? 진주 같은 거.

디다넬 : 팔아요.

포유미네 : 한 달이나 삼 개월 한번 나가서 파는 거예요. 그래서 그 여자이(여자가) 잠 못, 남편 같이 자니까, 못 자서. 그 뭐, 한국 있는데. 이거 이름? 이거 같은 거 숲속에 들어.

디다넬 : 죽순. 아이 처음부터 얘기해야지.

(디다넬이 이야기를 중간부터 했다며 처음부터 새로 시작하라고 하자, 포유미네는 이렇게 얘기해도 안다며 옥신각신했고, 조사자가 모르는 단어를 찾아보라며 상황을 정리함.)

조사자 2 : 죽순? 대나무 싹이요?

디다넬 : 네네. 맞아요. 죽순이 캐고 가는데, 칼이 이렇게 치잖아. 근데 밑에 숲에 있는 거.

포유미네 : 구멍 있어요.

디다넬 : 뱀이 살고 있는 거예요. 그래 칼이다가 팍, 떨어졌어요. 떨어졌어요.

포유미네 : 구멍 안에 들어갔어요. 그래서 그 여자 이 쏙 구멍. "쏙쏙 숨어라. 내가." 이거 (땅을) 파는 거 이름 뭐예요?

조사자 2 : 호미?

포유미네 : 네. "호미 찾아줄 수 있으면 내가 결혼 같이 살을게요." 그래서 그 뱀 들어서 이거(호미) 갖다 줬어요. 갖다 주고 그, 그 여자가, "너는 내가 요거 갖다 주니까 오늘 밤에 내 집으로 와." 그래서 그 뱀 그 약속대로 밤에 들어갔어요. 네. 새벽에 모르는 사람 물어서.

조사자 1 : 아, 그 여자의 집으로?

포유미네 : 네네.

디다넬 : 밤이 되면은 남자 변해요.

포유미네 : 둘이는 뱀하고 그 여자는 몇 번 같이 잤어요. 근데 그 여자는 전에 애기 한 명 있어요. 여자 애기. 그 엄마, 그 애기는 정말 꼼꼼해요. 엄마 왜 밤에 계속 뒤따르는 거예요. 그래서 찾아보더니 엄마가 뱀하고 같이 잤어요. 그래서 그 삼 개월 후에 아

버지가.

디다넬 : 왔어요.

포유미네 : 진주 팔아 갔다 와서 애기한테 물어봤더니. 어, 그 애기 이름 기억 안 나는데.

조사자 1 : 괜찮아.

디다넬 : 엣. 엣. 엣. 엣. 이름 엣.

포유미네 : "엣아, 넌(네) 엄마 왜 좀 이상해?" "아버지, 그 비밀 내가 얘기해 줄게요. 근데 엄마한테 말하지 마요. 말하면 엄마는 내가 때려 줄까 봐(날 때릴까 봐)." 그래서 "왜? 엣아, 넌 엄마 무슨 비밀 있니?" "아버지 엄마가 그 낑껑, 뱀 낑껑 하고 같이 자. 잤대."

디다넬 : 바람피웠어.

포유미네 : "바람폈어." 그래서 그 아버지는 "그럼 넌 그 낑껑 집에 어디 있는지 넌 알아?" "내가 알지 만날 엄마 계속 찾아 봤는데." 그래서 "밤에 엄마 자고, 그럼 엣아 넌 아빠랑 같이 가자." 그래서 갔더니, 처음에 그 여자 떨어지는 거. 그 뭐지?

디다넬 : 구멍. 구멍.

포유미네 : 구멍 던져서 그럼 그, 그 애기는, "엣아. 넌 얘, 말해. 엄마처럼." "낑껑아, 나와라. 그 우리 같이 만나자." 그랬는데, 그 낑껑이 그 뱀이 들어보니까 그 목소리 그 여자니까 나왔어요. 그럼 아버지가 그 칼, 집에 갖고 가는 칼, 뱀 잘랐어요.

디다넬 : 죽어버렸어요.

포유미네 : 네, 죽어버렸어요. 그래서 머리는 대추나무 위에 걸리고(걸고), 그 몸은 국 만들었어요. 국. 뱀, 뱀 국 만들었어요. 그래서

디다넬 : 반찬도 만들고.

포유미네 : 아내, 아내한테 멕혀(먹여) 줬어요. 그래서 뭐, 동물 교 말(말) 할 수 있는 거. 검정색 이름 뭐예요?

디다넬 : 쌔(새).

포유미네 : 쌔?

디다넬 : 응, 쌔.

포유미네 : 쌔. 그럼 그, 그 여자 저 그 국…

디다넬 : 이름 뭐지? 국 먹는데. '니' 이름 니. 니. 그 여자 이름 니. "니야, 네 남편 먹고 있다." 그랬대.

포유미네 : 그럼 새는 그 여자 먹고 보더니 좀 이상해요. 그럼 그 새가 "니야, 너 남편 먹고 있니?" 그랬는데, 계속 이렇게 보니까 그 여자는 눈물 계속 흐르고.

디다넬 : 아니, 남편한테 물어봤어요. 그 대답이, "찡꼉이야. 뱀, 뱀. 뱀고기야. 맛있어?" 그랬더니, 헉, 먹고 계속 눈물 흘렸어요. 근데 그다음에, 그래서 대추나무 쳐다보고 남편 머리 봤어요.

포유미네 : 꿀도.

디다넬 : 예, 꿀도 보고.

포유미네 : 걸러고. (웃음) 어, 근데 그 여자 임신했어요. 남편, 남편이 그냥 거짓말로 "니야, 우리 목욕하러 가자."

디다넬 : (고기 먹은 후에) 응, 고기 먹고 후에. 고, 고기 먹고 나서 9개월 후에. "우리 숲속에 가서 목욕하러 가자. 거기 등 밀어주구."

포유미네 : "내가 등 밀어줄게." 그랬는데.

조사자 1 : 아직 애기 낳기 전에?

포유미네 : 네. 그럼 그 남편 같이 안 살았는데 왜 임신 하냐고 그럼 안 물어봤고. 그 애기한테 들어보니까 그냥 "우리 숲속에 가서 목욕하자. 오빠가 등 밀어줄게." 근데 칼도 같이 갔어요. 그, 그 아내는, "오빠 왜 그 칼 갖고 가?" "그냥 갖고 가는 거야. 뭐 나쁜 사람을 만나면 우리도 도움 되는 거야." 그래서 그 여자 "니야, 넌 목욕해." 근데 그 남자는, 아, 그 여자는 느낌이 좀 있어요. 뭐 남편 무슨 생각할까 봐. 근데 그냥 같이 갔어요. "그럼 등 밀어." 하다가, 그 남자, 그 남자가, 그 남편이 아내 배, 칼에 모르게 뒤에 '빡' 자르는 거예요. 그래서 그 뱀 다 나왔어요. (웃음)

디다넬 : 뱀도, 뱀이 몇 막 많이 나왔는데.

포유미네 : 많아서 천, 천 마리 나온 거 같아요. 그럼 그 남자는 막 그 뱀 잘랐는데 그날 다 못 잘랐어요.

디다넬 : 한, 하나 남았어?

포유미네 : 아니 몇 개 남았어요. 그럼 그거 도망갔어요. 숲속에 들어

갔어요. 그래서 그때 그 뱀 많이 있는 거예요.

디다넬 : 그때부터 뱀 많이 있는 거예요.

조사자 1 : 그때부터 뭐요?

디다넬 : 뱀 많이 생겼어요.

포유미네 : 네.

조사자 1 : 아, 그래. 그때부터 캄보디아에 뱀이 많이 생겼다.

포유미네 : 네네. (웃음)

뱀이 많이 생겨난 이유(낑껑뱀) [3]

● **구연정보**

조사일시 : 2017. 12. 09(토) 오후
조사장소 : 경상북도 경산시 자인면
제 보 자 : 씨앙리티아(이민희) [캄보디아, 여, 1986년생, 결혼이주 7년차]
조 사 자 : 김정은, 황승업, 강새미

● **구연상황**

베트남 제보자 부티푸엉이 이야기판에 함께 했다. 부티프엉이 〈해골 물과 코코넛 아이〉를 구연한 후, 조사자가 씨앙리티아 제보자에게 비슷한 설화가 있는지 묻다가, 캄보디아에 뱀 이야기가 많던데 혹시 아는 게 있는지 물었다. 제보자는 짧고 안 좋은 이야기라고 하면서 구연을 시작했다. 이야기 속 뱀의 이름은 '뿌어 낑껑'인데, 아주 큰 뱀을 뜻한다고 했다.

● **줄거리**

남편이 멀리 일하러 가서 숲속에서 아내와 딸 둘만 살았다. 아내가 숲에서 나무를 하다가 구멍에 도끼를 빠뜨렸는데, 낑껑뱀이 도끼를 가져다줄 테니 자신과 자자고 했다. 남편이 돌아왔는데 아내가 밤마다 나가는 것 같아 딸에게 물어보니, 엄마가 뱀하고 산다고 했다. 남편은 숨고, 딸이 아빠가 없는 척 부르자 뱀이 왔다. 남편은 뱀을 죽여서 아내에게 먹게 했다. 얼마 지나자 아내가 임신한 것을 알게 되어 목욕하자고 강에 가서 배를 찌르자, 배에서 뱀들이 나오게 되었다.

옛날에 부부가 살고 있거든요. 부부는 딸 한 명 있어요. 그래서 어느 날은 남편이 멀리에 가서, 숲속 멀리에 가고. 아내는 하고, 둘이 아이만 살고 있어요.

어느 날은 아내는 나무를 잘라서, 옛날에 가스 없었어요. 이거 불타는 거. 그래서 자르다가 갑자기 구멍 안에, 한 나무는 구멍 있거든요. 그래서 아내가 자르다가 도끼 안에 빠졌어요. 도끼가 안에 빠지고, 그래서

'어떻게 꺼내지?'

너무 깊어서 갑자기 안에 '뿌어 낑꼉' 이거 뱀 안에 살고 있거든요. 뱀은,

"만약에 내가 너 이거 도끼주면 나랑 같이 잠자자."

그렇게 했어요. 그래서 아내가,

"그럼 그렇게 해."

그래서 자기 사귀다가 임신했잖아요. [조사자: 뱀하구요?] 네.

아직 임신하기 전에 거기 남편이 들어오고,

'밤에 왜 아내가 자기 그렇게, 밤에 숲속에 가지? 왜 자기는?'

[청자: 아, 임신 전에] 아직 임신하기 전에. 그래서 남편은 딸이 물어,

"왜 자기 엄마는 자꾸 밤에 나가지?"

그래서 딸은,

"엄마는 뱀이 같이 살았어요. 그래서 몰래, 몰래 해서."

그래서,

"그럼 내가 집에 없을 때는 너 거기 뱀에 부르자. 부르고 우리 집에 들어와."

그럼 남편은 몰래 밖에 진짜 가는 거 아니에요. 숨었어요. 그래서 딸은 진짜 뱀을 불러서 집에 와서 남편은 칼에 준비하고, 뱀 들어오자마자 죽였어요. 죽이고 뱀 머리는 집에 지붕? 지붕 안에 놔두고. 남는 살이나 뭐 이거 국에 만들었어요. 그래서 아내 들어오고 그 국을 아내에게 먹였어요. [조사자: 뱀 고기를 먹인 거예요?] 네, 뱀 고기.

그래서 아내가,

"이거 무슨 국이야?"

"그냥 뱀, 뱀 국이야."

"아, 맛있네."

그렇게 먹다가, 밤에 다시 뱀 찾아가서,

"왜 없어졌지?"

그래서 딸은 말했어요.

"아빠 죽였어요."

그래서 다음에 몇 달 후에 자기 임신했잖아요. 아내는 임신하고 그래서 남편은 알고 있어요. 자기 딸 아니야.

그래서 자기 남편하고 와이프는 강에 가서, 보통 우리 옛날 사람은 화장실 없어서 거기 강에 목욕이나 거기 갔어요. 그래서 남편은 칼 가지고 가서, 아내는 머리 감는 동안에 까먹잖아요. 그래서 남편은 그냥 아내 뱃속에 칼 넣었어요. 찔렀어요. 그래서 뱃속 안에 다 뱀 나와요. 애기 아니야. 그 뱀 나왔어요.

그래서 우리나라에서는 믿어. 만약에 임신하는 사람은 뱀에 보면 뱀은 움직 안 해요. 가만히 있어요. 뱀 만약에 임신하는 사람 보면 안 도망가요. 가만히 있어요. 그래서 이야기 아마 자기 엄마인 줄 알았어요. 그냥 이야기 그렇게 들어. 진짜예요.

뱀이 많이 생겨난 이유(낑껑뱀) [4]

● **구연정보**

조사일시 : 2018. 02. 06(화) 오후
조사장소 : 경상남도 진주시 상대동
제 보 자 : 썸마카라 [캄보디아, 여, 1988년생, 결혼이주 4년차]
조 사 자 : 김정은, 황승업, 강새미

● **구연상황**

중국 출신의 임향금 제보자가 이야기판에 함께 했다. 임향금 제보자가 〈까마귀의 지혜〉 이야기를 마치자, 썸마카라 제보자가 캄보디아에 유명한 뱀 이야기가 있는데 많이 잊어버려서 잘 기억이 나지 않는다며 구연했다. 구연을 마친 뒤에는 이 설화를 바탕으로 만들어진 영화의 포스터를 보여주기도 했다.

● **줄거리**

옛날에 가난한 가족이 있었다. 남편은 일 때문에 멀리 나가 있고 가끔씩만 집에 들렀다. 어느 날 아내가 먹을 것을 구하려고 숲에 갔는데 호미가 동굴 안에 빠졌다. 부인은 호미를 꺼내주면 무슨 일이든 하겠다고 말했다. 그러자 뱀 한 마리가 나타나서 호미를 꺼내주고는, 자기와 같이 자자고 했다. 여자는 어쩔 수 없이 뱀과 함께 잤다. 몇 년 후 남편이 집에 돌아왔는데 아내가 임신한 것을 보고 이상하게 생각했다. 딸에게 그동안의 일을 들은 남편은 숲에 가서 뱀을 불러 죽인 뒤 그 뱀으로 국을 끓였다. 부인이 국을 먹자, 까마귀가 나타나서 흉을 봤다. 남편은 아내에게 함께 호수로 가자고 한 뒤, 아내를 죽이고 뱃속에 있는 뱀들을 죽였는데 그중 한 마리가 도망갔다. 도망간 아기 뱀은 하체는 사람, 상체는 뱀의 모습을 한 채로 사람들과 살았다.

옛날에는 그 가난한 가족 있어요. 남편은 일 년에 한 번 집에 들러요. 그 사업 뭐지? 사업, 일하러 가요. 멀게 가버렸어요. 그래 부인하고 딸 하나. 부인은 혼자 집에서 있어요.

그래서 부인은 맨날맨날 음식 찾으러 숲에 들어갔어요. 근데 숲에 들어가서 그때는 고구마인지 딴 거 인지 저도 정확하진 않아요. 근데 그거 캐러 갔어요. 근데 그 호미? 그 빠졌어요. 동굴 안에, 작은 동굴 안에. 근데 부탁했어요.

"본인 거 그 꺼내주라."고.

"그거 없으면은 못 살아요."

그 감자 이것저것 찾아내서. 그 감자 아니고 그때는 뭐지 숙준? 숙주? [조사자 3: 죽순?] 죽순. 죽순 파러. [조사자 1: 할 수가 없다고.] 네, 그래서 그때 뱀 나타났어요. 뱀 한 마리가. 그래 그 뱀은 그 여자 이렇게 말했어요.

"꺼내주면은 모든 것, 어떤 것이라도 다해줄 거라."고.

"은혜 갚을 거라."고.

외쳤어요. 얘기했어요.

그래서 뱀 한 마리가 나타났어요. 그래서 뱀은 좀 그거는 진통이거보다 좀 심한 내용이에요. 그 뱀은 꺼내주고 나서,

"본인이랑 같이 자라."고.

부탁, 얘기했어요. 그래 그 여자는 어쩔 수 없이 남편도 꽤 오랫동안 집도 안 오고 먹는 것도 없고 그 없으면 좀 살기도 어렵고. 그리고 약속도, 어떤 일이라고 다 해준다고 은혜 갚기로 약속 했으니까 어쩔 수 없이 그 뱀이랑 같이 잤어요. 그래서 그 뱀은 맨날맨날 그 집까지 가서 잤어요.

근데 몇 년, 남편은 일 년, 이 년 한 번 집에 들리고 왔어요. 집에 들리고 와서 부인이 임신했어요. 그래서 임신해서 남편 좀 느낌이 이상해요.

'본인은 일하러 갔는데 왜 임신할까? 뭐 바람 폈나? 누구랑 할까?'

이렇게 생각했어요.

그래서 그때는 그 여자 딸 한 명 또 있어요. 작은 딸 한 명 있어요. 그래서 밥 먹는 시간 아닌데 그 까마귀? 그 말할 수 있는 새가 크게 외쳤어요. (손을 내저으면서) 아, 그때는 제가 좀 헷갈려요. 남편은 좀 알게 됐어요. 부인, 부인 했던. [조사자 1: 뭐가 있어.] 그래서 어

느 날은 부인은 똑같은 방식으로 숲 가서 그런 행동 했어요. 그래 남편은 거짓말해서

"일하러 가야 한다."고.

"멀리. 이제는 이 년인지 삼 년인지 모르겠대."

근데 사실 가지 않아요. 그냥 거짓말해서. 그래서 그때는 다시 몰래 보러왔어요. 밝혀냈어요, 뱀이랑 같이 있는 거, 집에서. 남편 너무 화를 내서,

'이 여자 안에 있는, 안에 임신한 그거 죽여 버려야겠다.'

그래서 어느 날은 그냥 집에 와서 부인, 아, 본인 일은 없대요.

"그냥 이제 집에 왔다."고.

그래서 부인 거짓말해서,

"오늘 우리는 호수, 호수 가서 같이 목욕하자."

그렇게 부인한테 데리고 갔어요. 근데 그때는 칼 같은 거 엄청 길었어요. 그거 들고 부인 데리고 호수 쪽으로 데리고 갔어요. 부인은 좀 느낌도 이상해, 사실은. 그거 들고 가서. 좀 뭐가 남편 좀. 그래도 어쩔 수 없이 남편 데리고 가, 피할 수도 없고. 그냥 마음속에 좀 불편한 느낌 들어요.

가서 남편은 그 여자 배 잘라버리고. 근데 나오는 거는 애기도 아니고 가득한 뱀들이 막 나왔어요. 그래 그 남편은 그 본인 가지고 있는 칼로 계속 열심히 죽여 버려요, 그 뱀들이.

근데 뱀 한 마리가 도망갔어요, 그 애기 뱀이. 그래서 그 뱀은 그 남편 열심히 죽여 버려도 못 잡고 죽였어요. 그래 그 애기 뱀은 열심히 도망가 버렸어요.

근데 부인은 죽었고 그리고 그 (잠시 생각하다가) 아, 이런 장면, 제가 넘어졌어요. 그 부인 죽기 직전에 그 남편은 먼저 숲에 가서, 원래는 뱀 만나러 가기 전에는 이런 말을 해요. 이런 말을 해야 그 뱀 나와요. 만나는 방식, 그 얘기하는 말이 있어요.

"낑껌아, 나 왔다."

이렇게 저렇게 말하면은 그 뱀이 나와요.

그래서 남편은 그거 알게 됐으니까 숲에 가서 칼로, 큰 칼로 가

서 똑같은 말로 했어요. 본인 딸한테 몰래 물어보니까 딸 알려줬어요. 그래서 그 뱀 와서 그 남편은 그 뱀 죽여 버렸어요. 그다음에 그 뱀은 요리로 만들어요. 어느 날 저녁식사는 만들어져서 부인이랑 딸이랑 같이 먹어요.

근데 까마귀는 그걸 보자마자 이렇게 말했어요.

"이년아, 그 고기, 뱀고기 먹구나!"

그렇게 노래처럼 불렀어요. 그래서 그 여자는 그 노래 부를 때는 눈물 흘렸어요. 본인 남편은 죽여 버린 줄 알았어요. 그 뱀 고기로 만들었어요. 국으로.

그래서 그때부터는 알게 됐고, 본인도 호수로 데리고 가는 것도 느끼지만 피할 수 없어서. 열심히 도망가도 남편은 다 그냥 잘라버리고 뱀들도 다 죽여버렸어요. 근데 그냥 한 마리만 도망갔어요.

근데 그 한 마리 애는, 뱀은 반은 사람, 반은 뱀이라서. 그래서 커질 때에는 머리에는 가득한 뱀들이 생겨요. (머리를 제외한 얼굴 부분과 몸을 훑으면서) 밑 부분 다 사람이에요. 그래서 그때부턴 계속 그런. 근데 이웃사람들이 처음에는 죽여 버리고 싶은데. 근데 애는 그냥 인간처럼 말할 수 있고, 그냥 머리 위에만 뱀이니까 그냥 살았어요. 딴 곳 마을에 가서 살게 됐어요. [조사자 1: 그럼 살았네요?] 네, 살았어요.

[조사자 1: 그 뱀이 여자 모습이에요, 남자 모습이에요?] 여자예요. [조사자 1: 네, 여자 모습일 것 같아요.]

[조사자 3: 그럼 혹시 딸은 어떻게 됐어요? 그 원래 있던 딸.] 그 딸은 그때는 엄마가 없어지고 그 딸도 얼마 안 돼서 나이 먹고 죽게 됐어요.

근데 뱀은 좀 특별한, 일반 사람보다는 좀 오래 살게 됐어요. [조사자 1: 신처럼 되진 않았어요? 어디 신같이.] 신 아니고 그냥 일반사람 다녀요. 근데 사람들이 싫어하는 사람도 있고, 좀 괜찮은 사람. 그 애가 착해서. 그래서 이웃 사람이랑 같이 살게 됐어요. 그래도 무서운 사람도 계속 있어요. 근데 착한 사람은 그냥 보호해주고 같이 살았어요.

뱀이 많이 생겨난 이유(낑껑뱀) [5]

● **구연정보**

조사일시 : 2017. 10. 14(토) 오후
조사장소 : 경기도 안산시 단원구 원곡동
제 보 자 : 렉가나 [캄보디아, 여, 1988년생, 결혼이주 10년차]
조 사 자 : 김정은, 강새미

● **구연상황**

제보자가 〈여자산 남자산과 청혼 유래〉 구연을 마친 뒤, 조사자가 다른 이야기가 없는지 물었다. 제보자는 어릴 때 아빠에게 많이 들었다면서 뱀 이야기를 구연했다. 캄보디아에서는 이 뱀을 '낑껑뱀'이라고 한다. 중국 국적의 티엔엔 제보자가 청자로 참여했다.

● **줄거리**

남편이 멀리 장사하러 간 사이에 죽순을 캐던 아내가 낫을 잃어버려 울고 있었다. 그때 구렁이가 나타나 낫을 찾아줄 테니 아내가 되어 달라고 했다. 구렁이가 부부의 딸한테 아버지가 있냐고 물어본 뒤 없다고 하면 엄마인 링리를 불러오게 했다. 딸은 큰 뱀이 무서워서 닭장에서 잤다. 남편이 돌아왔는데 아내가 임신을 한 상태였다. 남자는 딸에게 엄마한테 있었던 일을 물었고, 딸은 밤마다 구렁이가 다녀갔던 일을 말했다. 남편은 구렁이를 죽여서 세 토막을 낸 뒤 가운데 토막을 요리해서 아내에게 먹게 했다. 까마귀가 와서 그 음식이 구렁이로 만든 것이라고 얘기하자 아내는 눈물을 흘렸다. 남편이 아내에게 호수에서 머리를 감게 하고서 그 배를 칼로 찌르자 많은 새끼 뱀이 나와서 숲으로 강으로 산으로 도망갔다. 그래서 여러 종류의 뱀이 생기게 되었다.

옛날에는 그 뱀 한 가지만 있어요. 그 구렁이나 구렁이? 독 없는 큰 거. 근데 옛날에는 독이 있었어요. 근데 딱 그 한 가지만 있었어요, 그 구렁이만. 근데 그거는 아마 가짜 이야기인 것 같아요. (웃음)

옛날에는 어떤 부부 한 명이 있어요. 또 딸, 딸 한 명 있구. 남편은 다른 지역에 가서 장사를 해요. 장사하고 이삼 년 후에야 다시 집에 한 번 들어와요.

근데 그 부부는 좀 뭐 잘 살지 않아요. 좀 가난해요. 또 엄마하고 딸만 있으니까 또 숲속에 가서, 그 죽순 아세요, 죽순? 대나무 나오기 전에. 죽순이 키우러 가는 거예요. 그 죽순은 여러 가지 요리가 할 수 있어요. [조사자: 우리도 나라에도 있어요. 죽순요리 이렇게 해가지구.] 아, 대한민국에도 있어요? 그랬구나. 그래서 둘이서 그 캐러 갔는데, 캐다가 그 낫으로 (죽순을 베는 동작을 하며) 이렇게 하다가 그 낫으로 빠져난 거예요.

그 가난한데 그거 낫은 없어졌으니까 엉엉 울었어요. 엉엉 울고, 갑자기 큰 그 구렁이가 나타났어요. 나타났는데 그때는 옛날이야기니까 (웃음) 말할 수 있어요.

"왜 울고 있냐?"

고 했더니, 자기가 너무 놀랐잖아요.

큰 뱀을 보니까 너무 놀랐고. 자기 낫을 잃어버렸다고 했어요. 그거 찾고 싶은데 못 찾는다고 했어요.

그랬더니 구렁이가,

"내가 찾을 수 있다."고.

"근데 대신에 니가 나한테 아내 할 수 있냐?"

[조사자: 내 아내를 할 수 있냐고.] 네.

"내 아내를 할 수 있냐?"고.

그랬더니 그 여자가 무섭잖아요. 그리고 좀 똑똑하지 않고 바로 대답했어요. [조사자: 아, 일단 낫을 먼저 찾아야겠어서.] 네. 된다고 했어요.

그랬더니

"진짜냐?"고.

"진짠데요."

"그러면 그 어떻게 내가 너희 집에 갈 수 있는 게 있어요?"

"자기가 자기 딸 보내면, 보내면 그때 오라."고.

하는 거예요.

그랬더니 그다음 날 밤에, 그 밤에, 저녁에 진짜 딸보고 가서 뱀이 부르는 거예요. 그 딸은 또 가서

"구렁이, 구렁이 엄마가 부르라."고.

근데 엄마 이름은 '링리'라고.

"구렁이야, 링리가 불러오라고 한다."

그랬더니 그 구렁이가,

"너희 아빠 집에 있냐? 없냐?"

그거 물어, 그거까지 물어봐요. 그거 남편 있는 것도 뭐 안대요, 구렁이가. 딸이 그랬어요.

"아빠가 다른 지역에 장사하러 갔어. 이삼 년 후에야 집에 온대요. 걱정하지 말고 가라."고 했어요.

그래서 구렁이가 가서 여자랑 같이 잤어요. 그, 그 식으로 매일매일 가는 거예요. 딸이 그 뱀이 너무 크고 무섭잖아요. 그래서 집에서는 못 자고 그 닭, 닭 자는 곳 있잖아요. [조사자: 아 닭장에 가서 잤구나.] 네. 닭장에 가서 몰래 자는 거예요. 매일매일 그렇게 했어요, 떨리고. 근데 또 딸은 엄마가 바람을 피는 거 너무 속상하고 무섭고 하니까.

또 어떤 날, 아빠가 원래는 이삼 년 후에야 오잖아요. 근데 그전에는 왔어요. 왔는데 아내가 임신했어요. 근데 남편이 그거 몰래, 멀리 보는데 아내가 임신했는 걸 봤어요. 근데 딸은 아빠 보면 뛰어가잖아요. 뛰어가서, 아빠한테 가서 뭐 이렇게 이야기하구 아빠가 물어봤어요.

"엄마가 왜 배가 이렇게 (배 부분을 동그랗게 만들며) 크냐?"

물어봤더니 딸이 엄마가 뭐 거 이야기하고, 구렁이랑 바람이 핀다고 했어요.

그러면 아빠가 그 딸 보고,

"그 예전에 하는 대로 가서 하면 자기가 그 칼 준비해 놓고 그 문이 옆에서 몰래 숨고 기다릴게."

그래서 그날 밤에 딸이 가서 다시 부르는 거예요. 또, 그 뱀이 또

물어봤어요. 같은 대화 그거,

"아빠가 있냐?"고.

그랬더니 딸이 그대로 말하는 거예요.

"아빠가 없다."고.

또 그 뱀이 그 집에 도착하자마자 아빠가 세 개 잘랐어요. (토막내는 동작하며) 세 개만 잘랐어요. [조사자: 세 토막이 되게.] 네. 세 토막을 자르고 머리는 그 침대, 침대 위에 이거. (토막을 올려놓는 동작을 하며) 침대 이렇게 하고 그 위에 이렇게. 뭐지? 만드는 거, 그 물건 놓는 거 뭐라고. [조사자: 선반?] 네. 선반 위에 놓고, 그리고 꼬리는 대나무 위에 놓아요.

그리고 가운데는 딸보고, 뱀은 껍질이 있잖아요. 다 껍질 이렇게 벗기구 요리해요. 요리해서 엄마한테 주는 거예요. 엄마가 먹다가,

"무슨 고기냐?"고.

"왜 이렇게 맛있냐?"고.

"맛있는 반찬도 있다."고.

했는데 딸이,

"돼지고기다."고.

거짓말을 했어요. 밥 먹다가 그 까만 새 뭐라고 하죠? 새가 새카만 거. [조사자: 까마귀?] 네, 까마귀. 까마귀 새가 그 대나무 위에 와서 말하는 거예요.

"링리는 너희 남편, 너희 남편 먹고 있다. 니 남편 살 먹고 있다."

그랬더니 여자가 소리 들었잖아요, 이쪽에 대나무 위에서. 그래 (옆을 돌아보며) 이렇게 했더니 그 발견한 거예요, 그 꼬리. 그래서 울었어요. 근데 엉엉 울면 남편이 걸릴까 봐 그냥 눈물만 흘렸어요. 그랬더니 남편이 물어봤어요.

"왜 우냐?"고.

"밥 먹는데."

아내가,

"아니 반찬은 뜨겁고, 밥도 뜨거운데 이렇게 다 뜨거운데 눈물이 날 수 없냐."고.

그러는 거예요.

남편이 그거 알고 그다음 날에 아내한테 이렇게,

"오랜만에 우리 둘이서 숲."

캄보디아에는 한국처럼 그 수돗물 그런 거 없어요, 옛날에는. 숲 속에 그 호수. [조사자: 샘물?] 네, 샘물 그런 거.

"둘이 가서 내가 머리 감어 준다."고.

하는 거예요.

근데 가까운 곳도 있는데 그, [조사자: 굳이 먼데 샘물로?] 네.

"여기는 사람들이 보니까 우리 더 깊게."

들어갔어요.

근데 거기, 거기 도착하자마자, 그 샘물 그 앞에서 도착하자마자 여자가 그. 여자는 (머리 위로 물을 붓는 동작하며) 이렇게 씻잖아요, 앉아다가. 남편은 몰래 뒤에서 칼로 이렇게 잘랐어요(찔렀어요).

그 뱃속에서는 뱀이, 뱀이 많이 있어요. 뱀이 많이 있구, 근데 그 남편은 그 뱀, 애기 뱀 있잖아요. 그거 이렇게 죽였는데, 근데 어떤 뱀은 숲속에 들어가구, 어떤 뱀은 물속에 들어가구, 어떤 뱀은 나무에 올라가고. 그래서 지금은 어떤 뱀은 물속에서 살구, 어떤 뱀은 그냥 땅에 살구, 어떤 뱀은 나무에 살잖아요. 그거 남편에는 (칼 휘두르는 동작하며) 너무 이렇게 했잖아요. 발이 미끄러워서 칼로 넘어질 때 칼로 이렇게 자기 죽였어요. 그때부터 뱀이 이렇게 여러 종류도 있고 또 사는 곳도 다르게 됐어요.

[조사자: 남편도 죽은 건 아니죠?] 남편도 죽었어요. 자기가 하다가 발이 미끄러워서 넘어질 때 이거(몸) 다쳤어요. [조사자: 아, 다 죽었네요. 딸만 살았군요.] 네, 딸만 불쌍해요.

[조사자: 아, 얘기 되게 잘하시네요. 들으셨던 이것도 얘기세요?] 네. 이거는 아빠 많이 얘기해줬어요. [조사자: 그래서 끝에 뭐라고 뭐 덧붙이지 않으셨어요? 예를 들어서 '바람을 피면 안 되는 거야' 이런 말 안 붙였어요?] 아니요. 어,

"몸이 멀면 마음도 멀다. 그니까 부부도 멀리 있으면 안 된다."고.

아무리 사랑해도 남편은 멀리 가면 마음이 좀 그러잖아요.

구렁이 독은 왜 없어졌을까

● 구연정보

조사일시 : 2017. 10. 14(토) 오후
조사장소 : 경기도 안산시 단원구 원곡동
제 보 자 : 렉가나 [캄보디아, 여, 1988년생, 결혼이주 10년차]
조 사 자 : 김정은, 강새미

● 구연상황

제보자가 〈뱀이 많이 생겨난 이유(낑껑뱀)〉 이야기를 마친 뒤 구렁이에 대한 이야기가 또 있다며 구연했다. 중국 국적의 티엔엔 제보자가 청자로 함께 참여했다.

● 줄거리

옛날에는 구렁이에 독이 많았다. 어느 신혼부부의 발자국을 구렁이가 혀로 훑으며 갔더니, 신혼부부가 죽었다. 동네 사람들이 장례식을 하느라 모여 있는 것을 보고, 구렁이가 무슨 잔치가 있어서 사람들이 모였는지 궁금했다. 독 없는 동물들은 구렁이에게 사람들이 독이 많은 너를 우습게 여겨서 잔치를 하는 것이라고 했다. 그 말을 들은 구렁이는 사람들이 자신을 무서워하기를 원해서 독을 다 뱉었다. 그 독을 많이 먹은 동물들은 죽었고, 조금만 먹은 꿀벌과 지네, 뱀 등은 살았다. 구렁이는 독이 없어져 숲에서 숨어 살게 됐다.

아까 구렁이 또 얘기 있어요. 구렁이 왜 독이 지금 없는지. [조사자 1: 구렁이 독은 왜 없는지. 네, 좋아요.] 혹시 한국도 있어요? 독. 지금 구렁이는 독 없잖아요, 물어도 안 죽어요. 왜 없는지 혹시. [조사자 1: 그 얘기 없어요.] 이런 얘기 없어요? 그거도 이야기 그거 많이 들어봤어요. [조사자 1: 원래 처음에는 그럼 있었던 거예요?] 네, 처음에는 엄청 많이 있어요.

옛날에는 그 부부, 처음 결혼하는 부부가 있어요. 뭐라 그래? 처음 결혼하는 거? [조사자 1: 아 신혼부부?] 네, 신혼부부가 신혼부부 있었어요. 근데 결혼하고 시댁에서 또 놀러가잖아요. 근데 예전에는 차 없잖아요. 차, 자전거 그런 거 없죠, 걸어가는 것밖에.

근데 길에서 걸어가는데, 걸어갈 때는 그 발, 밟는 거 보이잖아요. 그 뭐라 그러지? [조사자 1: 발자국?] 네 발자국. 모래, 모래 위에서 걸어가면 발자국 보여요. 근데 그 구렁이는 옛날에는 독이 엄청 심해요. 그 혀만 이 자국을 바르면 그 사람이 죽어요, 그 사람이 죽을 수 있어요. 그래서 그 뱀은 모르고 이거 발라 했어요. 뭔지, 발자국 보는데 근데 뭔지 모르고 그냥 뱀은 계속 (뱀이 혀를 낼름거리는 시늉을 하면서) 이렇게 있잖아요, 혀가. 그래서 이거 바르는데 그 부부가 죽었어요, 그 여자가.

[조사자 1: 발자국을 발라도 죽어요? 독이 그 정도로 세요?] 네, 그 정도 이렇게 심했대요.

또 특히 신혼부부니까 얼마나 속상한지 아픈지, 마음 아픈지 알잖아요. 엉엉 울고, 동네사람들도 알고 그거 사람들 모았잖아요. 그랬더니 구렁이가 물었어요.

"왜 사람들이 이렇게 웃고 있냐?"고.

"왜 재미있고 파티하고 있냐?"고.

사람이 죽으면 이거 다 모으고 뭐 [조사자 1: 장례식하고.] 네 장례식 그런 거 있잖아요. 근데 뱀은 볼 때는,

"왜 파티하고 있냐?"고.

[조사자 1: 아, 장례식을 왜 파티하고 있냐고?] 네.

그랬더니 그 독 없는 동물들이 이렇게 말했어요.

"너희한테는 저기 (단어가 기억나지 않아서 잠시 멈췄다가) 우습, 우습게."

'에이, 못 한다' 그런 거 있잖아요. '내가 못 됐다' 그런 거 있잖아요.

"너가 힘세지 않다. 독이 강하지 않다."

라는 거예요.

“만약에 얘가 그 독이 다 뱉으려면 사람들이 너한테 이렇게 존경?”

[조사자 1: 해줬을 텐데. 존경해줬을 텐데.] 네.

“(존경)해줄 텐데 니가 독이 많이 있으니까, 사람들이 너한테 무시하는 거야.”

근데 그 구렁이가 자기 더 왕 그런 거 하고 싶잖아요. 사람들이 이렇게 ‘어우 무섭다’ 그런 거 하고 싶어서 바로 뱉었어요.

예전에는 그런 거 (단어가 기억나지 않아 잠시 머뭇거리다가) 꿀벌? 꿀벌 뭐 그 뭐지. [조사자 1: 독침?] 독 그런 거 있는 거 있잖아요. 원래 없었어요. [조사자 1: 아, 원래 없었구나.] 네, 원래 구렁이만 있었어요. 다른 거 다 없었어요. 근데 그때 얘가 뱉으니까, 얘 그 뱀도 여러 종류가 있잖아요. 그때도 독 없었어요. 근데 여기 와서 그 독이 이렇게. [조사자 1: 독을 조금씩?] 네, 독을 조금씩 먹었어요. 뱀도 먹고 꿀벌 뭐. [조사자 1: 지네 있나요?] 지네요? 네 그런 거, 그런 동물도 많이, 많이 먹었어요.

근데 어떤 뱀은 독 없는 뱀도 있어요, 구렁이 말고. 혹시 아세요? 물고기 뱀이 이름 있어요. 그리고 어떤 뱀은 개구리 잡아먹는 것도 있어요. 근데 그 뱀은 독 없어요. 물면 그냥 피만 나고 독 없어요, 안 죽어요. 근데 어떤 뱀은 물면 약 없어야 하는 뱀 있어요. 그 독 없는 뱀은 왜 독 없는지는 바로 그 구렁이 독 많이 먹었어요. 너무너무 많이 먹으면 독이 강하지 않아요. [조사자 2 : 많이 먹으면?] 많이 먹으면 강하지 않아요. 근데 적당히 먹고 조금만 먹으면 독이 엄청 강해요. 오히려 이렇게.

그리고 어떤 생선이지? 그거 뭐가 없, 없. [조사자 1: 아가미? 뭐가 없을까.] (생선 이름이 기억나지 않아서 잠시 구연 멈췄다가) 생선은 원래 뭐가 있잖아요. [조사자 1: 비늘이요?] 네 비늘이에요? 어떤 생선은 없잖아요. [조사자 1: 비늘 없는 생선이요?] 네 그거는 없는 생선도 있죠? 네 있어요. 그런 거 있는데 근데 옆에가 뭐가 뾰족 나오잖아요. 그거 잘못 잡으면 여기가 찔리면 엄청 아파요. [조사자 1: 아 맞아요, 쏘가리? 그런 거 있어요.] 얘도 와서 또 좀 먹었어요.

그리고 어떤 생선은 납작한 생선 있죠? [조사자 1: 네, 가자미도 있고 가오리도 납작하죠.] 왜 납작하냐 하면 그거 뛰어와서 그거 먹으려고 했는데 큰 물고기들이 이렇게 위에서 계속 이렇게 하니까 걔가 납작하는 거예요. 이렇게, 네 납작하는 거예요. 그래서 그때부터 구렁이가 독 하나도 없고 그리고 너무너무 많이, 욕심이 있는 동물 그 독 너무 많이 먹는 것도 지금까지는 독 없고, 조금만 먹고 하는 뱀은 그거는 독 많이 엄청 강하게 해요.

[조사자 1: 되게 재밌네요. 그래가지고 독 많이 먹은 애들은 없으니까 우리가 물려도 죽지 않는구나, 다행히.] 아니면 사람이 계속. [조사자 1: 그렇죠. 죽었겠죠? 그러면 그 구렁이는 사람들이 이렇게(존경) 해 줬을까요?] 아니죠. 독 없으니까, 이제 독 없으니 네. 그래서 얘가 숲속에서 숨었잖아요.

[조사자 2: 캄보디아에 구렁이가 많아요?] 예전에는 많이 있었는데 그때는 숲속에 많이 있었어요, 저희 어렸을 때는. 근데 이제는 나라가. [조사자 1: 도시화되면서?] 네, 나무 다 이렇게 잘랐어요. 그래서 많이 없어요. 근데 저는 시골에서 살아요. 구렁이 없지만 근데 다른 뱀, 다른 뱀은 많이 있어요. 집에도 올라와요.

왕이 된 돼지 신랑과 열두 띠 유래 [1]

● **구연정보**

조사일시 : 2018. 05. 22(화) 오후

조사장소 : 강원도 인제군 인제읍 상동리 제보자 자택

제 보 자 : 킴나이키 [캄보디아, 여, 1991년생, 결혼이주 6년차]

조 사 자 : 박현숙

● **구연상황**

제보자가 〈머리카락에서 향기가 나는 여인〉 구연을 마친 뒤 자기 자신과 가족의 삶에 대해 이야기했다. 그런 뒤, 열두 띠에 돼지띠가 있는 이유에 대한 전설이 있다면서 구연을 시작했다.

● **줄거리**

노부부가 돼지 아들을 낳았다. 돼지 아들은 자라서 신부를 찾으러 다니다가 한 할머니를 도와주고 할머니의 딸과 결혼하고 싶다고 했다. 할머니의 두 딸 중 막내가 자진하여 돼지 아들과 결혼했다. 부부는 삼 일간 열리는 전통축제에 각자 참석했다. 돼지 신랑은 축제 기간에 잘생긴 남자로 변신해서 멋지게 춤을 추었다. 아내는 변신한 신랑을 알아보지 못하다가 마지막 삼 일째 남편을 알아보았다. 돼지 신랑은 아내의 부탁으로 돼지로 돌아가지 않고 멋진 사내가 되었다. 한 점술가가 왕이 될 사람을 찾다가 잘생긴 돼지 신랑을 왕의 자리에 앉혔다. 돼지 신랑은 부모님을 모셔와 행복하게 잘 살았다. 그리고 점술가가 돼지를 열두 띠에 넣어주었다.

옛날에 되게 부잣집 하나 있는데요. 할아버지 할머니 같이 사는데. 그래서 애기 한 명 생기는데요, 되게 너무 기쁜 거예요, 애기 생기니까.

아, 그래서 애기가 태어나더니, 돼지가 태어났어요. [조사자: 돼지가?] 응, 돼지 있는데. 처음 태어났는데 되게 당황스러운 거야.

"내가 사람인데 왜 이렇게 아기가, 돼지 나오는 거야?"

그래서 옆집 사람들 되게 이상하게, 이상한 집 이렇게 또 생각 들어요.

그런데 그 돼지가 너무 착하는 거. 조금 크게 자라서, 자기 몸이 자랐는데 되게 착해는 거예요. 되게 어떻게 착하면, 말도 잘하고, 일 하는 거 잘 할 수 있어 사람처럼. 일 할 수 있고 일은 사람보다 더 잘 해요. 그렇게 하는 거예요. 그래서 할아버지 할머니가 처음에는 당황스러워도 어, 너무 안 좋으는 기분이었는데, 마음이. 그런데 그 돼지는 모습 보고 되게 이뻐하는 거예요. 되게 너무 착해서.

그래서 시간 지나서 다 컸어, 돼지가. 돼지가 컸는데. 부인, 부인 어떻게 해?

"결혼하고 싶어요."

이렇게 짧게 얘기하면,

"결혼하고 싶어요."

그런데 엄마가, 엄마 아빠가 이렇게,

"어, 결혼하고 싶은데 그런데 니가 지금 돼지인데. 만약 돼지랑 같이 돼지 결혼하면 시키는데. 근데 니가 돼지잖아, 겉모습이. 그런데 어떻게 다른 여자 너랑 결혼하는 사람 없을 걸?"

이렇게 얘기하는 거야. 그래서 어, 돼지가 그런 것도 알고 그래서,

"엄마 아빠 그런 거 걱정하지 말고 내가 스스로 부인 찾으러 갈게요. 자기 스스로 부인 찾으러 갈게요."

그런데 엄마 아빠 하나 모르는 거 있어요. 그 돼지가, 돼지 속에는 되게 보통 돼지 아니에요. 그냥 전생이 착한 사람이 살았어. 그냥 태어나는 돼지예요. 그래서 되게 몸에서는 꺼내는 물건 넣을 수 있어요. 그 뭐지? 그 사냥할 때 그렇게 하잖아. 뭐 올림픽 게임할 때 이렇게 하잖아. [조사자: 활.] 활? 그런 거 있어요, 자기 배 속에. [조사자: 배 안에?] 네, 그런 거 있어. 칼 같은 거 이렇게. [조사자: 아, 필요한 도구들이 다 배 안에 있어?] 배에 있는데, 그런데 뭐 꺼내 쓰는 거 얘기 안 했는데 그냥 있다고. 그 책에 있었어요.

그래서 가더니 산속에서 가더니 할머니 한 명을 만났어요. 그 할머니 보고. 할머니가 연세도 들었는데. 그런데 되게 열심히 어떻게 감자 같은 거 찾으는 거예요. 감자, 고구마, 감자 그런 거.

그런데 캄보디아에 감자 별로 없어. 고구마 같은 거 아니면 감자 비슷한 맛 있는 거. 땅속에 있는 거 먹잖아요. [조사자: 그러니까 한국에는 없는 거죠?] 없는 거. 캄보디아 이름이 되게, '럼블롱', '럼블롱 나이', 럼블롱, 그냥 럼블롱. 이렇게 하거든요? 럼블롱. 뭐 고구마 같은 거 무조건 럼블롱 이렇게 불러요. 여러 가지 뭐 고구마, 감자, 캄보디 감자 같은 거. '럼블롱' 그런 거 짧게 얘기하면 '럼블롱'. 이렇게 얘기하거든요.

아무튼 그래서 할머니 럼블롱 찾고 있는데 한참 찾았어. 아침부터 저녁 때까지 한 두 개만 찾았어요. 그래서 할머니 보고 되게 자기 마음이 착하니까, 돼지가. 그래서,

"할머니, 안녕하세요?"

깜짝 놀랐어요, 할머니가. 깜짝 놀랐어요.

"왜 이렇게 돼지 말할 수 있는 거야?"

"깜짝 놀라지 마요. 제가 그냥 좀 이상하게 태어나서. 그런데 말할 수 있어. 할머니 뭐해요?"

"럼블롱 찾으고 있는데 하나도 못 찾았어. 찾았는데 몇 개만 못 찾았어."

할머니 집가 되게 돈 없어서 힘들게 사는데요. 그래서 어, 할머니 보더니,

"제가 도와드릴게요."

얘기하다가 할머니가,

"어, 너무 착하다."

그래서 돼지가 얘기했어요.

"할머니 집이 어디세요?"

"응, 그 동네에 있는데요. 딸 두 명 있어."

이렇게 얘기하는 거예요.

"딸 두 명 있어. 큰딸, 작은딸."

이렇게 하는 거예요. 그래서 그 남자가 듣고,

"딸이네."

그런 느낌도 들어가.

"딸이네."

그래서 할머니가 도와줬어요. 그 럼블롱 찾으러 가는데 돼지니까 냄새도 잘 맡고 그래서 한 시간도 안 돼서 되게 럼블롱 이만큼(많이) 찾았어요. 한 바구니 찾았어요.

그래서 이제 시간 지나서 해도 지는데 그 할머니 도와주고,

"할머니 집이 어디세요? 제가 럼블롱 데려가서 갖다 드릴게요."

"응, 너무 고맙네."

"그런데 할머니 대신 제가 할머니 집에 같이 살면 안 될까요?"

그래서 할머니 생각,

'어, 나쁜 점도 없고 럼블롱도 잘 찾아주고 일도 잘하는데.'

"그래. 우리집에 같이 사는 거 괜찮아요."

그래서 같이 사는데 딸이 만났어요. 그 딸이 보고 되게 사랑, 조금 사랑이 들어가는데 시간 지나서 그 딸 둘이가 그 돼지 아저씨가 되게 생활 같이하니까 되게 편하게 같이 생활하는 거예요. 뭐, 되게 사람이 믿으니까. 돼지 아저씨가 럼블롱 찾으러 가잖아? 두 딸도 같이 가서 찾아보고, 같이 얘기 대화하는 거 사람처럼.

그래서 시간 지나서 그, 뭐지? 엄마가 딸한테 물어봤어.

"너, 되게 돼지가 좋아하는, 막내가 돼지가 좋아하는 모습을 본 거 같아요."

되게 잘 맞으는, 되게 사람이 되게 어, 첫인상, 첫인사? 인상? [조사자: 첫인상.] 첫인상 보면 되게 전생 있으면 되게 침착하게 보여줘. 그렇지 않아요? [조사자: 맞아요.] 그러니까,

'되게 어떻게 마음에 들고 싶어서 응, 내가 그 사람 더 보고 싶네.'

이런 거 기본이잖아요. 그런 거 있어요. 그런 거 보고 막내, 처음에는 언니 물어봤는데,

"어, 난 싫어. 돼지 결혼 어딨어. 안 해."

그렇게 한 거예요. 그래서 막내는,

"어, 내가 엄마 시키는 대로 하는 거예요."

그래서 막내랑 마음 들은 거 알고 돼지한테 얘기하고 돼지도 막내도 좋았어요. 그래서 둘이 결혼하고 이사하고 다른 집 살았어요, 둘이만. 그래서 같이 살더니 되게 남편이 너무 착하는 거야. 그런데 돼지니까 그냥 스스로 사랑하지만, 뭐 한 밤 보내는 것도 못했어요. 사람이랑 돼지니까요.

그래서 시간 지나서 그 동네가 그 건설 같은 거, 근데 건설 말고. 어, 그, 캄보디아 국가처럼 되게 캄보디아 문화 같은 거 머리 넣고 흔들흔들 이렇게 있잖아요? 그런 거. 음악 같은 거. 그런데 캄보디아 전통 음악 같은 거 와서 캄보디 춤추는 문화, 춤 춰, 이렇게. 캄보디 우리 이렇게 이름이 '로우맘' 이렇게 얘기하거든요? 로우맘 이렇게. 그 동네 와서 노는데요. 뭐, 사람이 음악이 만들고 이렇게 드럼 이렇게 두드려 하잖아요? 이렇게 트럼본처럼 불르잖아요. 바이올린 같은 거 말고. [조사자: 나팔.] 나팔 말고. [조사자: 트럼펫?] 아니 그거. 그거는 지금은 음악이지만, 예전 음악이에요. 국가 음악 있잖아요 그런 거처럼. 캄보디아 국가 음악. [조사자: 전통 음악.] 네네. 전통 음악 그렇게 하는데.

그래서 남편이 부인한테 그런 거 좋았대요. 그래서 남편 부인한테 물어봐서,

"당신이 그거 좋았으면 가서 불어봐. 갔다 오세요."

그래서,

"여보 안 가요?"

"내가 안 가. 집에 지킬게. 그냥 혼자 갔다 오세요, 동네 사람들."

그래서 갔어요.

그런데 그 전통 음악에는 그 춤추는 사람, 남자가 되게 잘생기는 거예요, 다른 사람보다. 너무 잘생기는 거예요, 춤도 잘 추고. 음악도 잘 만, 잘 놀구. 그렇게 했는데. 그래서 시간 돼서 끝났어요, 삼 일 동안. 그래서 그 여자 집에 왔어요. 남편은 여자, 아침에 얘기했어요.

"어, 여보 너무 재밌어요. 그 보다가 어떤 남자가 너무 잘생기고."

이렇게 이렇게 여러 가지 얘기한 거예요, 춤도 추고. 그래서 남

편 얘기했어요.

"진짜? 그 남자가 그 치마가."

캄보디아는 치마 입거든요? 남자 예전에 그 음악 만들으면 치마 입는데 바지 모습으로 만드는 거예요. 그래서,

"그 남자가 그 치마가 어, 파란색, 파란색 입고 위에는 빨간색 옷 입은 거예요?"

그래서 그 여자가 깜짝 놀랐어요.

"어, 여보 왜 이렇게 잘 알아요? 맞네, 가서 봤어요?"

"아니에요, 그냥. 생각하는데."

"어, 여보 잘 맞추네."

그냥 믿었어요. 그다음 날 부인도 갔어요. 남편이 집에 있는데. 그래서 다음 날도 얘기했어요.

"어, 오늘도 너무 잘 춤췄어, 여보."

이렇게 이렇게.

"어, 진짜? 그 남자가 그 파란색 치마 입고 위에 옷은 하얀색 맞지?"

"맞아."

그래서 부인이 되게 궁금하는 거야.

'왜 남편이 잘 알고 있지? 가지도 않게?'

그래서 그렇게 하는 거예요.

그래서 그 세 번째는 궁금해서,

'남편 가나?'

궁금했는데. 예전처럼 이렇게 가는데 가다가 다시 왔어요. 그런데 보더니, 그 남편가 돼지 모습은 벗기고 사람 나오는 거예요. 그 남자, 춤추는 남자예요. 그 잘생긴 남자, 춤춰, 춤추고 있는 남자 있잖아요. 그 남자인 거예요. 그래서,

"어머! 여보. 왜 잘생긴 남자구나! 근데 왜 그런 모습이 있는 거예요? 제발 다시 모습으로 가지 마. 그냥 사람 모습으로 같이 살자."

그렇게 하는 거예요.

그래서 그 남편이 부인 아니깐 들어가는 것도 안 되잖아요. 그래

서 안 들어갔어요. 그런데 그 돼지는 모습이 그냥 예쁜 자리에 넣고 지키고 있어요.

그래서 시간 지나서 그 동네는 나라가 왕이 없어요. 그래서 그 사람이 어, 찾아서 누구나 이렇게 잘생기고 뭐 보면 아는 거예요. 사람이, 그 마법사가. 그 사람이 찾아다가 그 돼지 아저씨가 모습이 되게 얼굴도 예쁘, 잘생기고 몸매도 좋으니까 그래서 왕을 시켰어요. 그때 왕, 자기 왕이, 왕이 됐고.

왕이 됐으니까 엄마 아빠 찾아갔어. 엄마 아빠 당황스러워,

"왜? 내 아들은 돼지인데 왜 이렇게 예쁜, 잘생긴 남자가?"

그래서 얘기해주고. 얘기해주고 그래서 엄마 아빠 데려와서 왕국에서 같이 살고 부인도 그 엄마 같이 살고 그렇게 행복하게 살았어요.

그래서 그 남자가 그 돼지 있는 모습을 보고 되게 돼지 때문에 내가 사랑하는 사람 찾을 수 있잖아요. 그래서 그 돼지는 되게 잃어버리지 않게 그래서 그 마법사 불러와서, 그거 마법사 아니에요. 그거 어떻게 불렀죠? [조사자: 점술가? 점 보는 사람?] 네, 점. [조사자: 점술가.] 점술가. 점술가가 얘기하고 그 돼지가 그 열두 띠, 열두 띠가 있잖아.

"그 돼지 모습이 그 돼지띠가 만들어주세요."

그래서 그때부터 돼지가, (제보자가 아이와 대화하다가) 돼지가 이렇게 그래서 열두 띠 있잖아요? 그, 하나 돼지띠 있어요. 그렇게. [조사자: 음, 점술가가 집어 넣어주라 그래서.] 네.

"넣어주세요."

해서.

이제 끝났습니다.

왕이 된 돼지 신랑과 열두 띠 유래 [2]

● 구연정보

조사일시 : 2018. 12. 07(금) 오전
조사장소 : 경기도 화성시 진안동
제 보 자 : 텝쏙레앙(박주희) [캄보디아, 여, 1986년생, 결혼이주 10년차]
조 사 자 : 김정은, 김민수

● 구연상황

조사자들은 화성시 아삭도서관의 소개로 다문화 방과후 강사를 하고 있는 텝쏙레앙 제보자를 만날 수 있었다. 제보자는 어린 시절에 할머니에게 많은 이야기를 듣고 자랐다고 했다. 이 설화는 제보자가 첫 번째로 구연한 것이다. 처음에 다소 긴장한 모습이었지만, 점점 차분하게 이야기를 이어나갔다.

● 줄거리

부자 부부에게 돼지 아들이 태어났다. 성인이 된 돼지는 예쁜 아가씨와 결혼하고자 하는 마음을 품고 집을 나왔다. 그는 산속에서 만난 할머니가 고구마와 마를 캐는 것을 도와준 뒤 할머니 집으로 가서 딸들에게 청혼을 했다. 큰딸은 거부했으나 막내딸은 어머니 말을 따라서 돼지와 결혼했다. 옆 동네에 잔치가 벌어지자 돼지 신랑은 막내딸을 혼자 보낸 뒤 돼지 껍데기를 벗고서 멋진 남자로 변해서 잔칫집으로 갔다. 그는 잔칫집에서 멋지게 음악을 연주하고 온 뒤 다시 돼지 껍데기를 썼다. 둘째 날과 셋째 날도 같은 일이 벌어졌다. 셋째 날에 막내딸은 몰래 숨어 있다가 남자가 돼지 껍데기 속에 들어가려 할 때 못 들어가게 매달렸다. 돼지는 막내딸에게 돼지 껍데기를 잘 보관하게 한 뒤 사람으로 살게 됐다. 그 나라의 왕이 죽었는데, 돼지가 변한 남자에 대한 소문이 나서 신하들이 왕이 되어 달라고 찾아왔다. 왕이 된 남자는 부모한테로 가서 자신이 돼지 아들이라고 했다. 왕은 산속의 할머니도 궁으로 모셔와 함께 살았다. 왕은 박사와 신하들을 시켜 돼지가 열두 띠에 들어가게 했다.

이야기 제목은 [조사자: 제목은 뭘까요?] 열두 띠 중에 돼지 들어가는, 왜 돼지가 있는지 그 이야기 할 거예요. [조사자: 네.]

옛날 옛날에 부자 부부가 살았습니다. 부자 부부는 애기 한 명 있는데 그 애기가 돼지 몸을 가지고 태어났습니다. [조사자: 아기가요?] 네, 그래서 그 부자 부부는 돼지 몸 가지고 태어난 애기 보더니 무척 슬펐어요. 그래서 그 돼지는, 아기 돼지는 특별하게 다른 돼지보다는 일찍 걷고 다녔어요. 그래서 사람 말도 열심히 따라 배우고 그리고 씩씩하게 잘 컸어요.

그 돼지 아기 돼지 속에는 뭔가 특별한 비밀 있어요. 그 부부 모르게. 그래서 그 아기 돼지가 무럭무럭 잘 커서 사람 말도 잘하고 (웃으며) 되게 영리하게 부모 재산도 잘 관리 해주고, 그래서 부모는 좀 불쌍하지만 그래도 자기 하나뿐인 아기니까 동물 몸을 가졌지만 그래도 사람 말도 할 수 있고 그래서 정말 사랑스러웠어요.

그런데 몇 년 지난 뒤에 돼지는 컸잖아요, 성인 몸으로. 그래서 부모한테 하는 말이,

"예쁜 아가씨랑 결혼하고 싶다."고.

그래서 부모는 그 말을 듣고 너무 근심했어요.

"얘야! 너는 사람 아니야. 돼지 몸으로 어떤 아가씨하고 결혼하고 싶냐. 만약에 돼지끼리 결혼하면 할 수 있는데 사람 아가씨하고 결혼하면 좀 불가능하다. 만약에 가서 얘기하면 아가씨들이 거절할 수 있다."

그래서 돼지는 부모한테 말했어요.

"여자 돼지는 하기 싫어요. 사람 아가씨, 예쁜 아가씨랑 결혼하고 싶어요."

그래서 부모는 한숨 쉬고 아무 말 못했어요. 부모는 재산은 많고 부유하지만,

'그것까지는 못하겠다.'고.

그래서 돼지는 너무 속상해서 집을 나갔어요. 그래서 그 집을 나가고 나서 어디로 갔어요, 며칠. 가기 전에 여러 길이 있는데 가기 전에 자기 마음속으로 기도했어요.

'모든 천사들이 만약에 저를 사랑하면 제 짝을 좀 찾아주세요. 제 가는 길에 예쁜 아가씨 만나게 해주세요.'

그렇게 마음속의 천사한테 기도했는데 그 산속에…

(중간에 제보자에게 전화가 와서 잠시 받느라 중단됨.)

그리고 마음속의 소원을 기도하고 나서 길을 가는데 그 숲속에 들어가는데 어떤 할머니 만났어요. 그 할머니한테 말했어요.

"할머니 이 산속에서 뭐하고 계세요?"

할머니는 깜짝 놀라서,

'어? 왜 돼지인데 사람 말 할 수 있네?'

그래서 너무 귀엽게 반갑게 맞아줬어요. 그래서,

"어 할머니는 산에 와서 여러 가지로 고구마하고 마 같은 캐러 왔다."

그래서,

"할머니 집은 어디세요? 왜 혼자 계세요?"

할머니는 말했어요.

"아기 돼지야, 할머니 집은 저기 있다."

할머니는 과부라고.

"그런데 할머니는 예쁜 두 딸 있다."

돼지는 그 말을 듣고 마음속으로 좋았습니다. 그래서

"아기 돼지야. 할머니 마하고 고구마 좀 같이 캐는 거 도와줘라. 하루 종일 캐도 아무도 못 캔다. 고구마나 마 같은 거 발견하지 못했다."

그래서 돼지는 할머니 도와줬어요. 막 코로 이쪽저쪽 맡아 다니면서 여러 가지 마 종류 많이 캐 줬어요. 그래서 할머니는 너무 기뻐했어요. 이 아기 돼지가 왜 이렇게 일반 돼지하고 다른지 영리하고 똑똑하잖아요.

그래서 돼지는 할머니한테 자기 마음속에 있는 이야기 다 얘기해 줬어요. 그래서 자기는,

"부자 부모도 있다."고.

"그런데 결혼하고 싶어서 집을 나왔다."고.

그런 이야기 해줬는데,

"할머니랑 갈 데 없어서 할머니 집에 따라가면 안 되냐."고.

할머니도 일단,

"고구마 캐는 거 도와줬으니까 같이 가자."고.

얘기했어요.

그래서 그 바구니 담은 고구마를 돼지 등에 놓고 집으로 향했어요. 근데 집으로 갔는데 두 딸들이 놀랐어요.

"웬 돼지 데리고 왔냐."고.

어머니한테 말했어요. 그래서 어머니는 다 얘기해 줬어요.

"산에서 만났다."고.

"고구마도 이렇게 잘 캐 주고 마도 종류별로 많이 캐 왔다."고.

그래서 딸들이 돼지하고 좀 가깝게 지냈어요. 고구마 캐러 다니면서 그래서 할머니는 멀리 보면서 이 딸들이 돼지하고 좀 가깝게 지내니까 말을 꺼냈어요. 먼저 첫째 딸, 큰딸한테 말했어요.

"돼지하고 결혼할 마음 있냐?"고.

그래서 큰딸은 거절했어요.

"절대 이런 일 할 수 없다."고.

그래서 할머니는 막내딸한테 말했어요. 그랬더니,

"돼지한테 결혼할 마음 있냐?"고.

막내딸은 대답했어요.

"어머니 마음대로 하세요. 저한테 누구랑 결혼해도 저는 어머니 말 따라 하겠습니다."

말했는데 할머니는 너무 좋아서 돼지도 너무 기쁘고 행복했습니다. 그때 할머니가 막내딸하고 돼지하고 같이 결혼식을 올렸어요. 그래서 따로 집을 살게 해줬어요.

그래서 돼지하고 막내딸한테 같이 살다가 그 옆 동네에 잔치 벌였어요. 그래서 음악 연주 같은 거 그래서 막내딸 남편한테 허락받았어요.

"당신 저 그 동네 가서 음악 연주하는 데 가고 싶다."고.

"같이 가지 않을래요?"

그랬더니,

"나는 안 가겠다. 당신 혼자 가서 재밌게 놀다가 오라."고.

말했어요. 그래서 막내딸 갔는데 그 돼지는 부인 가고 나서 돼지 몸속에 껍데기 벗기고 사람 모습으로 나왔어요. 그래서 나와서 그 행사 있는 곳에 갔어요. 가서 재밌게 막 음악 연주도 하고 재주도 부리고 재미있게, 그래서 다시 막내딸 오기 전에 먼저 집에 와서 돼지 껍데기 속에 다시 들어갔어요.

그래서 막내딸 집에 도착했더니 돼지가 좀 막내딸한테 물어봤어요.

"행사했는데 재미있냐?"고.

그랬더니,

"네, 재미있어요."

돼지가,

"제일 재미있는 남자가 빨간 바지 입고 파란색 옷 입은 남자가 제일 재미있냐?"고.

물어보더니,

"오! 맞습니다. 당신 어떻게 아세요? 가봤어요?"

돼지는 대답하지 않았어요. 그냥 모른 척했어요. 그래서 두 번째 날 막내딸도 남편한테 허락했어요.

"저 이번에도 음악 연주 가게 해주세요."

그래서 돼지는,

"어서 갔다 오라."고.

그래서 막내딸 또 갔어요. 갔는데 돼지는 또 몸속에 안에 그 껍데기 벗기고 나왔어요. 사람 모습으로 그래서 또 연주하고 재미있게 해서 다시 먼저 집에 와서 다시 돼지 껍데기 속에 들어갔어요. 그래서 또 막내딸한테 물어봤어요.

"어때 이번에 재미있었지 않냐?"고.

그랬더니,

"어, 재미있어요."

"이번에 더 특별하게 재미있게 연주했다."고.

그래서,

“어? 당신 어떻게 알아요? 더 특별하게 재밌게 연주한 거. 혹시 가봤냐.”고.

“아니, 아니 안 가봤다.”고.

그래서,

‘아, 이상하다, 왜 어떻게 정확하게 알지?’

빨간 바지 입고 파란색 옷 입은 남자가 어떻게 정확하게 아는지 궁금했어요. 그래서 셋째 날도 돼지한테 허락받았어요.

“가겠다.”고.

그런데 돼지는 또 가라고 허락해 주는데 막내딸은 조금만 가다가 또 빨리 왔어요. 자기 그 돼지가 뭔가 비밀이 있는 거 같아서 의심이 가졌어요. 그래서 가겠다고 말해놓고 금방 왔어요.

돼지는 막내딸 가는 거 알고 또 다시 자기 돼지 껍데기 벗기고 나왔는데 막내딸 봤어요. 그 돼지 속에 나오는 남자가 그 음악 연주하는 자기가 보던 남자였어요. 그래서 얼른 가서 잡았어요. 그 돼지 속에 못 들어가게 잡았는데,

“돼지 속에 다시 들어가지 마시라.”고.

애절해서 말했어요. [조사자: 애절하게 말했어요?] 네, 그래서

“안 들어가겠다.”고.

그 대신 그 돼지 껍데기를 잘 보관하게 해달라고 막내딸하고 약속했어요.

그래서 그때부터 막내딸하고 돼지 그 멋진 남자로 같이 살았는데 어떤 나라 왕이 돌아가시고 그 나라가 왕을 다스리는 게 필요했어요. 그래서 그 돼지로 나오는 그 남자가 너무 소문이 났어요. 좋은 일 많이 해서 그래서 그 박사들이, 신하들이 소문을 듣고 찾아왔어요.

“저희 나라 왕이 필요하니까, 저희 나라 가서 나라 다스리게 해 주세요.”

그래서 그 남자가 가게 됐어요. 가서 그 나라는 왕으로 다스리는데 근데 그 옛날 부부 부자 생각났어요. 안 그래도 부모잖아요. 낳아준 부모인데 생각나서 찾으러 갔어요. 그 부모는 왕이 자기 집에 오니까 너무 떨려서 맞이했어요.

마음이, 왕이 갑자기 오니까 무슨 일인가 해서 할머니 할아버지는 자녀 몇 명 있냐고 물어봤어요. 그런데 할머니는 솔직히 얘기했어요.

"저희는 아들 한 명 있는데 그 아들은 돼지라."고.

"그런데 몇 년 전부터 예쁜 아가씨랑 결혼하겠다고 집을 나섰다고. 나서서 지금까지 아무 소식 없다."고.

그래서 그 왕은 그 소리 듣고 자기는 그 돼지라고. [조사자: 어머니, 저예요?] 네.

"저예요, 어머니."

그렇게, 그래서 할머니 할아버지 부부는 너무 기뻐서 왕을 안겼어요. [조사자: 안았어요?] 네.

그래서 그 부자 부부하고 왕 데리고 같이 그 나라 가서 살았어요. 그리고 왕도 그 막내딸 어머니 할머니 데리고 같이 왕궁 안에 들어가서 살게 되었어요.

그래서 왕은 생각했어요. 자기가 이렇게 멋지게 변하는 모습 멋지게 사람으로 살았지만 그전에는 돼지 덕분이라고 생각했어요. 그래서 온 나라 박사들을 신하들을 불러서 그 열두 띠 중에 돼지 이름 들어가게 하라고 그렇게 얘기했어요. 그때부터 이렇게 열두 띠 중에 돼지 이름이 들어가게 됐어요. 끝.

꽃에서 태어난 여인의 생리혈로 만든 고양이

● 구연정보

조사일시 : 2018. 06. 09(토) 오후
조사장소 : 강원도 인제군 인제읍 상동리 제보자 자택
제 보 자 : 킴나이키 [캄보디아, 여, 1991년생, 결혼이주 6년차]
조 사 자 : 박현숙

● 구연상황

제보자가 〈개가 오줌 눌 때 다리를 드는 이유〉 구연을 마친 뒤 곧바로 이어서 구연한 동물 유래담이다.

● 줄거리

옛날, 호수가 사방으로 있는 산에 도 닦는 할아버지가 살았다. 호수의 아름다운 꽃에서 한 여자아이가 태어났다. 할아버지는 여자아이를 데려와 돌보았다. 할아버지는 여자아이가 열여섯 살까지 혼자 지내는 것이 안쓰러워 자매를 만들어 주겠다고 했다. 할아버지는 여자아이에게 첫 생리혈을 가져오라고 하여 그 생리혈로 고양이를 만들었다. 고양이는 여성 조상의 피로 만들었기 때문에 괴롭혀서는 안 된다.

그 어떻게, 세상에서 고양이 나오는 날. [조사자: 고양이 나오는 날?] 왜 고양이 있어요, 그런 거. 세상에서 고양이 나왔나 아니면 왜 고양이. 사람이 어떻게 태어났는지 고양이 어떻게 나오든지 그런 거예요. 세상에서 왜 고양이 나오는 거야, 고양이 있으는 거야. [조사자: 그러니까 야옹이?] 야옹이.

아주 옛날에 산에 사는 할아버지? [조사자: 도사?] 도사. 그 도사가 산속에서 사는데요. 할아버지 이름은 '왓티머뻡', 왓티머뻡은 그냥 산속에서 사는 거 그냥 편하게 어떻게 그런 거 산속에서 이런 거. [조사자: 명상? 도 닦는다고 그러죠?] 어떻게요? [조사자: 도 닦는다고.] 도땅? [조사자: 도, 도를 닦는다고. 닦다. 이렇게 쓱쓱 닦는 것처럼 도를 닦는다고 표현하고.] 표현하고. [조사자: 다른 나라 요가로 말하면 명상 그런 거.] 네, 요가 그런 거. 하고 있는 거예요. [조사자: 그러니까 도를 닦고 있는 거예요?] 네, 도를 닦고 있는 거예요.

그런데 그 할아버지 계시는 곳 가까이 호수 네 개 있어요. [조사자: 그 근처에?] 근처에. 호수 네 개 있는데 그 호수가 사우쓰South, 놀North 다 있어. 이렇게 네 개. 사각형? (사방을 가리키며) 이쪽 한 개, 이쪽 한 개, 이쪽 한 개, 이쪽 한 개. [조사자: 사방으로 다 있다는 거죠?] 응, 그렇게 있는 거예요. 예쁘게, 되게 어떻게 얘기하면 그 호수가 너무 예쁜 거예요. 여러 가지 꽃이 나오고 그 옆에는 호수가 큰 나무도 있고 되게 아름답게 호수가 있어요. 음, 뭐지? 스님 하는 꽃 뭐예요? [조사자: 연꽃?] 연꽃, 거기도 연꽃 많아. 빨간색, 하얀색 여러 가지 꽃 있어요.

그런데 할아버지 도를 닦다가 이렇게 알고 있는 일 있어요. 그 어떤 시내에서 사는 공주님과 세상에서 와서 우리 지구에서 사는, 태어나는 거예요. 그런데 특별한 하는 거 그 공주님이 그 사람에서 여자에서 태어난 게 아니고 꽃 안에 태어난 아이예요. 그래서 그 아이가 9일 동안 태어났어요. 그래서 지금은 꽃 안에 있어요. 그 꽃은 연꽃 아니고 꽃 이름은 오트껄. 이름이 되게 아름답고 냄새도 좋은 꽃이에요. 오트껄 9일 동안 태어났어요. 그래서 그 도사가 생각했어.

'만약 내가 가서 내가 그 아이 안 데려오면 아이는 죽을 거야.'

데려오는 사람 없잖아. 꽃 안에 살면 먹은 거 없잖아요. 데려와서 키웠어요. 키웠었는데 시간 지나서 여자아이가 너무 예쁘게 컸어요. 예쁘게 컸는데 그래서 다 커서 뭐 16살 정도 크는데 그전에 또 할아버지가 이름을 지었어요. 그 이름이 '우러모판'. 우러모판, 우러모판 그 이름이 무슨 뜻이냐면 '세상에서 꽃이 태어나는 아이' 그렇게 얘기하는 거예요. [조사자: 그러니까 꽃에서 태어난 아이?] 네, 세상에서 꽃이 태어나는 아이.

그래서 그 아이가 매일 혼자 노는 거야. 그런데 뭐 심심하다고 얘기 안하고 세상에서 혼자 태어나니까 심심한 것도 모르잖아요, 사람인지도 모르니까. 그래서 할아버지 보고 되게 아이가 너무 불쌍해서 그 아이한테 얘기했어요. 그래서 그 아이한테 얘기,

"네가 진짜 친구가 아니 진짜 자매를 만들어 줄게."

[조사자: 자매?] 자매.

"그런데 그 자매가 사람 아니야. 동물이야. 그런데 그 자매 어떻게 만들 수 있냐면 네가 첫 번째 나오는 생리 있잖아? 그 생리를 나한테 가져와서 내가 너한테 동물 만들어 줄게."

(아이가 와서 제보자에게 질문하여 이야기 구연이 잠시 중단됨.)

그래서 그 여자가 차기가 다 컸으면 생리 나오는 거예요. 그래서 그 생리 피가 할아버지 데려가서 할아버지가 뭐 기도하는 말을 하고 세상에 고양이 한 마리 나왔어요. 그래서 그때부터 이렇게 고양이 나오는 거예요. 왜 고양이 나왔냐면 고양이가 그 여자 피가, 여자 생리가 나오는 고양이. 그래서 그런 의미가.

우리나라는 고양이는 걸어가다가 건너면, 아니면 발차거나 그러면 절대 안 돼. 그거 왜냐면 고양이는 뭐에서 태어났어? 세상에서 여자, 자기 예전의 증조, 증조할머니 여자들의 꽃 나오는 그거 여자 그거 피가 나오는 것 때문에 그거 발차면 뜻으로 나쁜 여자 생각하는 거예요. 그래서 '고양이는 건드리지 마'는 생각했어요. 그런 거 있어요. 발차거나 그렇게 되면 안 돼요. 건너가거나 그렇게. 그 고양이가 색깔이 세 개 있어. 그렇게 하는 거예요.

그리고 시간 지나서 그 고양이가 그 다른 고양이 만들어낸 거예요.

그런데 궁금한 건 왜 고양이 애기 만들 수 있어? 남자 고양이 없어서 (웃음) 그런 것도 있어. 애기 안에서 14개월 후에도 고양이가 애기 고양이 한 마리 낳고 그래서 그때부터 이렇게 고양이 [조사자: 많아졌어요?] 많아졌어요.

호랑이의 털이 얼룩덜룩하고 소의 윗니가 없어진 이유

● **구연정보**

조사일시 : 2018. 01. 12(금) 오후
조사장소 : 강원도 인제군 인제읍 남북리 사회복지관 2층 교육실
제 보 자 : 킴나이키 [캄보디아, 여, 1991년생, 결혼이주 6년차]
조 사 자 : 박현숙, 김민수

● **구연상황**

제보자가 〈태반 먹는 내장 귀신이 사는 집〉 구연을 마친 뒤, 자녀가 어린이집에서 돌아올 시간이 다가온다면서 한 편만 더 구연하겠다고 했다. 조사자가 제보자의 메모를 보고, '지성, 똑똑한 사람'이 어떤 이야기냐고 묻자 제보자가 구연을 시작했다. 제보자가 어린 자녀를 맞으러 가야 해서 이 이야기 구연을 마친 뒤 이야기판을 정리했다.

● **줄거리**

옛날에 소가 밭을 갈고 있었다. 호랑이가 소 앞에 나타나서 자기는 자연에서 자유를 누리는데 소는 사람을 위해 일만 한다고 놀렸다. 소는 사람이 영리해서 어쩔 수 없다고 했다. 호랑이가 소 주인을 찾아가서 지성을 보여달라고 했다. 주인이 호랑이에게 지성을 집에 두고 왔다고 하자 호랑이가 집에 다녀오라고 했다. 주인은 호랑이가 소를 잡아먹을 수 있으니 호랑이를 나무에 묶어두고 지성을 가져오겠다고 했다. 호랑이가 속아 넘어가자 주인은 이것이 지성이라고 말하고 호랑이가 묶인 나무에 불을 지폈다. 그때 호랑이는 불에 그을려 털이 얼룩덜룩해졌고, 소는 그 광경을 보고 웃다가 넘어져 윗니가 부러졌다.

[조사자: 그 지성, 똑똑한 사람은 어떤 이야기예요?] 지성은 옛날 옛적에 어떤 얘기 있어요.

그 소 두 마리가 물소? 이렇게? 피부가 까만색. 물소? 아니 그냥 소. 소 두 마리가 [조사자: 검은 소라는 거죠?] 아니, 그냥 소 하얀색 소. 소 두 마리가 사람이랑 같이 농사하고 있어요. 뭐 목에 놓고 이렇게 이렇게 길게 땅 파는 거 하고 있는데, 그런데 갑자기 호랑이 한 마리 나왔어요. 보고 되게 불쌍한 마음에 이렇게 얘기했어요.

"아유, 소들은 되게 지성(知性) 없나 봐. 왜 이렇게 나처럼 자연하게 살지 않고 이렇게 사람한테 힘들여 일 해주고 밥도 맨날 배부르게 먹지도 않고 나처럼 자연에서 살면 얼마나 좋아."

그래서 그 쉬는 시간 됐고 소가 지금도 벼 먹고 있는데요. 그래서 호랑이가 소한테 가까이 가서 얘기했어요.

"야! 너 왜 이렇게 자연 살지 않고 왜 이렇게 사람한테 같이 살고 힘든, 맨날 힘든 일하기만 하는 거야?"

그래서 얘기하고 소가 얘기해서,

"아유, 나도 너처럼 살고 싶지만 그런데."

(제보자가 전화통화 하느라고 잠시 중단됨.)

[조사자: 그래서 호랑이가 소한테?] 그래서 얘기해서 소가 호랑이한테 얘기했어요.

"내가 너처럼 살고 이렇게 자연하게 살고 싶지만 근데 너무 힘들어. 그래서 사람 같이 사는 거야. 근데 너, 모르는구나. 사람이 엄청 똑똑하고 지성도 엄청 강한 거야."

이렇게 얘기했어요. 그래서 호랑이가 생각했어요.

'나도 꼼꼼하다. 사람이 무슨 지성이 나보다 강해? 내가 힘도 세고 뭐 지성도 나 보통 아냐.'

그러면,

"너 꼼꼼하면 사람한테 물어봐."

라고 소가 얘기했어요.

그래서 호랑이가 사람한테 가서 얘기했어요.

"아저씨, 안녕하세요. 아저씨가 이렇게 소는 아저씨가 지성이 너무 강하고 똑똑한 사람 같은데 저도 꼼꼼하고 아저씨 지성 어디세요? 어떻게 생겨요? 저 좀 보여주면 안 될까요?"

이렇게 얘기했어요. 그래서 그 사람이,

"그래요? 니가 나 지성 보고 싶었어? 근데 어떡하지? 내가 지성이 집에 있어. 니가 어떻게 하면 어떡해. 좋은 지성 같이 다녀 위험한데. 그런데 니가 보고싶으니까 보여줄게. 그런데 집에 갔다 와야 해."

"그러면 집에 가서 갖고 오세요. 저 보여주세요."

"안 돼."

"왜요?"

"내가 집에 가면 니가 내 소 다 먹으면 어떡해."

이렇게 얘기했어요.

"아니야. 저 동물이지만 그런데 약속 엄청 잘 지키는 호랑이거든?"

"아냐 아냐, 내가 너 안 믿어."

"그럼 어떻게 해야 저 믿어요?"

그러면,

"내가 너를 묶어서."

묶이는 거? [조사자: 묶는 거?] 네.

"묶어서 니가 나무 위에 묶을게."

"그래 마음대로 해요."

그래서 팍팍하게 묶었어요. (웃음) 팍팍하게 묶이고 나무 붙였어요. 그리고 그 아저씨 웃었어요.

"너는 내 지성 모르는구나. 그거 지성이야, 이 바보야. 그게 지성이야."

그래서 밑에는 불피웠어요. 불 피웠고 그래서 호랑이 되게 뜨거웠어요. 엄청 뜨거워서 그래서 그때부터 호랑이 몸이 알록달록해진 거야. 이렇게 의미 있고.

그래서, 그리고 그 소가 그 일 보고 너무 웃겨서 넘어졌어. 그 위에 이가 없잖아요. [조사자: 아, 이가 부러졌어요, 넘어져서?] 소가 위에 이가 없어. 네, 넘어져서 이가 부러져서 그때부터 소도 위에 이 없어서.

호랑이는 너무 뜨거워서 엄청 강하게 움직여서 그 묶어놓은 거 풀어져서 도망갔어요. 그래서 그때부터 사람 볼 때마다 피하는 거예요. 끝났습니다.

개가 귀신을 보게 된 사연

● 구연정보

조사일시 : 2017. 01. 18(수) 오후

조사장소 : 경기도 화성시 향남읍 행정리 화성문화원

제 보 자 : 디다넬 [캄보디아, 여, 1988년생, 결혼이주 5년차]
포유미네 [캄보디아, 여, 1988년생, 결혼이주 6년차]

조 사 자 : 오정미, 이원영, 이승민

● 구연상황

제보자들이 내장 귀신에 대한 이야기를 구술한 뒤 조사자가 검은 개와 관련한 이야기에 대해 질문했다. 그러자 검은 개 이야기는 모른다며 개가 귀신을 볼 수 있게 된 사연을 구연하기 시작했다. 주로 디다넬 제보자가 구술했지만 포유미네 제보자도 중요 부분을 짚어서 구술했다. 구연을 마친 후 조사자가 제보자에게 이야기의 뒷부분을 재차 물어보자, 남자가 귀신을 보는 개의 눈을 되돌려주었고, 특정한 지문이 있는 사람은 귀신을 자주 만난다고 덧붙였다.

● 줄거리

옛날에 개 한 마리가 귀신의 앞을 지나갔다. 귀신이 개에게 어디 가느냐고 물었지만, 대답을 들을 수 없었다. 개가 자신을 볼 수 없다는 것을 안 귀신은 개에게 강황을 선물로 주었다. 배가 고팠던 개는 강황을 먹었고, 그 후로 귀신을 볼 수 있었다. 그리고 나쁜 일만 생기던 남자가 개한테서 눈을 빌려갔다. 남자는 자기 주변에서 떠나지 않는 굶주리고 헐벗은 귀신을 보게 되었고, 귀신과 얽힌 나쁜 일을 알게 되었다. 그 후로 남자는 귀신의 한을 풀기 위해 부모에게 효도하고 스님에게 시주하며 좋은 일만 하고 살았다.

디다넬 : 그 옛날에 개가 뭐, 뭐, 뭐지? (캄보디아어로 포유미네에게 물어보고 대화한 후) 그 귀신가(귀신이) 줬어요. 뭐지 그거.

포유미네 : 한국도 있는데, 노란색.

디다넬 : 밑에 있는 땅.

포유미네 : 밀가루 만드는 거.

디다넬 : 나무인데. 근데 고구마처럼.

조사자 2 : 감자?

디다넬 : 감자처럼, 그거.

포유미네 : 아뇨, 그거. 노란색이에요. 밑에 속에 있는 거예요.

조사자 2 : 노란색?

포유미네 : 네, 네.

조사자 2 : 강황?

디다넬 : 응, 강황, 강황, 강황 맞아.

조사자 1 : 카레? 카레 만드는 거?

디다넬 : 네, 카레, 카레 만드는 거요. 강황. 네, 그 처음에는 개는 귀신 안 보여.

조사자 2 : 첨에 안 보였는데.

디다넬 : 네, 안보였는데.

조사자 2 : 왜 보이게 됐는지가 있구나.

디다넬 : 네.

포유미네 : 자꾸 이거 얘기 하니까 그 옛날 그 이야기 생각 많이 있어요.

조사자 1 : 재밌죠, 재밌죠? 우리 이런 되게.

포유미네 : 재밌는 거 많이 있어요.

조사자 2 : 그러면 검은 개만 귀신을 보는 거예요? 아니면 모든 개가.

포유미네 : 아뇨, 아뇨. 다, 모든 개. 옛날에 모든 개하고 뭐 그 고양이, 고양이. 딱 귀신 보면 계속 울어요.

조사자 1 : 맞아요.

포유미네 : 개도 그 멍멍. 그럼 밤에는 개가 우는 소리하면 이불 많이 덮고 자야 돼요. 땀 흘러도, 아니 밤에.

디다넬 : 우리나라 되게 많이 믿어요. 귀신같은 거.

포유미네 : 사람(한테는) 안 그러는데 개 막 소리 지르고 울면 귀신

일까 봐. 그래서 푹 자야 돼요. (웃음)

조사자 1 : 근데 그 강황은 왜? 강황.

포유미네 : 그 옛날에 개가 한, 개 한 명 아니라?

조사자 2 : 한 마리.

포유미네 : 한 마리. (웃음) 생각 안 나. 개 한 마리가 혼자서 돌아다녀. 근데 귀신 보더니 귀신 보러, 귀신 (개를) 돌아보자마자, "개 너 어디 가니?" 근데 안, 안 들려. 안 보여. 그러더니 귀신이 생각이 났어요. "아, 이 개야. 내가 볼 수 없수, 내가 잘 안 보이구나."

디다넬 : 볼 수 없구나. 이렇게 뭐 아까 뭐 하얀 (노란색) 거? 황이?

조사자 1 : 강황?

디다넬 : 강황이, 강황을 줬어요. 조금만. "자." 이렇게 던져서 줬어. 근데 개가 너무 배고파서 그거 먹었어요. 먹고 나서 다 옆에 들다 귀신이에요. 네, 귀신들이 다 눈도 크고 혀이도(혀도) 왱 (손으로 혀가 늘어진 것을 표현하며) 이렇게 하고.

조사자 1 : 그 강황을 먹고 나서.

디다넬 : 네네, 다.

조사자 1 : 귀신이 보이기 시작하는 거예요?

디다넬 : 네네. 볼 수 있고.

포유미네 : (디다넬이 자기를 보니까) 나는 몰라 이거.

조사자 1 : 거기까지 하면 돼요.

디다넬 : 저는 이만큼만 알아요.

조사자 1 : 이거, 요만큼, 아, 이거만큼, 아는 만큼만 해도 돼.

조사자 2 : 그 강황도 귀신이 준거죠?

디나넬 : 네, 귀신이 줬어. 근데 또 관련 있어요. 그 사람이 한 명이 또 나쁜 일이 많아요. 많아서 그다음에 개 만났고 궁금한 거예요. "개 왜 귀신 볼 수 있냐"고. 그때 뭐 잠깐 눈 빌렸어.

조사자 2 : 아, 눈을 빌려줬어?

포유미네 : 눈을 빌려줬어요.

디다넬 : 빌려줬어, 개가.

조사자 1 : 누구한테? 그 사람한테?

디다넬 : 그 사람한테 눈 빌려줬는데 그 사람이 그 사람이 나쁜 일이 너무 많은 거예요. 그래서 귀신 보니까. 그 이거 나쁜 귀신이 지금 막 굶어 먹고(굶고), 밥도 못 먹고 뭐 또 옷도 없고 피부가 다 찢어졌어요. 그래 봤어. 그 사람이 봤더니 깜짝 놀라는 거예요. '오, 이렇게 귀신하고 나 나쁜 일이 있어서 그러나.'

조사자 1 : 그걸 알게 됐구나.

디다넬 : 네.

조사자 2 : 그래서 뭐 귀신한테, 귀신한테 잘해 줬더니 뭐 잘됐어요?

디다넬 : 네, 그 사람이 그때 잘해, 착한 일만 하는 거예요. 이제. 나쁜 일 안 하고.

조사자 2 : 다 이제 귀신이 보이니까?

디다넬 : 예예. 귀신 보니까 막.

조사자 1 : 귀신한테 밥을 줬어요? 그랬나?

디다넬 : 밥 안 줬는데. 거기 스님, 스님? 스님에다가 뭐 잘 해주고, 엄마한테 잘 해주고, 그런 거예요.

조사자 2 : 시주? 시주를 많이 하고 효도하고.

디다넬 : 네, 맞아요. 착한 일도 많이 해요.

귀걸이의 유래

● **구연정보**

조사일시 : 2016. 12. 17(토) 오후
조사장소 : 강원도 횡성군 횡성읍 읍하리
제 보 자 : 체아다비 [캄보디아, 여, 1983년생, 결혼이주 8년차]
조 사 자 : 박현숙, 김민수

● **구연상황**

체아다비 제보자는 일본 국적의 모우에 히로꼬 제보자가 구연하고 있을 때 이야기판에 합류했다. 제보자는 조사자와 짤막하게 눈인사를 나눈 뒤 청자로 참여하여 모우에 히로꼬 제보자의 이야기를 귀담아 들었다. 모우에 히로꼬 제보자의 구연을 마친 뒤, 식사 자리에서 음식을 주문하는 동안 조사자가 체아다비 제보자에게 구연을 요청하자 제보자가 준비해온 이야기를 차분하게 구연했다. 제보자는 구연을 마친 뒤 귀 뚫는 풍습을 연결하여 설명을 덧붙였다. 오숙민 작가와 모우에 히로꼬 제보자가 청자로 참여했다.

● **줄거리**

옛날에 부자 꼬미노가 아내를 두고 하녀와 바람을 피웠다. 꼬미노가 외출했을 때 꼬미노 아내가 하녀를 찾아가서 못으로 귓볼을 뚫었다. 꼬미노가 집으로 돌아와서 이 사실을 알고 보석으로 하녀의 뚫린 귓볼을 막아주었다. 꼬미노의 아내가 하녀의 귀 장식을 보고 자신도 하고 싶은 마음이 생겼다. 그 후 캄보디아 여자들은 귀에 귀걸이를 하게 됐다. 캄보디아에서는 여자아이가 태어나면 생후 칠 일에서 한 달 사이에 반드시 귀를 뚫는다. 남자아이는 귀를 뚫지 않지만, 어릴 때 남자아이의 고환이 비대칭인 경우 귀를 뚫으면 짧은 쪽의 길이가 길어진다고 믿는다.

지금 시작할까요? [조사자: 네, 어떤 이야기예요?] 저, 옛날에 귓구멍 뚫린 이야기예요. [조사자: 귓구멍이 뚫린 이야기요?] 네. (웃음)

옛날 아주 옛날에 '꼬미노 까리'라는 남자아이가 있었어요. 그는 많은 남녀와 하인들이 금과 아주 부자였어요. 네, 그리고 보석 같은 거 엄청 많고 재산도 많았었어요. 꼬미노는 아내를 속이고 몰래 하녀와 바람피웠어요. 얼마 되지 않은 부인은 그 일을 알게 되었어요.

그다음 날은 꼬미노는 일하러 멀리 외출을 나갔어요. 그래서 부인은 남편이 없는 사이에 저기 하인을 찾아가서 이제 막 야단도 치고 막 때렸어요. 그래서 남편한테 바람피웠다고 많이 혼냈고, 그리고 저기 못으로 옛날 못 큰 거 있잖아요. [조사자: 못?] 네, 못으로 귀를 박았어요. 그냥 피를 줄줄 흘리면서 아주 큰 못 때문에.

그 미노 남편, 그 뭐지? 그 부자 미노가 외출, 멀리 돌아오다가 그녀한테 와봤어요. 왜 몸 상태 왜 그런지 자세히 보고 그녀는 (꼬)미노한테 얘기했어요.

"부인이 찾아와가지고 저를 혼냈어요. 그리고 못으로 귀를 박았어요. 그걸 챙피해서 밖에도 못 나가고 어떻게 좀 해 주세요."

그랬더니 자기가,

"알겠다."고.

"일단 생각해보겠다."고.

"어떻게 좋은 방법이 있는지."

그리고 미노가 집에 가서 부인한테 혼나지 않고 모른 척했어요. 모른 척하다가 자기 한참 고민하다가 어떻게 귀를 막히는 방법 있을까를 고민하다가 귀고리를 생각했어요. 그 옛날 귀고리는 (귀걸이를 가리키며) 이런 디자인 많지 않고 못처럼, 못처럼 이렇게 길게. 여기는 없구요. 길게 이렇게 해가지고 위에는 보석, 뭐 하얀 보석이나 아니면 빨간 보석, 파란 보석 이렇게 박아서 그냥 꽂아 놓으는 거예요. [조사자: 꽂아요?] 네. 꽂으면서 귓구멍을 막았어요.

그래서 자기가 이제 꽂아 놓으니까 얼굴 좀 바뀌면서 이제 좀 환한 거 보석, 금 같은 거 반짝반짝하니까. 그리고 이제 밖에 다녔어요. 자기는 챙피할 일 없이 밖에 다니고 시장도 가고 일도 가고

그랬더니 어느 날 이제 첫 번째 부인이 그녀에게 찾아왔어요.

"네 귀는 왜 반짝반짝이냐?"

“왜 그러냐?”고.

그랬더니 아 그전에 마님. 뭐 그러니까 여기 한국어로는 마님이었잖아요.

“마님이 저를 못을 박은 자리에 창피해서 뭐를 꽂을 수 없어서 이걸 만들어서 구멍을 막았어요.”

그래가지고 자기 보면서 이제 예뻐서 자기 또 따라 하고 싶어요. 근데 따라 하고 싶고 그때는, 그때부터 이제 여자들이 귓구멍 뚫린 이야기는 쭉 있었어요.

캄보디아에서는 아이가 태어나면, 한국에서는 안 그렇잖아요. 캄보디아에서는 아이 태어나면 칠 일이나 한 달 안에 귀 구멍을 뚫어요. 귓구멍 뚫리면서 실도 하고 아니면 금도 하고 그런 전통이 있었어요.

[조사자: 귀를 뚫는 이유는 뭐가 좋은 게 있어요? 캄보디아에서는?] 거기는 뭐 좋은 게 없고 저는 또 모르겠지만 어쨌든 태어나면 여자. [조사자: 여자아이만 뚫어요?] 네, 여자 의미. [조사자: 여자란 뜻이에요?] 네, 여자란 뜻이고 귓구멍도 뚫리고.

[조사자: 그러니까 이게 칠 일이나 삼십 일 이내에 뚫는 것은 여자만 뚫는다는 거예요? 남자아이도 뚫어요?] 남자는 안 뚫어요. 남자는 특별하게 뚫으면, 남자 그 뭐 있잖아요? 어떻게 얘기할까, 그건 뚫어요. 제 고향에서는 만약에 그 남자 귓구멍 뚫려 있는 거 보면

‘아, 얘가 뭔가 문제 생겼구나.’

그런 거 있잖아요. 원래 남자 태어나면 이제 아 어떻게 얘기해야 할지. [조사자: 말씀하셔도 됩니다. 어차피 결혼하셨는데요 뭐. 그냥 편하게 말씀하세요.] 아, 아들은 고추잖아요. 그럼 짝짝이면 한쪽 크고 한쪽 작고 그러니까 작은 쪽은 귓구멍 뚫어요. 작은 쪽은 귓구멍 뚫으면 귀고리도 하고 금 같은 것도 하고 이러다가 이제 시간이 지나면 이제 그냥 똑같아지는 거고.

그런 의미로 남자는 많이 뚫고요. 여자는 이제 태어나면서부터 꼭 칠 일이나 한 달 안에는 뚫고, 못 뚫으면 커서 뚫으면 아프잖아요. 그때는 이제 살이 얇아서 바늘구멍으로 이제 뚫리고 실도 하고 그런

이야기였어요.

[조사자: 그럼 남자들은 이제 시간이 지나서 비슷해지면 귀걸이를 빼요?] 네. 빼요. [조사자: 그럼 이제 무게를 더 무겁게 해가지고] 네, 무겁게 해가지고 이제 무게를 균형 맞추는 아마 그런 거 있을 거 같아요. [조사자: 재밌네요.]

여자산 남자산과 청혼 유래 [1]

● **구연정보**

조사일시 : 2017. 10. 14(토) 오후
조사장소 : 경기도 안산시 단원구 원곡동
제 보 자 : 렉가나 [캄보디아, 여, 1988년생, 결혼이주 10년차]
조 사 자 : 김정은, 강새미

● **구연상황**

제보자가 생애담에 해당하는 이야기에 이어 자신이 살던 지역에서 가장 유명한 전설이라며 구연한 이야기다. 지역 사람들은 이 이야기를 진짜라고 믿고 있다고 했다. 이 사연을 계기로 결혼 문화가 바뀌게 됐다고 한다. 중국인 화자 티엔옌이 청자로 참여했다.

● **줄거리**

과거 캄보디아에서는 여성이 남성에게 먼저 청혼을 했다. 이에 대해 여성이 불만을 품자, 마을에서 여성들과 남성들이 밤새 산 만들기 시합을 해서 지는 쪽이 청혼을 하기로 했다. 남성들 산이 더 높아지자, 여성들이 높은 대나무에 가짜 해를 만드는 지혜로 새벽이 온 것처럼 꾸몄다. 남성들이 산 만드는 일을 그치는 바람에 내기에서 졌다. 그 이후로 지금까지 남성이 여성에게 청혼하게 되었다.

근데 이 이야기는 어떤 사람은 진실이라 생각하고 또 공부 많이 한 사람은 진실 아니라고. 근데 그냥 할머니 할아버지 얘기할 때는 뭐 진짜라고 했어요. 근데 진짜 산이 있어요.

그 산이 이야기는, 옛날에 아주 옛날에는 그 캄보디아는 여자 왕이 있었어요. 여자 왕인데 그래서 그 문화가 여자가 남자한테 청혼? 청혼하는 거예요, 문화가. 이렇게 만약에 저는 여자고 선생님은 남

자. 제가 가서,

"너랑 같이 결혼하고 싶다."고.

그런 거 말할 수 있어요. 근데 지금은 아니잖아요, 이 시대는. 그리고 그 청혼하고 또 결혼하는 것도 여자 쪽에서 남자 쪽에 가서 하는 거예요. 근데 안 예쁜 여자가 있잖아요. 네, 그거 때문에 그 남자들이 반대는 너무 심하고, 특히 여자 마음에는 창피하잖아요. [조사자: 거절하는구나. 여자 마음을.] 예쁜 여자만 찾잖아요.

그래서 다음 왕 시대에는 또 여자인데, 그 다음번에는 또 똑똑한 왕이에요. 생각 좀,

'우리는 여잔데 계속 이러면 좀 안 된다.'고.

했어요. 그래서,

'어떻게 하면 이렇게 문화가 바꿀 수 있냐!'고.

생각했는데.

어떻게 남자랑 한 번 시합, 시합인가? 그 누가 이기면, 만약에 여자가 이기면 남자가 여자한테 이렇게 청혼하고 그런 거예요. 그래서 남자랑 이렇게 한 번 모으고 회의했어요.

"우리가 한 번 시합하자."고.

어떻게 하냐 하면, 이렇게 땅을 파서 이거 산을 만드는 거예요. 누가 제일, 그 한 밤만, 한 판만 하는 거예요, 밤에만. 누가 제일 높으면 이기는 거예요. 그래서 남자도 당연 자기 힘 있잖아요, 남자니까. 또 땅 파는 거는 남자는 힘세면 빨리 금방 이렇게 세울 수 있잖아요. 여자는 또 약하고.

그러니까 땅 파는 거는 백 프로, 생각할 때 백 프로는 우리 남자들은,

'내가 이긴다.'

고 했는데.

근데 또 그다음 날 밤에, 그다음 날 또 해가 다시 들어가는데 뭐라고 하죠, 한국말? [조사자: 해질녘에요?] 네. 해 뜨고 반대말 뭐라고 해요? [조사자: 해넘이. 해가 넘어갈 때.] 해 넘어갈 때부터 해 뜰 때까지 끝나는 거예요.

그래서 그 오케이하고 시작, 그다음 날에 시작하는데 한 세 시나 네 시 때 여자가 그 뭐지? 몰래, 남자 몰래 가짜 해 있죠, 가짜 해 만들어서 대나무 있잖아요, 높은 대나무. 이렇게 세워서 그 끈 놓고 이렇게 올리는 거예요. 근데 올려다, 남자가 일하다가 이거 딱, 딱 닦고 이렇게 보는데 그 해, 가짜 해 있잖아요. 멀리 보니까 진짜 해인지.

"어, 인제 해 뜬다!"

그리고 볼 때는 여자 산이 낮고 있잖아요, 남자 산은 엄청 높으잖아요. 그래서,

"아, 이제는 우리 쉬자!"

고 했어요.

그 사이는 남자들이 자고 여자들은 그 사이에 열심히 하는 거예요. 그래서 열심히, 진짜 해 뜰 때까지 했어요. 딱 남자들이 일어나고 갑자기 이렇게, [조사자: 깜짝 놀랐죠.] 네, 깜짝 놀랬어. 여자 산이 엄청 저기 더 [조사자: 더 높아져 있는 거예요.] 네, 실제 더 높았어요. 남자 산은 엄청 낮게 하고.

[조사자: 그 산이 그래요?] 네. 여기 검색하면 나와요. 그 캄봉잠 Kampong Cham● 지역에서는. 그때부터는 문화가 바뀌었어요. 남자가 여자한테 청혼하고 그런 거예요.

[조사자: 원래는 여자가 남자한테 청혼할 수 있었던 거였어요? 근데 이제는 '너희가 우리한테 청혼해. 거절당하지 않을 거야.' 이렇게 된 거예요?] 네. 그래서 문화가 지금은 남자가 여자 집에 가서 청혼하고. 네, 그런 거.

또 여자도 거절하는, 마음에 안 드는 남자 있으면 오케이하고 못하면 그냥 거절할 수 있어요, 지금은. [조사자: 지금은요? 그때도 그렇게 된 거죠. 그래서 거절할 수 있었던 거죠.] 그때는 네, 거절 이렇게 했는데 근데 그때는 여자가 남자한테 가잖아요. 근데 남자도 우리, 거

● 정확한 명칭은 '캄퐁참'으로 수도 프놈펜 북동쪽 약 80km 지점에 위치하고 메콩강을 끼고 있다. 캄퐁참 주의 도시인 캄퐁참 시티는 프놈펜으로부터 124킬로미터 떨어져 있고 캄보디아에서 세 번째로 큰 도시다.

절하면 여자인데 마음이 좀 그러잖아요. 그래서 그거 이기고 다음에는 지금까지는 남자가 여자한테.

여자산 남자산과 청혼 유래 [2]

● **구연정보**

조사일시 : 2017. 12. 09(토) 오후
조사장소 : 경상북도 경산시 자인면
제 보 자 : 씨앙리티아(이민희) [캄보디아, 여, 1986년생, 결혼이주 7년차]
조 사 자 : 김정은, 황승업, 강새미

● **구연상황**

제보자가 〈프놈펜 유래〉에 이어서 준비해온 다음 이야기를 구연했다. 정확한 구연을 위해 미래 책을 읽어봤다고 했다. 프놈펜에서 140km 정도 가다 보면 이야기 속의 산이 보인다고 한다. 캄보디아 사람들은 아직까지 이 이야기를 진짜로 믿고 있다고 했다. 베트남 제보자 부티푸엉이 청자로 참여했다.

● **줄거리**

스라이에는 여왕이 있었는데, 너무 예쁘고 아름다워서 남자들이 감히 청혼을 하지 못했다. 여왕은 자신이 먼저 마음에 드는 남성에게 청혼을 했고, 그 이후 여성이 청혼을 하기 시작했다. 이에 대해 여성이 불만을 품자, 여성들과 남성들이 산 만들기 경쟁을 해서 지는 쪽이 청혼을 하기로 했다. 남성들 산이 더 높아지자, 여성들이 등롱으로 가짜 샛별을 띄우는 지혜를 써서 새벽이 온 것처럼 했다. 샛별을 본 남성들은 아침이 온 줄 알고 일을 그친 탓에 내기에서 졌다. 이후 남성이 여성에게 청혼하게 되었다. 그래서 여자산은 높고 남자산은 낮다.

옛날에는 거기 스라이(ស្រី)●, 스라이, 아스라시에는 거기 여왕 이름 있거든요. 그래서 그 여왕은 너무 예쁘고 아름답고 또 똑똑해요.

● 여자라는 뜻의 캄보디아 말이다.

그래서 남자들이 그 여자는 너무 부담스러워서, 청혼하고 싶어도 너무 부담스러워서 안 청혼해요.

그래서 그 여자는,

'에이 내가 왜 그렇게 남자 나한테 청혼하지 않았지? 내가 그렇게 아름답고 그렇게 했는데.'

그래서 어느 날은 그 여왕은 자기 마음 드는 남자 있거든요. 그래서 먼저 청혼했어요. 그래서 그날 이후부터 여자들이 남자에게 청혼했어요. 네 다해요. 그래서 거기 여자, 얼굴이 못생긴 여자 거절할까 봐. 그래서,

"우리 안 되겠다."

그래서 같이 여자끼리 모아서,

"우리 그렇게 안 돼."

의논하고,

"그럼 우리 남자 쪽에 모아서 우리 대, 대결하자. 우리 산 만드는 거 대결하자. 누가 제일 높으는 거, 이기고. 그래서 지는 사람은 이기는 사람 청혼해야 되고."

그렇게 약속했어요.

(다음 내용을 기억하느라 잠시 구연을 멈춤.)

그래서 거기부터는, 우리 여자는 남자보다 힘이 약하잖아요. 그래서 여자들은 꾀를 냈어요. 꾀를 냈어요, 거기 약속은 만약에 새벽에 뜨기 전에. 여자와 남자 해가 뜰 때부터 다음 날 새벽에 새벽 별이 뜰 때까지 서로 산을 쌓는 시합을 했어요. 거기 아까 여자들이 꾀를 냈어요. 새벽 별이 뜨기 전에 여자들이 쪽에서 등롱, 등롱.

"우리 멀리께 보면 거기 별인 것 같아서 이거 등롱을 띄우자."

남자들은 그것을 금성인 줄 알고 집으로 다 돌아갔어요. 그래서 나중에 진짜 새벽이 되면 이거 닭이 '꼬끼오' 올라가잖아요. 그래서 남자들이,

"어, 우리 남자를 속였어요."

그래서 너무 깜짝 놀랐고, 뛰어나와서 거기 여자산은 미리(더) 높았어요. 그래서 그때부터 우리 남자는 우리 여자에게 청혼했어요.

집안에 갇혀 살던 도둑 양딸의 결혼과 신부수업 유래

● 구연정보

조사일시 : 2018. 01. 12(금) 오후
조사장소 : 강원도 인제군 인제읍 남북리 사회복지관 2층 교육실
제 보 자 : 킴나이키 [캄보디아, 여, 1991년생, 결혼이주 6년차]
조 사 자 : 박현숙, 김민수

● 구연상황

제보자가 〈지상의 왕이 된 외삼촌과 앙코르 와트를 건축한 조카〉 구연을 마친 뒤 긴 시간 쉼 없이 구연한 제보자를 위하여 잠시 휴식 시간을 가졌다. 휴식을 마치고 조사자가 준비한 이야기를 또 구연해 달라고 요청하자 제보자가 응달에 관한 이야기라면서 구연을 시작했다.

● 줄거리

옛날에 한 도둑이 절도로 재산을 많이 모았지만 자식이 없어 고민했다. 도둑은 이웃 마을에서 예쁜 여자아이를 납치하여 양딸로 삼고 집안에서만 키웠다. 열여섯이 된 양딸이 생리를 하지 못해 점점 말라가자 도둑은 노파를 불러서 약을 달여 먹였다. 한 청년이 학업을 마치고 귀향하다가 그 노파의 집에 하루 머물렀다. 노파가 청년에게 도둑의 양딸을 칭찬하며 청년을 도둑의 집으로 보냈다. 처녀와 총각은 사랑에 빠졌고 결혼했다. 두 사람은 중매를 선 노파에게 사례하려고 찾아갔다. 이웃 마을 사람들이 신부의 뽀얀 피부를 보고 감탄하자, 노파는 그녀가 도둑의 집안에서만 살았던 사연을 전했다. 그 후 결혼을 앞둔 여성은 뽀얀 피부를 만들기 위해 한 달간 외출을 금하고 집안에서만 신부수업을 받는 풍습이 생겼다.

[조사자 1: 어떤 이야기예요?] 그 이야기가 그 그늘, 응달 이야기예요. [조사자 1: 그늘 이야기예요? 나무 그늘?] 네. 나무 그늘? 나무 그늘

이야기 정도까진 아니고 그냥 그늘. [조사자 1: 해 보세요. 일단 해 보시면 어떤 이야기인지 알 거 같아요.]

그 옛날 아주 옛날에 어떤 남자가 도둑이요. 엄청 강한 도둑이에요. 그래서 그 도둑이니까 많은 돈을 많이 모았어요. 다른 사람 돈을 훔치니까 많은 돈 모았는데. 근데 부인도 없고 자식도 없고 애기도 없고 그래서 혼자 생각했어요.

'어머, 내가 애기도 없는데 어떡하지? 고생하는 내가 고생하는 돈 많이 훔치는데 내가 죽으면 누가 돈을 받으지?'

이렇게 생각했는데 계속 생각해요.

'만약 내가 큰 근처 동네.'

그 아저씨가 산속에 살거든요? 그래서,

'옆에 동네 가서 어떤 아이 한 명 훔치고 와서 키우면 어떨까?'

이렇게 생각했어요.

그래서 그 가서 한참 앉았어요. 앉았는데 여러 아이가 지금 놀고 있는데, 보고 지금 어떤 여자 아이가 너무 귀여운 거예요. 너무 귀엽고 예쁘고 이렇게 생기니까,

'그 아이를 훔칠 거야.'

이렇게 생각하고 그래서 그 아이가 훔치고 집에 갔어요.

그런데 내 생각에 그 아이가 훔치니까, 그 아이가 아빠 보고 싶으니까 그냥 방에 넣고 문도 잠그고 밖에 안 나가는 거예요. 그래서 방이 안 잠기면 아이가 엄마 아빠 찾으러 갈까 봐 걱정하니까 방에 있으면 좋겠다고 생각해요. 그래서 그 아이가 그 방에 있으니까 일도 못하잖아요. 그래서 그 아이한테 얘기해서,

"내가 너 딸처럼 생각해. 내가 너 훔쳐온 건 뭐 나쁜 생각 아니고 그냥 내가 아이 없으니까 너 훔쳐 와서 니가 내 딸처럼 생기는 거예요. 그래서 내가 너한테 예쁘게 해주고 밥도 만들어 주는 거야. 필요한 거 내가 다 해줄게."

그래서 그 둘이는 잘 지내고 같이 있어요. 그런데 그 아이가 한 번도 밖에 안 나왔어요. 계속 방 안에 있는 거. 밥 먹으면 그냥 먹는 거예요.

그래서 그 시간 지나서 그 아이가 열여섯 살 나이가 들어갔어요. 그런데 열여섯 살 나이인데 그런데 몸이 되게 너무 마르고 힘도 없는 거예요. 그래서 그 아저씨가 생각해요.

'그 아이가 왜 이러지? 나는 너무 잘 해줬는데 왜 이렇게 너무 마르고 나는 속상해. 이렇게 보면.'

그래서 아이한테 물어보는데,

"너 어디 아프니?"

해도,

"아픈 거 없어."

이렇게 얘기하는데 그래서 너무 걱정해서. 가까이 있는 동네 가서 어떤 나이, 제일 나이 많은 할머니 불러와서 그 아이 보여주는 거예요. 그래서 그 아이보고,

"어유, 니가 엄청 예쁘구나. 피부도 좋고 하얗고."

이렇게 얘기하고,

"근데 왜 어디 아파? 왜 이렇게 밥 잘 먹는데 왜 살도 안 찌고."

그런데 그 아이가 열여섯 살이니까 첫 번째 생리 안 나오니까 그래서 좀 이 뭡니까, 그래서 약간 몸이 밥이나 먹으면 잘 안 되잖아요. 그래서 그 할머니가 그 한국의 한약 같은 거? [조사자 1: 한약?] 네, 이렇게 약 해주고.

"약 끓여서 그 아이가 먹게 해주면 되는 거야."

그래서 그 할머니 약 주고 그래서 그 여자아이가 그 약 먹고 됐고 많이 먹으면 한 달 정도 먹어서 그 아이가 생리도 잘 나오고, 밥도 잘 먹고 그러니까 더 예쁜 거예요.

그래서 둘이 아빠하고 딸로 잘 지내고 있고 딸은 또 방에만 있고 전처럼 하는데, 그런데 어느 날 어떤 아저씨가 예쁜 아저씨예요. 나이도 많지 않아요. [조사자 1: 잘생긴 아저씨.] 네, 잘생긴 아저씨. 나이는 스물여섯 살. 그런데 집이 너무 멀어서 뭐 다른 나라 다른 자리 다른 동네 가서 공부하는 거예요. 그래서 공부 다 했고 집에 들어가는데 너무 시간 지나서 밤이 깜깜하니까, 집에 못 가니까 그 할머니 집을 보고 그 할머니 집을 가서 얘기한 거예요.

"할머니 제가 아직 집에 도착 못해서 오늘 여기 한 밤 보내면 어떠세요?"

이렇게,

"응. 괜찮아. 그냥 여기, 자도 되고."

할머니가 그래서 할머니가 입이 너무 길어서 아저씨한테 얘기했어요.

"야! 너 결혼했니?"

이렇게 이제 한 거예요.

"너 결혼했니?"

"아니요? 왜요, 할머니?"

"아, 내가 아는 아가씨 그 한 명 있는데 되게 예쁘더라고. 예쁘고 착하고."

이렇게 하는 거예요.

"만약 너랑 같이 결혼하면 되게 좋을 거라고 생각해."

할머니가 이렇게 얘기했어요.

그래서 그 밤중에 되게 할머니가 그 뭐야? 그 아가씨 어떻게 예쁘고 어떻게 착하고 이런지 얘기하고 아저씨가 얼굴도 못 만났는데 그런데 마음에 되게 사랑에 빠지는 거예요. 그래서 아침에 할머니 얘기했어요.

"네가 아가씨 만나고 싶으면 그 길로 쭉 가면 아가씨 만날 수 있는 거야."

그래서 그 아저씨가 걸어가는데 그 집에 도착했어요. 그런데 그 여자 아빠가, 아빠 도둑이니까 가서 다른 사람 훔치니까 그 집에 없어. 그냥 아가씨만 혼자 있어. 그래서 아저씨 가서,

"집 주인 집에 있으세요?"

이렇게 몇 번 불렀는데 그 여자가 창문 조금 이렇게 보고 창 문구멍 창 문구멍으로 조금 보고 되게 그 여자 너무 잘생긴 거예요. 그래서 가슴이 (리듬감을 넣어서) 두근두근 이렇게 보고 싶었어. 그래서 뭐 예쁘니까 여자는 그냥,

"네, 있어요. 저 여기 있어요."

이렇게 된 거예요.

"무슨 일 있어요?"

하니까,

"한 번 만나고 싶어서 왔어요."

뭐 할머니 얘기 처음부터 끝까지 얘기해주고 그래서 와서 그 할머니가 얘기 한 거 와서,

"그러면 집 위에 올라오세요."

이렇게 얘기하고 그래서 둘이 서로 만나서 그 여자가 처음 남자 만나니까 그 남자는 여자 너무 예뻐서 사랑 빠지고 둘이가 그때 결혼 하는 거, 둘이만 결혼하고 한 밤 같이 보내는 거예요.

그래서 아빠가 집에 왔어요. 그런데,

"갑자기 내가 허락 없이 어떻게 남편 한 명 생기고 방 같이 있는 거야."

이렇게 말도 없이 그냥 혼자 생각하고 서운해 해요.

'잘 키우고 일도 안 했는데. 이렇게 나한테 일할(이럴) 수 있어?'

이래서 너무 서운해서 그냥 도망갔어요. 집에 안 들어와요. 뭐 몇 달 시간 지나서 딸이 생각했어요.

"여보! 내가 내 아빠."

(조사자를 쳐다보며) 새아빠 이렇게 불러요? [조사자 1: 새아빠? 남편?] 아니오. 아빠가. [조사자 2: 도둑.] 도둑. [조사자 1: 아하.] 어떻게 불러요? [조사자 1: 새아빠? 양아빠?] 양아빠 같아요.

"양아빠가 내가 화났나 봐. 왜 이렇게 집에 안 오시는지. 그러면 우리 이 집 살지 말고 그냥 여보 집 가서 살면 안 될까?"

그래서,

"응. 그래 좋아. 그 집은 새아빠 집이니까 우리 살면 또 안 되잖아. 그럼 우리는 내 집에 내 부모님 집에 가서 살자."

이렇게 생각했는데 그 처음에 그 여자가 그 방 나오는 거예요. 그 새아빠가 훔친 돈 많잖아요. [조사자 1: 양아빠 훔쳐왔으니까.] 네. 양아빠 그래서.

돈은 그 할머니가 우리 사이가 지금까지 결혼하니까 그 할머니

덕분이야. 그래서 그 할머니 고마운 뜻으로 그 돈을 조금 드리는 거예요. 할머니 가서,

"아유, 니가 더 예쁘구나."

이렇게 또 만날 때마다 또 예쁘게 생각하는 그래서 옆 동네도 또 둘이 걸어가서 그래서 옆 동네도 보니까,

"아유, 어떤 여자 이렇게 신, 공주님처럼 예쁘고 피부도 이렇게 반짝반짝하는 거야. 어떻게 이렇게 사람이 이렇게 예쁘게 태어날 수 있어?"

그래서 할머니가,

"그거 도둑 아저씨가 그 아가 방만 갇히는 거 이렇게 있으니까 그래서 피부가 햇빛 한 번도 못 맞히니까 하얗게 예쁘게 이렇게 나오는 거야."

그래서 대부분의 사람 그 사람 딱 이렇게 들어서 자기 딸이 결혼하기 전에는 한 달 두 달 세 달 동안은 아무도 밖에 나오지 말고 그냥 방에만 있고 일도 안하고 그냥 있고 그래서 결혼하면 예쁘게 나오는 거. 이렇게 생각하고 그래서 그 믿는 마을에 지금도 이렇게 행사 있어요.

결혼하기 전에는 그 여자 쪽은 한 달 동안 그냥 집에만 있어. 어디 나가지 말고 햇빛도 받지 말고 피부 (리듬감을 넣어서) 반짝반짝하게. 그냥 (손등을 비비며) 로션이나 많이 바르고 예쁘게 나오는 거예요.● 이렇게 믿고 있어요.

[조사자 1: 얼마 동안 그렇게 안에만 있어요?] 한 달 정도? [조사자 1: 한 달 정도? 결혼 날 잡아놓고?] 네.

● 캄보디아 여인들이 결혼 전에 신부수업을 하는 '쫄믈룹' 풍습을 말한다.

똠과 띠우의 사랑 [1]

● **구연정보**

조사일시 : 2016. 11. 11(금) 오후
조사장소 : 강원도 횡성군 횡성읍 읍하리
제 보 자 : 체아다비 [캄보디아, 여, 1983년생, 결혼이주 8년차]
조 사 자 : 박현숙, 김현희, 김민수

● **구연상황**

제보자가 〈프놈펜 유래〉 구연을 마친 뒤, 이런 전설 말고도 아름답고 슬픈 사랑 이야기가 있다면서 구연을 시작했다. 제보자는 이야기에 등장하는 캄보디아 문화를 구체적인 예를 들어 부연했다. 구연이 끝난 뒤에는 캄보디아 캄퐁참 이야기와 관련된 집이 남아 있다고 했다. 오숙민 작가와 일본 국적의 모우에 히로꼬 제보자, 몽골 국적의 수흐바타르알탄바가나 제보자가 청자로 참여했다.

● **줄거리**

옛날 부잣집 딸 띠우가 신부수업을 받다가 어머니가 초대한 스님 똠과 사랑에 빠졌다. 똠은 사랑을 이루려면 더 기다려야 한다는 큰스님의 말을 무시하고 승복을 벗었다. 띠우 부모는 둘의 결혼을 반대하여 띠우를 궁녀로 보냈다. 왕궁의 가수가 된 똠이 슬픈 연주를 했고, 왕이 똠에게 그 사연을 물어 똠과 궁녀 띠우의 사이를 알게 되었다. 왕은 왕궁에서 둘을 결혼시켰다. 그러나 띠우의 엄마는 똠이 여전히 마음에 들지 않았다. 그래서 띠우와 예전에 혼담이 오고 간 장군의 아들과 혼례준비를 하고 띠우에게 엄마가 아프다고 거짓 편지를 보냈다. 띠우가 곧바로 엄마에게 달려갔고, 뒤늦게 따라가던 똠은 엄마가 사주한 사람에게 죽임을 당했다. 똠이 죽었다는 소식을 듣고 띠우도 따라 죽었다. 왕이 이 사실을 알고 자신이 짝지어 준 두 사람을 갈라놓은 관련자들을 모두 죽였다.

어떤 이야기는 되게 아주 슬픈 남녀 사랑 이야기인데요. 그 남자는 그쪽에는 스님이었어요, 스님. 그 남자 분은 스님이었고 그 여자는 아주 부잣집 딸이었어요. 그리고 그 부잣집이다 보니까 밖에 맘대로 못 가고.

그리고 한 가지는 캄보디아에서는 열여덟 살 되기 전에 거기 '쫄믈릅'이라고 해요. 쫄믈릅. [조사자: 쪼믈롭?] 그 여자애는 (손가락 세 개 펼치며) 한 3개월 동안 집에서 아무 데도 밖에 못 나가고, 저기 뭐지? 뭐 여자 공부 같은 거 있잖아요. [청자: 결혼 준비?] 교법 같은 거. 교육. 예의 [조사자: 예의범절 이런 걸 이제 가르쳐요?] 네네. 3개월 동안.

그래서 밖에 못 가고, 그리고 여자는 이제 밖에 못 가니까 심심하면서 옛날에는 TV도 없고 아무것도 없으니까. 그 스님 같은 거 뭐 시, 시 있잖아요. 시 봐서 엄마는 초대하면서 그 스님은 이제 유명해요. 시를 잘하는 스님이었고. 그 엄마가 초대하면서,

"이제 스님이 시 좀 해 달라."고.

"읽어 주라."고.

그래, 그냥 스님은 거실에 앉아 있고 (손을 펼쳐 바로 앞에 대고) 여자는 방에 있었어요. 얼굴도 모르는데.

근데 며칠 하다 보니까 목소리가 좀 가수보다도 아주 좋은 목소리였고 그러니까 궁금하잖아요. 그 인물 어떻게 생겼는지. 몰래 구멍에서 쳐다보고 이제 사랑에 빠지는 거예요. 구멍에서 (손가락을 말아 동그랗게 두 개 모으고) 조그만 구멍으로 며칠 훔쳐다 보면서.

그리고 스님은 이제 그 딸이 또 궁금하잖아요. 그 유명하고 그 동네에서는 가장 예쁜 아가씨였으니까. 누가 비교할 수 없을 만큼 머리부터 발끝까지 아주 예쁘니까. 스님도 궁금해요. 그 여자 어떻게 생겼는지.

어떤 날은 이제 그 어머니는 집에 안 계시니까, 그냥 딸만 한 번 좀 얼굴 보게 해주시라고 얘기했는데 그 저 밑에 있는 사람들이 있잖아요. 부하 같은 거? [청자: 하인들.] 네, 하인들. 그래 얘들이 이제 뭐 차도 대접하면서 사랑에 빠지는 거예요. 그래서 헤어질 때는 스

님은 그다음 날 바로 보고. 여자 얼굴 보고 그러니까. (자신과 조사자를 번갈아 가리키면서) 서로 눈 마주치면서 나는 그 사람 이렇게 알잖아요. 끼리.

[조사자: 좋아하는 거야.] 서로 좋아하면서 스님은 절에 돌아가서 (손을 머리까지 올리며) 큰스님한테,

"나는 스님을 그만하고 싶다."

그래가지고 이제 그 큰스님은 이제 잘 보잖아요. 상 같은 거.

"너는 이제 안 되니까, 몇 개월쯤 기다려라. 지금 그만두면 너는 당장 죽은 목숨이다."

그래가지고 그 뭐 사랑 빠지니까 그거 못 참는 거죠. 못 참으니까 바로 스님 옷 벗고 절에서 나온 거예요.

나오면서 이제 쉽게 말하면 저기는 아, 슬픈 사람이고 안 되는 사람이었어요. 그냥 하룻밤 같이 보내면서 (양 주먹을 서로 떨어트리며) 헤어지는 거예요.

헤어지고 엄마는 이제 그 지역 부자니까 그 예전에는 저 군수 딸 같은 거. [조사자: 군수 딸 같은?] 아, 아니에요. 군수 아들. 쉽게 하면 장군 아들을 이제 그 여자를 보면서 엄마한테 와서,

"약혼해 달라."

하면서. 그럼 엄마는, 또 여자 엄마는 이제 그쪽은 잘 사니까 그 딸이 누구와 같이 하룻밤 보냈는지도 몰랐어요. 그래서 뭐 바로 딸한테 물어보죠.

그전에는 그냥 부모들이 결혼하자면 그냥 하는 거예요. (자기 자신의 가슴팍에 손을 얹고) 거절할 수 없어요. 부모 무조건 따르는 거예요. 엄마는 뭐 그냥 딸한테 물어보지 않았고, 그 남자한테 이제 줬어요.

줬더니 이제 한 삼사 일 결혼 앞두고 어느 날 갑자기 왕이 자기 궁녀, 궁녀 마음에 안 들어서,

"다른 궁녀 구해라."

그래가지고 각 부하들이 각 동네마다 돌아다니면서 그 소문났어요. 그 동네에 있는 한 여자가 예쁘다고. 그러니까 왕이 이제 그 사람

그 여자 데리고 갔어요. 왕궁으로.

데리고 갔더니 갑자기 그 남자가 스님 그만두고 왕궁의 가수가 된 거였어요. 그랬더니 와서 이제 식 올리면서 자기가 엉뚱한 노래를 부르는 거예요. 뭐 남편을 두고 뭐 다른 남자를 뭐 이렇게 이런다 뭐 그런 거 있잖아요.

그러면서 왕이 갑자기,

"어, 이상한 말을 왜 그랬니?"

하고 물어 봤어요. 남자한테,

"왜 이상한 노래 불렀니?"

그러니까 그 남자가,

"둘이 각별한 사이이고 이제 하룻밤 보낸 사이다."

사실 이제 차근차근 내용을 그대로 얘기해서 왕궁에서 결혼식을 올렸어요, 둘이.

결혼식 하면서 이제 여자 엄마는 그 남자는 아무튼 재산도 없고 아무것도 없으니까, 그냥 굳이 왕궁에서 가수 악기 하면서 그러니까 마음에 안 들었어요. 그러나 어쩔 수 없이 결혼시킨 거죠. 왕 거절할 수 없잖아요. 그래가지고 결혼하면서 엄마는 고향에 갔어요.

둘이는 왕궁에서 그냥 재밌게 행복하게 지내면서 어느 날 갑자기 엄마가 편지 왔어요. '엄마가 많이 아프다. 빨리 당장 고향으로 내려와라.' 하고.

그 사실 그 편지는 거짓 편지였어요. [조사자: 누가 보낸 거예요?] 엄마. 여자 딸. 여자애의 엄마. 그래서 갔더니 갑자기 (손을 좌우로 크게 펼치며) 결혼식을 준비하고 있는 거예요. 그전에 약혼했던 남자가. 그래서 갔더니 갑자기 결혼식 준비하면서 강제로 결혼시키려고 하는 거예요. 그랬더니 부하들이 있잖아요. 거기 일하는 하인들이,

"아휴, 안 되겠다. 당장 이 사실을 남편에게 알려줘야겠다."

하고 편지를 보냈어요.

옛날에 편지 아니고 그냥 들고 (주먹을 쥐고 흔들며) 말 타고 '따그닥 따그닥' 말 타잖아요, 그런 거. 그랬더니 왕을 드렸어요. 그걸 드렸더니 그게 아픈 게 아니고 거짓말 편지였고 이게 왕을 무시

하니까,

"그럼 당장 너는 이제 내 마누라 데려오라."

그랬는데 그걸 들었더니 일단,

"혼자 데리러 가면 위험해서 너는 다칠 수 있다. 그냥 군사를 몇 명 데리고 가라."

그랬더니 그 남자는,

"아, 나는 그냥 괜찮다. 혼자 갈 수 있다."고.

그랬어요.

그쪽에 갔더니, 갔다가, 뭐, 그 여자 집에 가기 전에 그 남자 옛날 약혼한 남자 아버지가 좀 세잖아요. 장군 같은 것이었고. 그랬더니 가기 전에 잡혔어요. 잡으면서 때려가지고 (손으로 때리는) 그 남자 죽었어요.

죽고 이제 이상하게 되니까 여자 그냥 (상의를 벗는 손동작) 옷을 벗고 그 남자에게 달려왔어요. 그런데 뭐 어쩔 수 없이 죽었으니까 어떻게 살릴 수도 없고 그건 둘이 다 죽은 거예요. 둘이 다 죽고, 왕은 그다음은 사실을 알았으니까 이제 내 명을 무시했으니까 그쪽을 다 잡아서 [조사자: 죽였어요?] 네, 죽였어요.

그리고 그 옛날에는 이제 쉽게. 그 지금은 하지만 지금도 있어요, 만약 (손가락을 번갈아 가리키며) 저랑 선생님이랑 서로 사랑하잖아요. 그냥 마음으로 못 사는 사이고 이제 정식 못 맞잖아요. 그럼 바로 둘이 갈리잖아요. 그럼 얘기해요. 그 할머니는 '예이판'이에요. '예이판.' [조사자: 예판?] 네. 이름이 예이판이고 아주 막 보통 사람 아니에요. 그러면,

"오, 너희 엄마는 예이판처럼 한대. 너는 어떡하냐."

[조사자: 이렇게 말을 할 때, 이렇게 좀 악독하게 굴고 이러면 이제] 아.

"예이판 아줌마 같아."

[조사자: 예이판 아줌마같이.] 예, 예이판같이.

그럼 이제 둘이 서로 사랑하는 사이면,

"오, 둘이는."

거기는 둘은 이름은 '똠 띠우'였어요. [조사자: 똠 띠우?] 네. 똠.

띠우. 여자는 띠우이고 남자는 똠이에요.

"오, 너는 똠 띠우처럼 그렇게 죽을 만큼 사랑하는 사이구나."

이렇게 해요.

[조사자: 그럼 이게 똠 띠우 사랑 이야기인 거네요? 그쵸?] 네네, 똠 띠우 사랑 이야기.

[조사자: 그러니까 결국은 그 스님이 그 위에 큰스님 이야기를 들었으면, 조금 더 늦게 만났으면.] 괜찮아요. [조사자: 둘은 행복했을 수도 있었을 텐데. 그렇죠?] 그걸 못 참아가지고, 이건 드라마까지도 나왔어요. [조사자: 이게, 똠 띠우 이야기가요?] 네.

그 캄퐁참● 쪽에 있는 그 집이 그대로 있어요. [조사자: 그대로 그 집이 있어요?] 네. [조사자: 그럼 원래 실제 살았던 사람들 이야기예요?] 네. 원래 실제예요.

● 캄보디아 동부 캄퐁참 주(州)의 주도(州都). 캄보디아에서 세 번째로 큰 도시로 수도 프놈펜 북동쪽 약 80km 지점에 위치하며 메콩강(江) 본류를 끼고 있다.

똠과 띠우의 사랑 [2]

● **구연정보**

조사일시 : 2016. 11. 14(월) 오후
조사장소 : 서울특별시 서대문구 대현동
제 보 자 : 소다니스 [캄보디아, 여, 1986년생, 유학 4년차]
조 사 자 : 박현숙, 김민수

● **구연상황**

태국 국적의 와닛차진시리와닛 제보자가 〈머리카락에서 향기가 나는 여인 낭봄험〉 구연을 마치자, 조사자가 소다니스 제보자에게 구연을 요청했다. 제보자는 잠시 생각하다가 똠 띠우 이야기를 아느냐고 물었다. 조사자가 안다고 대답하자 구연을 시작했다. 앞서 구연했던 와닛차진시리와닛은 제보자가 구연하는 동안 청자로 참여하여 적극적으로 반응해 주었다.

● **줄거리**

옛날 똠이라는 스님이 살았다. 똠이 기도하러 갔다가 띠우의 미모에 반했고 두 사람은 사랑에 빠졌다. 띠우 엄마가 두 사람의 사랑을 반대하여 띠우를 다른 귀족에게 시집보내려고 했다. 그러나 왕의 명령으로 똠과 띠우는 결혼했다. 띠우 엄마는 거짓 편지로 띠우를 집으로 불러들여 귀족과 다시 결혼시키려고 했다. 귀족은 띠우를 쫓아온 똠을 죽였고, 띠우는 똠의 사망 소식을 듣고 스스로 목숨을 끊었다. 왕이 두 사람의 죽음을 알고 띠우 엄마와 귀족에게 잔혹한 형벌을 내렸다.

원래는 우리나라에서 결혼은 직접, 직접 하는 거 아니고 [조사자 1: 연애하는 게 아니고.] 네네. 그런 거 없고. 부모님이 소개하고 같이 만나면 결혼하고. 근데 지금은 많이 변했어요. 근데 그때는 왜냐면 똠 띠우 이야기하는 거 그거 비슷해요.

똠은 남자 이름이고 띠우는 여자 이름이에요. 그리고 똠하고 띠우 그 사랑하는데 똠은 부자 사람 아니고, 그리고 위치도 높으지 않고. 그래서 띠우는 너무너무 예쁘고 (웃으며) 너무너무 예뻐서 다른 사람이 좋아하고, 사랑하고. 근데 띠우는 똠만 사랑해요.

근데 그때는 똠은 그냥 사람 아니고, 그 말이 뭐? [청자: 아, 스님.] 스님. 스님이었어요. 근데 그때 띠우 집에서 사람이 있어서 유명 스님이라서 그, 띠우 어머니는 그 똠 불러서 집에서 (손을 모으며) 프레이Pray, 프레이 해주는 [조사자 2: 축복.] [청자: 기도.] 네. 기도 해주는 불렀어요. 그리고 그리고 그때는 똠은 그 띠우 보면 좋아서 그때는 스님 그만두고 그냥 사람이고. [조사자 1: 스님을 그만 뒀어요?] 네네.

아, 또 뭐지? [조사자 1: 그래서 어떻게 돼요?] 그리고 그다음에 똠은 왕 옆에, 왕 같이 일을 하는 사람이 되었어요. 그리고 다른 사람이 띠우 사랑하고, 똠도 띠우 사랑하고… 그리고 뭐지?

[조사자 1: 그러면 그 다른 사람이 띠우를 사랑하는 사람도 되게 높은 위치에 있는 사람이에요?] 아, 높으고 부자예요. [조사자 1: 아, 부자고.] 네. 그리고 띠우랑 똠은 왕은 해주는 거, 결혼해 주는 거예요. 결혼했어요. [조사자 1: 띠우랑?] 엄마는 허락하지 않았지만 왕 때문에,

"띠우랑 똠이랑 결혼하자(라)."

고 그래서.

[조사자 1: 부모님은 원하지 않는데 왕은 똠과 띠우를 결혼을 하라고 그래서?] 네, 그래서 결혼했어요. 똠이랑 띠우랑 사랑해서 왕은 그거 보면 해주는 거. [청자: 결혼시켜 주는 거?] 네, 결혼. 그리고 결혼했어요, 했고.

근데 똠은 좋아하지 않고. (엄마가) 계속 헤어지게. [조사자 1: 헤어지게 방해를 했어요?] 네, 그리고 한밤에 띠우 불러서 결혼 미리 준비해 놓고 다른 사람이 미리 준비해 놓고 띠우 불러서 근데 진짜로 결혼하러 불러오지 않는데 그냥 엄마가 아파서 (손짓하며) 오래요. [조사자 1: 근데 그게 거짓말이에요?] 네, 거짓말이에요.

그리고 오면은 바로 그냥 미리 화장하고 결혼하게 해서. 근데 오면은 띠우는 그냥 했지만 하고 싶지 않아요. 자기는 결혼했고 그리

고 이렇게 하면 바람 이런 사람이 되어서. [조사자 1: 바람피우는 게 돼서?] 네. 그래서 그렇게 따라 했지만, 엄마가 따라 했지만 그 하면은 죽을 거예요, 자기가. [조사자 1: 자기가 결혼하라고 하면 죽으려고 해?] 네.

그리고 그때는 똠은 그때 그 왕의 그 편지에서 쓰고 띠우 데리고 간다고 그때는 그랬는데, 오면은 바로 그거 그 편지 보여주지 못해서 그냥 그 높은 사람 띠우한테 결혼. [조사자 1: 결혼하자고 한 높은 사람?] 네. 그거 똠 데리고 가서 죽게. [조사자 1: 아, 죽게?] 죽였어요. [조사자 1: 그러니까 그 띠우랑 결혼하고 싶어하는 사람이 똠을 데려가서 죽였어요?] 네. [조사자 1: 그래서?] 띠우 그렇게 알면은 거기 가서 똠 보면 벌써 죽었어. 그래서. [조사자 1: 띠우도 똠이 죽은 걸 알고 자기 스스로 자살을 해요?] 네.

그다음에 왕은 그렇게 알았어요. 그리고 두 명. 엄마, 띠우 엄마랑 그 남자 [조사자 1: 결혼하려고 했던 남자. 똠을 죽인 남자.] 그리고 그 두 사람을 데리고 가서 법. 뭐지? 잘못한다고. 그 왕, 그렇게 말했는데,

"왜 그렇게 했냐?"

고 해서.

(손을 움직이며) 그래서 그 사람을 두 명, 세 명. 땅에서 이렇게 하고 여기만. [조사자 1: 아, 땅을 파가지고 여기만 집어넣고 흙을 덮어서 목만 나오게.] 네.

그리고 옮길 수 없고 뭐지? (웃으며) 그거 뭐라고 하지? 모르겠는데. 그거 그 쌀, 쌀 심을 때 먼저 준비해 놓고 [조사자 1: 가는 거? 밭 가는 거?] 이거, 이거 심는 거 있는 거 (손을 앞으로 끌며) 이렇게 쭈욱, [조사자 1: 그러니까 이제 농사지을 때, 심을 때 기계로 이렇게 심는 거? 그걸로 밀어?] 네.

[조사자 1: 헉, 그래서?] 그다음에 그렇게 하지 마래요. [조사자 1: 아, 그래서 그걸 보고 난 사람들이 다음에는 그렇게 하면 안 된다고.] 네. [조사자 1: 그래서 엄마랑 똠을 죽인 사람은 죽었겠네요?] 네. 근데 어렵게 죽었어요. [조사자 1: 되게 잔인하게 죽임을 당한 거죠?] 네. [조사자 1: 기계가 이렇게 지나가서.] 네.

똠과 띠우의 사랑 [3]

● **구연정보**

조사일시 : 2018. 05. 13(일) 오전
조사장소 : 강원도 인제군 인제읍 상동리 제보자 자택
제 보 자 : 킴나이키 [캄보디아, 여, 1991년생, 결혼이주 6년차]
조 사 자 : 박현숙

● **구연상황**

제보자가 〈소 쁘라꼬와 사람 쁘라케야 형제 바위〉 구연을 마친 뒤 조사자가 또 어떤 이야기를 준비했냐고 묻자 캄보디아에서 유명한 〈토늑짜이〉 이야기를 준비했는데, 구연에 한 시간 반 넘게 걸릴 것 같다고 했다. 조사자는 제보자와 협의하여 그 이야기를 다음번에 듣기로 하고 다른 이야기를 청했다. 그러자 제보자는 똠과 띠우 이야기 구연을 시작했다. 제보자는 구연을 마친 뒤 전설이 전해지는 마을에서는 똠과 띠우의 사랑 때문에 사람들이 많이 죽어서 두 인물을 별로 좋아하지 않는다고 설명했다. 하지만 제보자는 이를 아름다운 사랑 이야기로 여긴다고 했다.

● **줄거리**

옛날에 아름다운 목소리와 외모를 가진 스님 똠과 부잣집의 아름다운 딸 띠우가 살았다. 하루는 띠우가 똠의 목소리가 아름답다는 소문을 듣고 똠을 집으로 초대했다. 둘은 첫눈에 반해 사랑에 빠졌고 똠은 큰스님의 경고에도 승복을 벗었다. 그러나 띠우의 어머니 예판의 반대로 둘은 헤어졌다. 왕이 아름다운 띠우를 보고 반해 결혼하려고 똠을 불러 노래를 청했다. 똠은 아름다운 목소리로 띠우와의 사랑과 이별을 노래했다. 왕이 진실을 알고 똠과 띠우의 결혼을 허락했다. 하지만 띠우 어머니 예판은 거짓 편지로 띠우를 집으로 불러들인 후 부잣집 아들 먼군과 결혼시키려고 했다. 똠이 이 사실을 알고 결혼을 허락한 왕의 칙서를 가지고 결혼식에 찾아가 마음의 노래를 부르고 띠우와 상봉했다. 그러자 예판이 먼군을 시켜서 똠을 살해했다. 띠우는 똠의 죽음을 알고 스스로 목숨을 끊었다. 왕이 모든 사실을 알고 악행을 저지른 띠우 어머니 예판에게 끔찍한 징벌을 내렸고 예판을 도운 마을 사람들에게도 징벌을 내렸다. 그 지역에는 그때 죽은 사람들의 무덤이 지금도 남아있다. 캄보디아에는 똠과 띠우의 사랑 이야기와 관련하여 〈쟁반은 과자보다 크다〉는 속담이 전해진다.

제목은 〈똠 띠우〉인데요. 그 엄청 사랑하는 얘기인데 되게,

'어우, 보통 아니구나.'

그렇게 생각 들어요.

아주 옛날옛적에 그 그때는 '마이롱웨', '롱웨시대'. 이렇게 얘기하거든요? 그 캄보디의 주소 얘기하는 거예요. 롱웨시대는 되게 그 때는 왕 이름은 '시소왓'왕[●]. 이렇게 얘기하는 거예요. 그 시소왓왕은 진짜 이름이에요. 캄보디 왕이에요. 캄보디아 왕, 그 할아버지 지금 왕이에요. 그렇게 하는 거예요.

(제보자가 춥다며 옷을 가지러 가느라 구연이 잠시 중단됨.)

그래서 여기 어, 한국에는 부처님 그 우리 가서 기도하는 거 이름 뭐예요? [조사자: 절?] 절? 절은 자리? [조사자: 절.] 그냥 절? [조사자: 그니까 부처님 모셔놓은 곳 말하는 거죠?] 네. [조사자: 네, 절.] 절. 캄보디 절, 부처님 절하는 자리는, 그 이름은 '왓밍히플롬' 이렇게 불러요. 그 진짜 장소예요. 왓밍히플롯에서 그 바플롬 도시에서 있는 자리예요.

그 두 명 한 스님이 있어요. 한 명 이름은 '넨똠', 한 명 또 이름은 '넨벡' 이렇게 얘기하는 거예요. 그래서 둘이는 되게 몸매도 너무 예뻐. 엄청 예쁜 사람이에요. 근데 스님이야. 예쁘는데, 어, 넨똠는 되게 목소리 엄청 아름다운 목소리 나온 거예요. 자기 얼굴도 예쁘고 몸도 예쁘고 목소리도 나오는데 너무 예쁘는 거예요. 그래서 대부분은 되게 넨똠 엄청 좋아해요. 왜냐면 아름다운 목소리 나오고, 몸매도 예쁘고. 되게 멋있는 남자? 그렇게 하는 거예요.

그런데 자기야, 뭐지? 스님이가 결혼하면 안 되잖아요. 그래서

● 캄보디아 앙두옹 왕의 아들로 왕 재위기간은 1904년부터 1927년까지이다.

무슨 행사 있으면 넨똠랑 넨벡이 불러와서 되게 캄보디아 스님이, 그 어떻게 얘기해 주는 거. 뭐 착한 사람은 어떻게 만들구, 그렇게 어떻게 얘기하는 거예요, 캄보디에서. 그래서 노래 같은 거 말구 그런데 노래 비슷해는 뭐 부처님 바른 생활 어떻게 하는지 이렇게 '잉잉잉' 이렇게 하는 거예요, 노래처럼 만드는 거. 근데 노래 같은 거 아니에요. 그냥 아름답게 이렇게 전설만, 부처님 전설 만들어주는, 얘기하는 거예요.

그래서 시간 지나서 그 넨똠랑 넨벡는 어, 다른 동네 가고 싶어요. 그 동네 말고 다른 동네 가서 뭐, 그때는 뭐 팔고 있는데요. 무슨 놓고 팔고 있는데, 그래서 어, 그래서 그 동네 떠나갔어요. 떠나갔는데 걸어가다가 멀리 걸어가서 새로운 자리 갔어. 그때는 '카이트봉클롬' 이렇게 도착했어요.

카이트봉클롬은, 그 카이트봉클롬에서는 되게 넨똠을 넘 유명하는 거예요. 너무 목소리 아름답구, 대하는 것도 좋고, 몸도 예쁘니까 여러 사람까지 금방 알려졌어. 행사 있으면 넨똠 불러워서 뭐 행사 해주구. 캄보디 행사 있으면 뭐 스님 불러와서 무슨 기도해 주구 뭐, 좋은 말도 이렇게 대하는 거예요. 그래서 어, 불러와서 뭐 이렇게 여러 가지 하는데, 그런데.

그 카이트봉클롬에서는 제일 예쁜 여자 한 명 있어요. 아주 예쁜 여자였는데 그런데 사진 보더니 하나도 안 예뻤어요. (웃음) 사진 있는데요. 예쁘지 않았어요. 그런데 그때는 아주 아름다웠대요. 그 책에서 썼는데. 아주 아름다운 뭐, 코가 이렇게 뭐 뭐 이렇구 엄청 예쁜데 뭐, 생각하면 엄청 얼만큼 아름다운 미스코리아보다 더 예쁠 거 같았는데. 그런데 진짜 사진 보면,

"어우, 그렇게 아니구나. 예쁘는 거."

그 정도예요.

그래서 얘 이름은 '닁띠우'. 제일 예쁘는, 카이트봉클롬에서 제일 예쁘는 여자 이름이 닁띠우. 닁띠우는 되게 너무 예뻐서. 엄마가 이름은 예판, 예판. 네, 엄마. 엄마는 되게 너무 강한 엄마예요. 어유, 엄마가. 그래서 엄마가,

“닝띠우 너 무슨 일 있으면 집에서 나가지 말고 그냥 밑에 있는 사람이 지켜면 얘는 알아서 해줄 거야.”

그래서 닝띠우 밑에 일하는 사람, 해주는 사람 이름은 어, ‘닝노’ 이렇게 이름, 이름인데. 그래서 어느 날 닝노가 시장 갔어요. 그런데 집에 걸어오다가 아름다운 목소리 들었어요. 그 목소리는 넨똠 이렇게 목소리인 거예요. 그래서 어 무슨 목소리가 이렇게 아름답고 그래서 그 무슨 얘기하는 제목이 너무 푹 빠지는 거야. 한참 들었어요. 그래서 보더니 너무 아름다운 목소리고, 사람도 예쁘는, 푹 빠졌어요. 사랑 아니고 그냥 푹 빠졌어요. 그래서 집에서 도착하자마자 닝띠우한테 얘기했어.

“아가씨.”

그렇게.

“아가씨, 뭐 동네에서 넨똠가 너무 아름답고 목소리도 너무 예뻐서 너무 유명한 사람이에요. 누구도 알아야 돼. 금방 오는 사람인데. 그 다른 동네 온 사람인데.”

그래서 닝띠우 그 소리 듣고,

“그러면 불러와.”

엄마한테 부탁,

“엄마 내가 그 사람이 너무 보고 싶어요. 여러 사람이 이렇게 얘기, 그 사람이 목소리가 너무 좋아서 그 우리 집에 와서 노래 불러요.”

노래 말고 캄보디아 이름이 ‘스멋’ 이렇게 얘기하거든요? 캄보디아 ‘스멋’ 뜻는 그 부처님하는 너무 감사하는 것도 스멋 얘기하구, 부처님 전생두 ‘스멋’ 이렇게 얘기하구 있어요. 노래하는 거, 듣고 노래하는 거 비슷해. 그런데 노래는 달라요. 그렇게 ‘스멋’, 그냥 스멋 얘기해요, 우리가. 그 스멋 불러와서,

“스멋해 주세요.”

그렇게 하는 거예요.

그래서 엄마가 그, 딸이 너무 사랑해서 부탁하는 바람에 불러왔어. 엄마도 처음에는 너무, 넨똠도 마음에 들었어요. 되게 너무 어떻게 사람이 나이도 많지 않은데 목소리도 아름답고 스멋도 잘하고,

그래서 넨똠 불러와서 스멋해 줬어.

그런데 넨똠가, 아, 닝띠우가. 남자는 넨똠. 닝띠우가 그 소리 듣고 되게 방에도 못 있대. 어디 갔다 오는 거야, 남자 보니까.

"아이, 예쁘다."

이렇게 본 거예요. 그래서 갑자기 넨똠 보더니 닝띠우 사랑 빠졌어. 그런데 자기가 스님하고 있는데. 그래서 사랑 빠졌어요. 그다음에 둘이 닝띠우도 넨똠 보고 되게 사랑 빠졌어요. 그런데 시간 지나서 둘이 헤어졌어. 얘기도 못했어요.

그래서 그때부터 넨똠은 계속 닝띠우 생각하고, 닝띠우고 계속 넨똠 생각하는데요. 그래서 음, 어떻게 만날 수 있나. 그래서 넨똠가 너무 사랑이 강해서 어, 큰스님. 그 스님 절하는 스님. 절 하나 있으면 되게 강하는 스님 한 명 있잖아요. 한국도 그렇잖아요. [조사자: 큰스님.] 큰스님. 이렇게.

"큰스님, 제가 사랑, 닝띠우한테 사랑 빠지는데 부탁해요. 제가 이제 스님 말고, 스님 그냥 사람처럼. 그냥 스님 말고 사람처럼 보내주세요."

캄보디는 '삭' 이렇게 부르거든요? 삭. 그래서,

"나는 삭하고 싶은데 어떻게 해주세요."

그래서 그 큰스님이 얘기해요.

"너는 지금 삭하면 안 돼. 너 지금 삭하면 니가 죽을 수 있어. 그래서 지금 하면 안 돼. 좀 이따."

시간 지나면 '비사'해져요. 캄보디는 '비사' 이렇게 얘기하거든요? 뭐가 한국은 봄, 여름 이렇게니까. 캄보디 이제 비사, 뭐, '페도못앗서역락' 이렇게 얘기, 계절 이름이에요, 캄보디에서. 그래서 부처님은, 아니, 큰스님이 얘기했어요.

"너 지금은 삭하면 안 돼. 지금 하면 죽을 수 있어. 그러면 비사계절 들어가면 니가 삭하면 건강하게 살 수 있어, 오래오래."

그런데 그 넨똠이가 사랑하는 마음이 너무 커서 혼자 가서 어떤 조금, 어, 어 뭐지? 산속에서. 그 캄보디아 이름은 '트러모우' 이렇게 얘기거든요? 어, 트러모우 해서, 큰 트러모우 해서 여기서 가서 혼자 스스로 남자 변신했어요. 그 스님 말고, 그냥 스님 옷 벗어, 그 남자처럼 옷 입었어요. 캄보디아 어떻게, 한국 어떻게 해야 돼요?

[조사자: 그냥 평범한 복, 남자?] 네, 삭했어요. 혼자 삭했어요. [조사자: 그 스님이 하지 말라고 했는데.] 하지 말라고 했는데 자기 스스로 했어요.

그래서 어, 넨똠은 자기 짝궁하는 친구가 도착했어요. 그런데 이 사람은 관계없어요. 뭐 언제 해도 돼요. 그래서 둘이 손잡고 그 닝띠우 하는 사는 동네 갔어요. 도착하자마자, 그 집 앞에 걸어오다, 가다, 걸어오다 그런데. 예판, 닝띠우 엄마는 집에 없어요. 그래서 어, 닝노 보고, 닝띠우 아가씨 얘기했어요.

"아가씨. 우리 집 앞에 어, 넨똠 예전에 넨똠 있잖아? 지금은 도착했어요. 지금은 남자 됐어요."

"그러면 가서 불러와. 응, 여자 분장해."

불러왔어요. 불러와서, 여기 예쁜하게, 여기

"사랑해."

이렇게 이렇게 했어요. 둘이도 한 밤 보냈어요. 같이 잤어요, 그때. 응, 그때 잤어요. 뭐, 어, 벡이랑 스레이노, 닝노는 알고 있는데 엄마는 몰랐어요. 둘이 스스로 같이 잤어요.

그래서 시간 지나서, 그 엄마가 집에 왔어요. 그래서 넨똠 봤어.

"어, 언제 도착했어요? 그러면 우리 집에 와서 그냥 놀러 오세요."

그래서 뭐 방도 만들어 주구, 뭐 같이 자요. 여기서 자요. 벡이랑, 같이 자는데. 그래서 예판 없을 때마다 둘이가 만나서 뭐, 뭐 어떻게 얼레리얼레리 둘이 알아서 해요.

그래서 시간 지나서, 지났었는데. 그 그때 어떻게 했지? 음. (잠시 생각하다가) 닝띠우가 어, 깜빡했네요? [조사자: 빠진 거 추가로 해 주시면 돼요.] 아, 그래서 시간 지나서, 그, 둘이 사랑하는 거 엄마가 알았어요. 엄마가 알아서 그래서 똠과 집에 살지 말고 어디 멀리 갔어요.

그래서 닝띠우가 그거 혼자 살고 있는데, 어, 그런데 그 다른 남자가, 엄마가 돈 하는 사람만 결혼하고 원하는 거예요. 그래서 강, 돈 많은 부잣집이가 어, 아빠가 '먼군' 이렇게 이름이에요. 그래서 아들은, 아니, 아빠가 '어준' 이름이에요. 아빠가 '어준' 이름이. 그래서 아들이가 '먼군' 이름이에요. 둘이가. 그래서 그 둘이가 결혼시킨 거예요.

그런데 갑자기 닝띠우가 예쁘는 소리가 왕국에서 들었어요, 왕님가. 왕님이 들었더니 그 왕님이 얘기했어요.

"그러면 그 여자 데려와."

여자 데려오는데 어, 진짜 예뻤어요. 그래서 자기는 결혼하고 싶어요, 그 여자가. 닝띠우한테 결혼하고 싶었는데. 그래서 그, 결혼하기 전에는 남자가 한 소리도 들었어요.

"넨똠, 넨똠는 되게 엄청 착한 남자야. 똑똑하고 남자. 목소리도 예쁘고 불러와서 노래 불러요."

이제 노래하는 거예요.

"자기야, 이제 시작했으니까 노래 불러."

그래서 노래 불렀는데 너무 기분 좋고 너무 좋아요. 그래서 넨똠이 되게 마음에 들었어요, 왕님이. 그런데 어, 그다음 날에 닝띠우한테 만나고. 그래서 결혼하고 싶으니까. 그래서 그 아름다운 닝띠우 보고 넨똠 불러와서,

'그 넨, 닝띠우 얼만큼 아름다운지 얘기, 노래 부르면 더 기분 좋게 할 거야.'

생각하고 왕님이 넨똠 불러와서,

"노래 불러봐."

그런데 넨똠 들어가자마자 닝띠우 봤어. 그런데,

'자기가 같이 밤 보냈는데, 사랑도 얘기했는데 왜 그렇게 와서, 어, 여기 뭐지? 왕님이 결혼하는 거 그런데 자기야가 바람피우잖아.'

생각했어.

그래서 도착하자마자 닝띠우 예쁜 노래 안 부르고 닝띠우 나의 바람피우는 노래 불렀어요.

"뭐 결혼했어."

이렇게 노래.

“우리는 사랑에 빠졌어. 같이도 잤어요. 뭐 좋아하는 사람 같이 소원도 같이 빌고 시간도 많이 보냈는데 그런데 닝띠우 참 몸만 예쁘고 마음이 되게 까맣게. 왕이 와서 결혼하는 거 돈만 보고 오구나.”

이렇게 하는 거야. 이 노래 불렀어요. 그런데 그 노래가 아름답게 만드는 거예요, 노래가. 그래서 왕이 듣고 되게 열 받아.

“야! 너 무슨 뜻이야? 내가 결혼하는 여자한테 이렇게 너한테 같이 잤다니 그거 무슨 뜻이야?”

그런데 그 왕님이가 넨똠이 너무 좋아서 그전에 그래서 생각하고,

“니가, 니 둘이 서로 사랑하니까 닝띠우도 나한테 결혼 안 하고 싶으는 거 나도 알아. 그거 너랑 사랑하기 때문이구나. 그러면 둘이 결혼해.”

그렇게 하는 거예요. 그래서 엄마가, 예판 얼만큼 열 받았어.

‘내가는 좀 이따는 왕의 장모님인데. 그런데 니가, 넨똠 때문에 나 그렇게 했었잖아! 너 돈 하나도 없는데!’

이렇게 막 했어요, 마음속에서. 그래서 둘이 결혼했어. 왕도 뭐 넨똠, 왕국에서 무슨 일 시켜줘 이렇게 만들어서. 그래서 넨똠 이제 좀 집에서 좀 좋으게 살았어.

그런데 멀는 동네에서 살았어요. 멀은 동네에서 사는데 부인이랑 행복하게 살아, 한참 살았는데. 예판가 자기 마음속에 변하지 않아서 편지 보냈어요. [조사자: 뭐라고?] 닝띠우한테 편지.

‘아, 닝띠우 엄마 있지 너무 아팠어. 빨리 와서 엄마 좀 봐. 너 못 보면 엄마 죽을 거 같아. 빨리 와. 빨리 와.’

그런데 그거 진짜 아니거든요. 그전에, 어, 좀 아들 먼군가 같이 결혼시키는 거, 결혼식 만들고 닝띠우 오면 잡혀서 닝띠우랑 같이 결혼하는 거예요. 그래서 그, 닝노랑 닝띠우랑 도착하자마자 잡혀서 결혼하는데. 그래서 급하는 바람에 닝노가 편지 보내 갔어요, 넨똠한테. 그래서 보내 가는데, 얘기해서 뭐,

“엄마 어떻게, 속여서 닝띠우가 도착하자마자 잡아서 결혼, 먼군이랑 결혼한대요. 어떻게 빨리 오세요.”

이렇게 한 거야. 급하게 보내 갔어, 그날에. 그래서 넨똠가 보자

마자,

"어, 내 부인 사랑하는 부인인데 어떻게 이런 거 할 수 있어?"

둘이 진짜 사랑하는 거예요, 엄청. 강했었어요. 그래서 빨리 왔어요. 빨리 왔더니 그 사람들은 뭐 술 마셔서 다 누워 자고. 캄보디아 결혼 삼 일이잖아요. 그래서 첫날 갔어요. 가서 사람들 술 마시고 뭐, 어, 같이 잤어요.

그런데 넨똠, 이제 넨, 넨 하는 뜻으로는, 그 스님 얘기, 캄보디아 말이에요. 그래서 넨 아니고 그냥 뭐 '릇똠' 이렇게 얘기했어요. 그냥 똑똑한 사람 얘기하는 거예요. 뭐 릇똠랑, 어, 릇뻑 이렇게 왔어요. 도착하자마자 예판 어디 갔어요. 예판, 엄마가. 닝띠우 엄마가 어디 뭐 손님 가서 뭐 칭찬하고 보고 얘기 한참 해. 넨똠 보고 집에 올라갔어요. 넨똠가 엄마 안 보고 올라가서 노래, 그 닝띠우 방 앞에서 노래 불렀어.

"닝띠우, 닝띠우 어떻게 내가 너 얼만큼 사랑하는데 와서 남자 또 결혼 막 하는 거예요? 되게. 어떻게 남편 있는데 와서 새로운 결혼한 거 어떻게 생각해? 왜 이렇게 할 수 있어?"

닝띠우 그거 듣자마자 방에 나왔어요. 그리고 와서 남편도 안아주고,

"죄송해요. 제가 마음이 그렇게 안 했는데 엄마가 너무 심해서 어떻게 해야 되는지 못했어, 제가."

그래서 그 노래 듣고 예판 들었어요. 먼군 남편, 새로운 남편도 아직 결혼식이에요. 결혼식 아직 안 끝났어요. 둘이도 밤이 안 보냈어요. 그래서 먼군을 보고 예판 얘기했어요.

"먼군, 얘는 넨똠아. 잡아서 죽여버려!"

그런 거예요. 그래서 어, 불쌍해. 어, 여기 릇똠 그렇게 잡았어요. 잡아서 가서 데려갔어. 그래서 죽여버렸어요. 큰 나무에, 밑, 큰 나무 밑에서 칼 찔리고 죽여버렸어요.

어, 제가 깜빡하고 그전에 그, 넨똠 오기 전에 그 편지 받았잖아요? 그 편지는 보고 왕한테 한번 만났어요. [조사자: 똠이?] 네, 똠이. 왕한테 만나서 그 처음부터 끝까지 얘기해서 예판이나 먼군 이렇게

만들어서 그래서 그 왕가, 무슨 일 있으면 이렇게 쓰잖아요. 그래서 두 장 쓰고, 자기 싸인도 이렇게 가서 그 따라 해, 그거 뭐예요? [조사자: 왕의 칙서.] 명령? 네. 칙서. 그런 거. 하나 보냈어요. 그 칙서가 넨똠한테 주구, 도착하자마자 그거 보여주면 결혼식 못 하는 거야. 그래서 그 부인 데려갈 수 있는 거야.

그런데 그 넨똠가 도착하자마자 그거 안 보여주고 자기가 마음이 속상하는 마음에 깜빡했어요. 그래서 그 노래 부르는 거 옆에 사람 다 알잖아. 그 결혼식 들어가는 사람. 그 손님들도 알고. 되게 그 스토리 그 얘기가 알잖아요. 그러면 닝띠우는 예판이랑 먼군은 잘못해서 알잖아요. 그래서 먼군은 열받았어. 예판도 열받아서 그래서 얘 잡아서 죽여버렸어요.

그런데 닝띠우가 그때는 헤어졌잖아요. 엄마가 잡아서 방에 넣고. 열쇠 이렇게 문을 잠갔는데. 그래서 릇똠는 그냥 잡아서 큰 나무 위에 죽여버렸어요. 죽여버렸는데, 어, 그 뭐지? 아까 칙서는 못 봤어요. 그래서 넨똠 칙서 보여주면 안 죽었잖아요. 그런데 그냥 죽었어. 칙서는 그냥 자기 몸 안에 있어요. 넣었어요. 그래서 어, 닝노, 닝노 와서 그 닝띠우, 닝띠우한테 얘기했어.

"닝띠우야, 여기 넨똠가 이렇게 먼군, 엄마가 죽여서 죽어버렸어요."

그렇게 하는 거예요. 그래서 엄청 많이 울었어요, 그 밤에. 이제 시간, 결혼 돼서 밤이잖아요. 너무 울어서 그래서 소원했어요.

"이제 제가 너무 사랑하는 사람이에요."

그러면 닝노한테 불러.

"닝노! 가서 나 칼 하나 가져와."

그래서 닝노 안 가져왔는데 혼났어. 그래서 칼 하나 가져왔어, 작은 칼. 그래서 데려가서,

"니가 이제 밤중에 갈 거야. 만약 내가 넨똠랑 진짜 전설의 어, 전생의 부부하면 내 집에 내려갈 때 한 명도 나한테 보지 말고."

그래서 내려갔어, 안 보고. 진짜 안 봤어요. 그래서 남편 찾으러 갔어, 넨똠한테. 닝띠우 남편한테 찾으는데 걸어가다가 봤어. 그 큰

나무 밑에 피 흘르구 여기 죽으고 있어요. 죽고 있어요. 그래서 여기 보고 닝띠우 이렇게 보고, 그 칼아 손에 있잖아. 자기 손, 자기 몸에 찔러서 죽었어요. [조사자: 자살했네.] 네.

자기 어, 칼 찔르구 죽어서, 닝노도 둘이 너무 좋아해요. 되게 어, 자매처럼 닝똠한테 사랑했어요. 그렇게 하구. 벡도 어, 넨똠한테 너무 좋아서, 자매처럼 되게, 짝꿍처럼 좋아해서 서로는. 그런데 닝노가 (잠시 전화 통화를 하다가) 그래서 닝노는 이렇게 보고 너무 불쌍해서 자기도 찔러서 죽었어, 생명. 그렇게 하니까, 시간 지나서 어, 먼군 밑에 있는 사람이 가서 보고, 알고 얘기했어.

"어, 자기야. 어, 넨똠, 닝띠우 이렇게 어, 넨똠, 닝띠우, 닝노 이렇게 죽었어요. 그 나무 밑에 이렇게 죽었어요."

그래서 엄마두 듣고 엄청 많이 울었어, 엄청 많이. 그래서 울었어요. 울어서 가서, 어, 넨벡만 안 죽었어요. 넨벡. 넨똠 짝꿍이잖아요? 안 죽었어. 그래서 그거 무슨 일이는지 왕한테 얘기했어요. 그래서 왕한테 얘기, 왕 화났어요. 그래서 그 왕 하나, 가기 전에는 넨벡 가기 전에는 죽어는 사람 있잖아요. 데려가서 그, 무덤 만들었어. 어떻게, 땅속에서 넣고 죽었잖아요. 그렇게 했는데. 갑자기 그거 칙서 봤어. 그거 흘렀어요. 나왔어, 몸에 나왔어. 칙서 봐서 무서운 거예요.

"어떡해. 왕 있는데. 나 죽을 거야."

먼군 이렇게, 먼군 밑에 있는 사람들, 먼군 아빠, 뭐 예판, 예판 지키는 사람 이렇게 있잖아요. 어떻게 그래서 둘이는 서로,

"너 때문에. 너 때문에."

이렇게 하는 거예요.

그래서 그렇게 하더니 시간 지나서 어, 넨벡는 가서 왕한테 처음부터 끝까지 얘기해줘서 왕이 화났어요. 그래서 얘기해서,

"너, 가서 나 밑에 있는 사람, 군인 같은 거? 이렇게 데려가서 얘들을 죽여버려."

어떻게 죽여버리냐면 너무 강하는. 죽이는 거는 약 먹어도 있고, 머리 자르고 그런 거 아니구. [조사자: 어떻게 죽여?] 몸속에, 땅에 [조사자: 파묻어?] 파묻어. 머리만 있어. 그런데 그 머리 있는 거 우리가

농사하잖아요. 그 소가 그거 잡고 그래서 '어흥' 땅에 이렇게 파잖아? 그거 해야 돼요. 그거 해야 하잖아요. 얼만큼 끔찍해요. [조사자: 그러니까 그 머리가 나와 있는 거기를 소로 끌고 나가서 가는 거야?] 그래서 잘라요. 이렇게 하는 거예요. 이렇게, 날카로운 이렇게, 뾰족하게 이렇게 찔러서 아래 쑥 이렇게 가는 거. 얼만큼 끔찍해요.

그래서 대부분은 우리 대본에 자기의 어, 그런데 그 동네가 누구, 누구 이렇게 일 알고 그렇게 만들어는 사람, 지키는 사람들 다 죽여버렸잖아요. 그런데 사람을 몇 명, 한두 명도 아니잖아요. 너무 많은 사람이잖아. 그래서 그거 때문에 자기 가족 이렇게 죽었기 때문에 사람들 되게 닝띠우, 넨똠 너무 싫어해요. 그 동네, 카이트봉클롬에서. 그렇게, 싫어요.

그런데 그 넨똠랑 닝띠우 그, 땅 파고 이렇게 무덤, 이렇게 만들잖아? 그거 있어. 지금도 있어요. 카이트봉클롬에서 이렇게, 네. 그거 있어요. 지금까지도 있고.

그래서 이렇게 캄보디아에서 전설 이렇게 어떻게 교육하면 되게 이렇게 캄보디에서 하는, 너무 엄마가 말 많고. 이렇게 여러 가지 자기의 뭐 얘기 하여튼 엄마 아빠 안 듣는 소리가, 그런 거까지 있는데.

캄보디에 이런 말 이거, 그 쟁반 있잖아요? 그 쟁반 안에가 과자 넣으잖아요. 그러면 과자가 어떻게 넣을 수 있어? 그 쟁반은 과자보다 더 커야 돼요. 그렇게 생각해요. 그래서 그 큰 쟁반은 엄마 아빠 생각하구, 그 거기 쿠키 넣는 거는 그, 자기야, 식기는 생각하고 그래서. 쟁반, 거기 얼만큼 커도, 꼭 쟁반보다는 크지 않아요. 그렇게 생각해요.

그래서 그런 거 진짜 예전에 생각하는 거. 지금은 그 생각하지 않아요. 행복하게 할 수 있어. 그 본인이 생각 많이 해요. 부부는 생각하지만. 그런데 이렇게 도움하는 거예요. 자기야, 큰 생각 해주는 거예요. 얘기하는 거예요.

[조사자: 그러면 사람들은 어찌됐거나 그렇게 죽게 된 건 예판이 되게 나쁘게 행동해서, 그런 건데도 예판을 원망하지 않고 그 일이 생기게 된 이유가 된 똠하고 띠우를 원망한다는 거죠?] 아니, 그런 거 아닌데. 예판은 너

무 나쁘게, 먼군도 엄청 나쁘게 생각했는데. 그런데 왕이 얘기했어요.

"어, 둘이만 죽여버려."

그런 거 아니고. 그 일 하는 집이, [조사자: 다 죽이라고.] 네. 죽이니까. 그래서 많은 사람이 죽었잖아요. 그래서 너무 안타까운 사건이니까 그래서 대부분은 그 둘이 때문에 내 가족이 죽었어. 그런 거 미운 사람도 있고.

그런데 좋은 사람도, 대부분이 너무 좋아서. 사랑하기 때문에 그렇게 아름다운 사랑해서 이렇게. 한 명 죽고 또 한 명. 이렇게 자기 사랑하는 사람을 되게 따라서 죽어. 엄청 아름다운 사랑하는 거 생각도 많이 들었어요. 뭐 우리 같은 거는 그 동네 아니니까 그 사랑이 너무 아름다운 사랑 생각해요. (웃음) 왜냐면 그 처음부터 끝까지 닝 띠우가 남편이 빼지 않고 그냥 계속 마음속에 사랑했잖아요. 엄마 때문에 헤어졌잖아요. 그런데 자기가 계속 사랑했어요. 그렇게 해요.

검은 할머니 예이마으

● **구연정보**

조사일시 : 2017. 01. 18(수) 오후
조사장소 : 경기도 화성시 향남읍 행정리
제 보 자 : 디다넬 [캄보디아, 여, 1988년생, 결혼이주 5년차]
포유미네 [캄보디아, 여, 1988년생, 결혼이주 6년차]
조 사 자 : 오정미, 이원영, 이승민

● **구연상황**

디다넬 제보자가 〈귀신 집 이야기〉를 마친 후 포유미네 제보자에게 '뼁늘' 이야기를 한번 해보라며 운을 뗀 뒤 먼저 이야기를 시작했다. 곧 포유미네 제보자도 이야기 속 장소에 직접 다녀온 경험을 말하며 구연에 참여했다. 캄보디아에서는 검은 할머니 신에 대한 신앙이 확고해서 반드시 공물을 바치며 안전을 기도해야 한다고 했다.

● **줄거리**

옛날에 한 할머니가 있었는데 남편이 바람을 피웠다. 화가 난 할머니는 남편의 성기를 잘라 버렸다. 동네 사람들은 그 할머니를 무시했다. 할머니는 동네 사람들이 자신이 죽고 난 다음에라도 자신에게 절을 하고 존중해주기를 원했다. 할머니가 죽은 뒤 그녀를 무시하고서 집 앞을 지나가는 사람들은 차 사고가 났으며, 죽기도 했다. 그래서 사람들은 그 집 앞을 지날 때 남자의 성기 모양 조각과 바나나 한 송이를 바치며 안전을 기원한다. 할머니의 이름은 '예이마으'인데, '마으'란 말은 '검다'는 뜻으로, 검은 할머니라고 불린다.

디다넬 : 그 우리나라는 저기 산에 '뼁늘(절벽)'이요. 근데.
포유미네 : 바다 가는 길이.
디다넬 : 응, 바다 가는 길이. 꼭 바다 지나갈 때 꼭 돌아가야 돼, 기

도도 하고.

포유미네 : 아니, 그.

디다넬 : 맞아. 뻥늘, '예이말'.

포유미네 : 할, 할머니.

디다넬 : 할머니가 '예이마으'.

포유미네 : 그냥 그 예이마으, 예이마으. 이름 그러는데, 할머니 이름이 예이마으 그래는데.

디다넬 : '마으' 할머니. 마으, 마으 할머니.

조사자 2 : 말 할머니?

디다넬 : 마으, 마으. 근데 한국말로 '검은 할머니' 이렇게.

조사자 2 : 말 할머니?

디다넬 : 네. 마으, 마으, 마으, 마으. 그럼.

조사자 2 : 말이 '검은', '검다'는 말이에요?

디다넬 : 네. 마으, 마으. 검은색은 우리나라 카마으.

조사자 1 : 카말. 근데 한국말로 검은 할머니?

디다넬 : 네.

포유미네 : 근데 그전에 그 할머니한테 소식 좀 들었는데 남편가(남편이) 있었어요.

디다넬 : (휴대폰으로 사진을 보여주며) 이거, 이거.

포유미네 : 근데 그 남편이.

디다넬 : 바람 펴서.

포유미네 : 바람 펴서 아내 놔두고 도망갔어요.

디다넬 : 그래서 고추가 좋아요.

조사자 1 : 어?

디다넬 : 고추, 여기 고추 있잖아요.

조사자 1 : 아, 이게 고추. (웃음) 어, 야한데 이거?

디다넬 : 네, 그거 때문에 그 할머니 옆에, 아니. 그 만약에 선생님이 바다 가고 싶잖아요. 꼭 (그) 길이, 길이 지나가잖아요? 만약에 지나가면, 안 돌아가면 그 차이(차가) 사고 날 수 있어요. 죽을 수 있어요.

포유미네 : 아니, 옛날 그 할머니 얘기 해줘야지.

조사자 1 : 그거부터 연결되는 거예요?

포유미네 : 네.

조사자 1 : 아, 그럼 그거부터. 옛날에 할머니가 있었는데, 그 남편이 바람이 났어.

포유미네 : 네, 그래서 도망갔어요. 그럼, 그 할머니 많이 화났어요. 할머니 죽어서 그럼 나쁜 남자가 있으면, 막 그 뭐 만약에 차 박고 지나는데.

디다넬 : 여자도 할 수 있어. 음? 여자도 할 수 있어.

포유미네 : 남자, 여자도 할 수 있는데, 근데 남편 얘기하고 남편가(남편이) 나쁜 사람하면 그 잘못해서 사고 나요. 저 작년에 캄보디아 갔다 왔는데 사고 뻔(사고 날 뻔) 했어요.

조사자 1 : 사고 날 뻔했어요?

포유미네 : 네네. 어떤 꼭 저 아빠하고, 저 아빠하고 그 큰, 큰 오빠이(오빠가) 계속 싸왔는데, 그냥 저 아빠가 (웃음)

디다넬 : 그날 했어요?

포유미네 : 바람피웠어요. 그래서 아빠하고 형이(오빠가) 차 안에서 막 싸우는 거예요. 그럼 아빠가 막 나쁜 말 했어요. 뭐, 뭐 그러는 거야. 그래서 그럼 진, 그거 여거(여기) 예마으, 예마으 집에 지나는 것도 모르고.

조사자 1 : 아, 그 할머니?

포유미네 : 네, 예마으 할머니.

디다넬 : 마으 할머니.

포유미네 : 그 마으 할머니 지나는 것도 모르고 계속 싸웠는데, 그래서 어떤 저 차 타고 있는데, 그럼 차 안에도 없어요. 봤더니 안에도 없어요. 저, 그 운전자하고 뒤에 앉았는데. 아, 좀 앞에 차 하나도 없는데 그냥 빨리 가고 싶어서, 저 차 빨리 가고 싶어서 이쪽 그 앞에 여기 차 있고 저 차 뒤에 있는데, 빨리 가고 싶어서 좀 이렇게 앞지르기 했는데, 그럼 이쪽 차도 있어요. 못 봤어요. 그래서 막 (두 손을 가로질러 교차하며 부딪히는 표현하며) 이

렇게 하니까. 이렇게 했어요.

조사자 1 : 사고 날 뻔했구나.

포유미네 : 네, 네. 저 잘못했으면

조사자 1 : 죽었구나.

포유미네 : 죽었구나. (웃음)

디다넬 : 아니, 그 얘기지. 왜 할머니.

포유미네 : 그건 지났고 밤에 여덟 시? 캄보디아 여덟 시 많이 깜깜해요. 그래서 여덟 시였는데 그 운전자가 집에 빨리 가야 돼. 뒤에 차 하나 또 걸렀는데 그 차 고장 나서 그 운전자 안에 자는데 같이 글로(그리로) 왔어요. 같이 글로 가더니 그 차는 그냥 차 안에서 기도하는 거예요. 안, 그 잠깐 쉬지도 안 하고 그냥 가는데 그 예마으니 저 아빠하고 형(오빠),

디다넬 : 검은 할머니.

포유미네 : 응, 오빠 때문에 계속 이거 들을까 봐. 그 아빠가 바람피우니까 화나서 이렇게 했어요. 그래서 차 열다섯 명 같이 탔는데 제 앞에만 차 봤어요, 운전자하고. 근데 만약 저 옆에 친동생 있는데 그 친동생은 많이 무서워해요. 많이 무서워서.

조사자 1 : 이게 잠깐만 이게 검은 할머니 얘기잖아요? 이 할머니 남편이 바람이 났어. 화가 났어. 그래서 이 할머니 집 앞을 지나갈 때. 아까 뭐. 바다? 그게 무슨 말이에요?

디다넬 : 아이, 잠깐만요. 아니, 왜, 왜 할머니에 고추 많이 있는 거예요. 그 할머니가 남자들 미워해요. 그때 남편이 바람피잖아요. 그 동네 사람들도 할머니가(를) 무시해요. 그 할머니가(를). 그 할머니가 생각이 '나중에 나 죽으면 사람들이, 사람한테나 (두 손을 앞으로 모아) 이렇게 이렇게 기도나.' (두 손을 포개어 책상 위에 내리며) 이렇게 뭐지 인사? 인사 하는 거.

조사자 1 : 절하고. 인사하는 거.

디다넬 : 네, 절하는 거야. 나 기도하고 있어요. 그래서 그때부터 할머니가 죽었어요. 근데 할머니 죽고 그다음 날부터, 뭐 할머니 왜 집을 지었지? (포유미네를 바라보며) 어떤 사람이 믿어서?

포유미네 : 어, 그 바다 가고 싶은데.

디다넬 : 아니, 사람 집에 왜 지었냐고.

포유미네 : 이 처음에 안, 집 안 짓고, 안 짓고 죽는데.

디다넬 : 할머니가 죽었어요, 그때.

포유미네 : 네, 그 사람 바다 가고 싶은데.

조사자 1 : 바다? 씨Sea? 바다로 가고 싶다고?

디다넬 : 아니, 바다 가는 길에.

포유미네 : 그 할머니 집 있어요. 가운데예요. 근데 그 할머니 집에 음악 계속 해줘야 돼요.

조사자 2 : 음악?

포유미네 : 네.

조사자 2 : 노래를 계속 불러야 돼요?

포유미네 : 아니, 노래 안 부르고 그냥 음악.

디다넬 : 그냥 음악, (두 손을 흔들어 두드리는 표현을 하며) 띵똥띵 똥띵.

조사자 2 : 악기, 악기로.

포유미네 : 네, 악기 해줘야 돼요.

조사자 1 : 지나갈 때.

포유미네 : 네네네.

디다넬 : 그때 너무 길어서 사람들이 이렇게 기도해요. "어, 할머니 집을 지어 줄게요." 그래요. 그래서 할머니 아까 봤어요. (휴대폰으로 보여준 것을 손으로 가리키며) 아까 할머니 얼굴도 있고, (손가락을 입술에 문지르며 화장하는 것을 표현하고) 이렇게 예쁘고 하고. 고추도 달르게(달려) 있어요. 만약에 저 바다 가면은 길에 꼭 할머니 집에 들어가야 돼요. 바나나 하나. 아, 바나나 한 송이 두고 와서, "저는 좀 가는 길에 안전하고 다녀오세요." 그래요. 안 들어가면, 할머니 집에 안 들어가면 사고 나요. 죽어요. 사람 많이 죽어요.

포유미네 : 여기로 오는 사람 많이 죽었어요.

디다넬 : 그래서 안 믿는 사람이 죽는 거야. 안 믿는 사람들이 다 가

서 기도하고 그, "좀, 저 좀 갔다 와서 안전하게 해주세요."

포유미네 : 밤에도 꼭, 꼭 여기 집 앞에 그냥 차 천천히 운전하고, "저 안전하게 집에 가 주세요." 그러는 거예요. 꼭 해야 돼요.

디다넬 : 바나나하고 고추 모양을 줘요, 바나나. 처음에 갈 때만 넣어도 돼요. 갔다 와서 그냥 운전. 그 창문을 꼭 열어서 천천히 다니고. "저 집에 가니까 좀 안전하게 해주세요."

디다넬 : 그 길이 너무 위험해요. 잘못하면.

조사자 2 : 위험한 길이구나.

디다넬 : 네.

조사자 2 : 꼬불꼬불?

디다넬 : 네네, 네. 그 옆에는 뻥늘, 뻥늘 있어요, 뻥늘.

조사자 2 : 아, 절벽.

디다넬 : 네, 절벽. (손으로 아래로 내리며 가파른 급경사 표현하며) 그 있어요.

조사자 1 : 툭 떨어지는구나, 꼬불꼬불한. 근데 만약에 아까 그 아빠 얘기했는데. 만약에 바람피는, 바람핀 사람 있으면 그 사람이 그 할머니 집 앞을 지나가면 그렇게 나쁜 일이 사고가 일어날 수 있는 거예요?

포유미네 : 네네, 네.

조사자 2 : 네. 그 할머니가 바람피운 줄 알고?

디다넬 : 네, 아, 몰라요, 저도.

포유미네 : 그거. 이거 좀 모르는데, 근데 만약에 그 여기 지나면 말 안 돼요.

조사자 1 : 그러니까 바람피운 사람이?

포유미네 : 말 안하면 모르고, 그냥 뭐 바나나 같은 갖다 놓으면 괜찮고.

디다넬 : 나쁜 말 하면 안 돼요.

포유미네 : 네, 나쁜 말 하면 안 돼요.

디다넬 : 나쁜 말은 나 이렇게 아니 뭐 약속, 검은 할머니랑 약속하면 꼭 지켜야 돼. 만약에 어, "할머니 갔다 오면 저 고추 모양 갖

다드릴게요.” 만약에 까먹으면 진짜 죽어요. 사고 나요. 그 우리 나라 저번에 가수가 한 명 죽었어요. 네. 뭐 다섯, 아, 세 명 탔는데 한 명만 죽었어요. 한 명만 죽었어요. 근데 많이 다 안 다쳤어요. 네, 다치는 곳 없어요. 사고 나자마자 말할 수 있는데. “나 도와주세요.” 그랬더니, 한 시간 후에 그냥 죽었어요.

조사자 2 : 근데 그 가수가……

디다넬 : 가수가 할머니가(한테) 얘기 안 했어요. “나 안전하게 갔다 오게 해주세요.” 이렇게 기도 안 했어요. 바나나도 안 줬어요.

조사자 2 : 그거 안 하는 사람만 죽는 거예요?

디다넬 : 네네. 안 믿는 사람만. 그러니까 지금 나중에 캄보디아 가면 아세요.

조사자 1 : 재밌다.

디다넬 : 어, 저기 바다 가면 꼭 그렇게 해야 돼.

조사자 2 : 주변에서 그거 팔아요? 고추 모양의 뭐 여러 가지.

디다넬 : 네, 네, 네네. 팔아요.

조사자 2 : 그거 사가지고 올리는 거예요?

포유미네 : 바나나도 많이 팔아요.

조사자 2 : 바나나도 팔고.

디다넬 : 그 남편 때문에 고추가 잘라서 갖다 드리는 거예요.

조사자 2 : 근데 남편이 바람펴서 남자를 싫어하는 건 아니고?

디다넬 : 아니요. 아니요. 고추 싫은 거 아니라, 그, 그때부터 남편이 되게 미웠어요. 고추 자르고 싶어요.

포유미네 : 남편 고추 잘라. 잘라요.

디다넬 : 왜 바람피냐고, 자기 집에 있는데.

조사자 1 : 근데 이 할머니 집 앞에 이렇게 고추 이런 모양이 상이 많아요?

포유미네 : 네, 걸려있어요.

조사자 1 : 많아요? 고추? 먹는 고추도 막 걸려있고?

디다넬 : 네. 그,

조사자 2 : 아, 먹는 고추?

포유미네 : 아니요, 남자 고추. 아니야, 고추 아니야. 남자 고추.

조사자 1 : 아, 먹는 고추 없고 하여간 그 먹는 고추의.

디다넬 : 모양 고추.

조사자 1 : 아, 그냥 모양. 남자 고추가 모양이 이렇게, 이렇게 모양이 이렇게 있는 거예요?

포유미네 : 네. 그 할머니 많이 화나서 남편 고추 잘라 버렸어요. 남편도 죽었어.

조사자 2 : 그 할머니가 결국 남편 고추 잘랐어요?

포유미네 : 네네.

디다넬 : 그것 때문에.

조사자 1 : 그것 때문에 고추를 주는구나.

디다넬 : 네. 고추 주는 사람 되게 좋아. 동네 사람들이 그 할머니 보고 무시해요.

조사자 2 : 무시했어요?

디다넬 : 네, 무시해서 그래. 지금 할머니 계속 이렇게 (고개 숙여 절을 하는 표현을 하며) 하잖아요. "할머니, 저 좀 도와주세요." 이렇게, 이렇게 하는 거예요. 죽기 전에 기도했거든요.

조사자 2 : 그게 그 캄보디아에서 바다로 가는 길에 있는 집이에요?

디다넬 : 네, 집처럼 생겼어요. 이렇게. 네, 집. 완전 집 아니라 우리나라는 말은 아스란?

조사자 2 : 우리로 치면 사당?

디다넬 : 어, 사당처럼.

조사자 1 : 제사 지내는 거처럼.

디다넬 : 네네. 그런 거예요. 뭐라고요, 아까?

조사자 2 : 사당.

디다넬 : 사당.

조사자 2 : '사'가 제사 지낸다는 거고, '당'이 집이라는 뜻이에요. 제사 지내는 집.

조사자 1 : 우리도 왜 이렇게 이런 할머니들 같은, 약간 이 할머니가 신 같은 거잖아요. 그치, 막 사람, 음.

디다넬 : 네. 세종대왕, 세종대왕처럼.

조사자 1 : 그렇지. 어, 그런 신한테 우리도 이렇게 기도하고 먹는 음식 놔두고 그런 데를 사당이라고 그래요.

귀신 집 이야기

● 구연정보

조사일시 : 2017. 01. 18(수) 오후
조사장소 : 경기도 화성시 향남읍 행정리
제 보 자 : 포유미네 [캄보디아, 여, 1988년생, 결혼이주 6년차]
디다넬 [캄보디아, 여, 1988년생, 결혼이주 5년차]
조 사 자 : 오정미, 이원영, 이승민

● 구연상황

〈개가 귀신을 보게 된 사연〉 이야기를 마친 후 귀신에 관련된 대화를 이어가던 중 포유미네 제보자가 집 귀신 이야기가 생각난다고 했다. 구연을 요청하자 자연스럽게 이야기를 이어나갔다. 근래 캄보디아를 떠들썩하게 한 유명한 흉가 이야기로, 빈집을 지키는 가족 귀신이 있다는 내용이었다. 포유미네 제보자가 주로 구연했지만, 디다넬 제보자도 익히 들어 아는 듯 내용을 부연했다.

● 줄거리

한 부자가 있는데 가족이 네 명이었다. 차로 여행을 하다 모두 죽었는데, 그들은 죽어서도 귀신이 되어 지금까지 집에 머무르고 있다. 그 집으로 이사 온 사람들에게 밤에 나타나 자기 집이니 여기서 살지 말고, 더 많은 돈을 줄 테니 나가라고 한다. 한 택시 기사는 밤이 늦어 빈집인 줄 알고 들어가 잤는데 다음 날 아침 땅 밑에서 나왔다고 한다. 삼 년 동안 빈집인데도 흙먼지도 없이 깨끗하며, 밤에는 불이 켜져 있고 목욕 소리, 웃음소리가 들린다고 한다. 그 집을 지날 때 바나나 같은 과일을 올리지 않으면 집 앞에서 차가 고장 난다고 한다.

포유미네 : 2년 전에 있어요.
조사자 1 : 아, 진짜?

포유미네 : 깡봉잠(깜퐁참)에서 그랬나?

디다넬 : 응응.

포유미네 : 귀신 집. 귀신 집. 그 어떤, 그 부부, 그 집 샀는데 그 집 못 살아요. 딱 들어가서 그 귀신 너 그 둔. (무서운 생각이 나는 듯 두 손으로 얼굴을 감싸며) 아유, 무척 무서워요. (웃음)

조사자 1 : 무서워, 해줘. 해줘.

포유미네 : 이거 진짜 있어서.

조사자 2 : 직접 보고 겪은 거예요?

포유미네 : 네, 이것도 가는, 진짜 있어요. 2년, 3년 전에.

디다넬 : 집 귀신.

조사자 1 : 한국, 한국 집에서?

포유미네 : 아니에요, 캄보디아에서. (디다넬 고향이기에 디다넬을 가리키며) 깡봉잠에 있어요.

디다넬 : 깡봉잠, 우리나라.

조사자 1 : 캄보디아 사람들은 다 아는 사건이구나.

포유미네 : 네네. 이거는 뉴스하고 그 신문 계속 나와요. 그리고 여기 직접 가봤는데 근데 그 귀신이 안 나와요. 그냥 처음부터 얘기해 줄게요. 네, 그, 잠깐만요. (숨을 고르며 둘이 대화하다가) 그 귀신 집 깡봉잠에 있어요.

디다넬 : 응, 그 거짓말이야.

포유미네 : (디다넬에게 손사래를 치며) 거짓말 아니야. 정말이야!

조사자 1 : 괜찮아요, 거짓말이라도 돼.

디다넬 : 그 집이 지금 있어요.

포유미네 : 지금 있어요.

디다넬 : 응, 맞아요.

조사자 1 : 그 귀신 집이 어디에 있다고요?

디다넬 : 깡봉치낭이요. 귀신 집에 아니라. 귀신 사는 집에. 그 귀신가 그 집에 샀어요.

포유미네 : 야, 처음 얘기해야지. 그 어떤 뭐지, 그 남편하고 아까 뭐라 그랬어?

조사자 1 : 부부, 부부가.

포유미네 : 부부. 어떤 부부가 그 깡봉치낭 살고 싶은데 그 집 가서 그 원래 주인 있어요. 근데 그 주인 그 집 못 사니까. 뭐 프놈펜 올라왔어요, 프놈펜에 살아서. 그럼 그 부부는 그 집 사서 이사 갔는데 근데 좀 이상해요. 그 집 사람 삼 년 동안 안 살았는데, 그 집은 꼭 흙 같은 것도 없고 다 깨끗해요. 그래서 가서 살더니 밤에 그 귀신이 나왔어요. "그 집 살지, 살지 마라."

디다넬 : "내 집이야."

포유미네 : "내 집이야, 넌 얼마에 샀어? 내가."

디다넬 : "돈 줄게."

포유미네 :"돈 더 많이 줄게. 좀 나가줘라."

조사자 1 : 꿈속에 나타난 거야? 아님 진짜?

디다넬 : 아, 진짜예요.

포유미네 : 진짜, 진짜. 나왔어요.

디다넬 : 잘 때. 잘 때 일어나는 거예요.

포유미네 : 밤에 열두 시쯤 지나서.

디다넬 : 근데 옛날에 그 귀신은 부자예요, 부자, 되게 부자. 근데 귀신이 가족 있어요.

포유미네 : 그 부자 가족은 네 명이에요.

디다넬 : 그냥 그 집에 살고 있는 거예요.

포유미네 : 차 여행하다가 사고 나서 그럼 죽었어요. 그런 그 귀신은, 그 귀신 죽는 것도 모르고 계속 살아일 거(살아있다고 생각하는 거) 같아요. 내 생각 그래요. 그럼 그 부부한테는 돈도 주고, "알았어. 내가 나갈게. 그럼 그 돈 돌려줘라." 그럼 그 돈 받고 그냥 나가는 거예요. 그럼 그 동네 사람들이 좀 이상해요. "그 집 왜 밤에마다 불 있어?" 근데 가봤더니 사람도 없어요. 그래서 그 그거 뭐지? 그 택시 아저씨가 밤에 지나는데 그 집 사람 없을까 봐, 없는 거 같아서 많이 피곤해서 그냥 그 집 올라가서 잤어요. 근데.

디다넬 : 근데 허락 없이.

포유미네 : 아침에 허락 없이. 거 그냥 들어가서 자는데 아침에 땅 밑에 나왔어요. 차가 땅 밑, 땅 그 집 밑에 자는, 잤어요.

디다넬 : 집 앞에, 집 앞에 일 층이요.

포유미네 : 그래서 그 아저씨가 왜 이상해요. 어젯밤에 그 집 안에서 잤는데 왜 땅 밑에 있는 거예요. 그럼 차 그 아저씨한테 그 동네 사람들이 물어봤는데 그 사람 동네사람들이, "몰라요. 근데 그 집 좀 이상해요. 그리고 삼 개월 전에 사람 또 이사 왔는데 그냥 도망갔어요. 근데 그 집은 사람도 없는데 불도 있고 밤에 불도 있어. 그럼 웃는 소리도 있어요."

그래서 그 동네 사람들이 "그 집 근처 가지 마라." 그럼 자꾸 이 얘기 다 들었어요. 그럼 뉴스 같은 거도 가봤는데. 뭐 음식 같은 거, 과일 같은 거, 잘라서 이렇게 "내가 사진 좀 찍어해 주세요. 뭐 나쁜 일 아니고 그냥 궁금해서. 그럼 좀 찍어해(찍혀) 줘." 그랬는데. 그럼 그날 찍을 때 사람 없어 안 보내졌어요.

근데 정말 이상해요. 사람도 없는데 과일 같은 거 열매도 많이 열려서. 그럼 밤마다 계속 웃는 소리, 목욕하는 소리 다 들려요. 그 아직도 집, 아직도 있어요.

디다넬 : 네, 있어요.

포유미네 : 못 빼 버려요.

조사자 1 : 그 집은 그래서 지금도 아무도 안 살아요?

포유미네 : 사람 안 살아요.

디다넬 : 네, 그냥 사람이 안 살아요.

포유미네 : 근데 자꾸 어떤 사람이 가 봤는데. 또, 한 번 더, 밤에도 한 번 더 사람 가서 잤는데, 그럼 그 귀신 나왔어요. "우리 집이라, 들어오지 마라."

디다넬 : 아니 그 집. 어느 날에 대학교, 대학교 학생들이 여행 갔어요. 근데 여행 갔더니 그 집 앞에서 막 차 고장하는 거예요. 그래서 그 집 보고, "아 집이 사람 없나?" 가서 똑똑하더니, "사람 있어요? 한밤 좀 지내도 돼요?" 그러더니 사람이 없어. 그래 들어갔어요. 그 밤 그 들어가서, 이상해요. 왜 집이 깨끗해요, 사람 없

는데. "우리 오늘 밤에 여기 지내자. 여섯 명이니까."

밤에 지내는데 목욕도 하고 밥도 해 먹고. 그 한 명은 귀신 볼 수 있어요, 한 명. 그래 밤에 여기 귀신하고, 근데 자기는 귀신이 안 무서워. 볼 수 있으니까. 예쁜(좋은) 얘기도 하고. "우리 집에 한 밤, 밤 지내고, 지내고 가세요. 내일 잊지 말아요." 그래서 한 밤 지내고 아침에 다시 가는 거예요. 허, 만약에 허락 없이 들어가면 안 돼요. 그 집에.

포유미네 : 그 집에 지금 계속 있는데, 근데 사람 그 집 지나면 바나나 같은 거 갖고 가서 넣어야 돼요. 안 그러면 차 앞, 그 집 앞에서 딱 고장 나요.

제보자 정보

디다넬

[캄보디아, 여, 1988년생, 결혼이주 5년차]

디다넬 제보자의 고향은 캄보디아의 수도인 프놈펜에서 차로 약 3시간 정도 떨어진 작은 도시이다. 어릴 적에 부모님을 도와 장사를 했고, 소개로 남편을 만나 결혼하게 되었다. 결혼 후, 신혼에는 시부모님과 함께 살았고, 현재는 분가하여 화성시에서 남편과 딸, 아들과 함께 단란한 가정을 꾸리며 살고 있다. 주로 한국의 가족과 한국어 교육기관을 통해 한국어를 배웠으며, 현재는 생활하는 데 불편함이 없는 한국어를 구사한다. 조사에 함께 참여한 포유미네 제보자와 함께 공동으로 7편의 설화를 구술했다.

렉가나

[캄보디아, 여, 1988년생, 결혼이주 10년차]

렉가나 제보자는 1988년에 캄보디아에서 태어났다. 스무 살에 교회의 소개로 남편을 만나 결혼을 해서 경기도 안산에 거주하게 되었다. 한국 생활에 만족하고 있고, 현재 아이 둘을 키우며 세계문화 체험관에서 다문화 강사를 하고 있다. 안산 다문화 작은도서관에서 이주민들과 '옛이야기 모임'을 함께 하고 있어서, 캄보디아 옛이야기에 대해 잘 알고 있었다. 조사의 의도를 바로 알아차리고 어린 시절부터 들었던 이야기를 들려주었다.

한국의 복지관 등에서 한국어를 배웠고 안산 다문화 작은도서관 모임 등을 통해 꾸준히 배워가고 있다고 했는데, 한국어 실력이 유창했다. 한국에 알려지지 않은 캄보디아의 문화를 잘 전달할 수 있는 이야기를 전하려는 의욕을 보였으며, 〈뱀이 많이 생긴 이유(낑깡뱀〉 같은 긴 이야기도 매끄럽게 잘 전달했다. 모두 4편의 이야기를 구연했다. 한번 더 조사를 진행하고 싶었으나 남편의 사업 일정으로 캄보디아에 가 있어서 만날 수 없었다.

소다니스

[캄보디아, 여, 1986년생, 유학 4년차]

소다니스 제보자는 1986년 캄보디아 프놈펜에서 8남매 중 여섯째로 태어났다. 프놈펜에서 초등학교부터 대학교까지 다녔으며, 대학을 졸업한 뒤 3년 정도 직장생활을 했다. 2012년에 인하대학교 언어교육원에서 한국어 공부를 시작했고, 이후 이화여자대학교 공과대학원에 진학했다.

소다니스 제보자는 처음 구연을 시작할 때는 아는 이야기가 없다면서 자신 없어 했으나 조사자와 질의응답 과정에서 긴장감이 풀리자 점차 자신감 있게 이야기를 구연했다. 한국어는 일상적인 대화에 큰 지장이 없을 정도로 구사했다. 조사자가 캄보디아 설화 제목을 물었을 때에는 내용을 모른다고 했다가 이야기의 주요 화소를 말해주면 기억을 떠올리며 구연하곤 했다. 해당 이야기와 관련된 속담이나 이야기의 배경이 되는 당시 사회상에 대한 설명을 덧붙이기도 했다. 성격이 활발하고 적극적이어서 이야기판에 활력을 불어넣어 주었다. 구연한 이야기는 민간요법에 대한 이야기까지 해서 총 7편이다.

썸마카라

[캄보디아, 여, 1988년생, 결혼이주 4년차]

썸마카라 제보자는 1988년 캄보디아 프놈펜에서 태어났다. 2014년에 결혼하여 경상도 진주로 이주했다. 조사자와 만났을 때는 산달이 얼마 남지 않은 상황이었다. 어린 시절부터 책을 좋아했다고 말한 제보자는 조사의 의도를 파악한 뒤 자기가 아는 캄보디아 설화를 열심히 전승하려는 적극적인 태도를 보였다. 진주에 살면서 진주 YWCA에서 한국어를 배웠고, 다문화 강사육성 프로그램에 참여했으며 향후 방과후 다문화 강사로 활동하려는 계획을 갖고 있다.

썸마카라 제보자는 한국어를 천천히 정확하게 발음하며 이야기를 구연했다. 조사자와 약속한 뒤 준비한 설화는 세 편이었는데, 조사자가 더 많은 이야기 구연을 권하자, 한 편씩 더 생각해내면서 구연을 이어갔다. 그렇게 총 10편의 이야기를 구연했다.

씨앙리티아(이민희)

[캄보디아, 여, 1986년생, 결혼이주 7년차]

씨앙리티아 제보자는 1986년 캄보디아에서 태어나 10살 때부터 프놈펜에서 자랐다. 대학교에서 영어영문학을 전공했다. 2000년에 결혼하여 경상북도 경산시에서 남편하고 딸과 함께 살고 있다. 경산시에 있는 다문화 관련 배움터에서 한국어를 공부하고 있는데, 배움에 대한 열정이 많아 보였다.

씨앙리티아 제보자는 조사자와 만남을 약속한 뒤 캄보디아의 부모님께 책을 보내 달라고 해서 한국어로 번역한 뒤 수녀님들과 구연 연습을 했다고 했다. 조사를 시작하자 준비한 이야기를 차분하게 한 편씩 구연했다. 준비한 이야기를 다 마친 뒤 조사자가 기억에 나는 이야기를 더 부탁하자, 〈뱀이 많이 생겨난 이유(낑껑뱀)〉을 구연하고, 이야기에 대한 자신의 생각을 말하기도 하는 적극성을 보였다. 씨앙리티아 제보자가 구연한 이야기는 모두 6편이다.

체아다비

[캄보디아, 여, 1983년생, 결혼이주 8년차]

체아다비 제보자는 1983년 캄보디아에서 태어났다. 아버지 사업의 실패로 인해 집안이 어려움을 겪어 어릴 때부터 공장에 취업하여 결혼 전까지 집안 살림을 도왔다. 결혼하여 한국으로 이주했고 시부모님과 남편, 자녀와 함께 강원도 횡성군에서 8년째 살고 있다.

체아다비 제보자는 한국어 구사 능력이 이주 경력에 비해 뛰어났다. 구연 속도는 빠른 편이며 음색이 맑아서 전달력도 훌륭했다. 총 2회 진행된 이야기판에서 시종일관 밝은 모습으로 이야기판을 이끌었다. 제보자는 어릴 때 할머니를 따라서 절에 자주 다니면서 할머니에게 이야기를 많이 들었다고 했다. 캄보디아에는 드라마로 만들어진 설화가 많다면서 널리 알려진 캄보디아 설화를 들려주려고 했다. 구연할 때에는 조사자에게 이야기 속 상황을 쉽게 이해시키기 위하여 한국적 요소를 비유하여 설명했다. 전설과 민담, 캄보디아 문화와 민간요법 등 총 14편의 이야기를 구연했다.

킴나이키

[캄보디아, 여, 1991년생, 결혼이주 6년차]

킴나이키 제보자는 1991년에 캄보디아에서 태어났다. 남편과 결혼하여 한국으로 이주했으며, 강원도 인제군에서 6년째 살고 있다.

킴나이키 제보자는 스스로가 한국어가 미숙하다고 생각하고 있지만, 한국어 구사 능력은 의사소통에 크게 지장이 없다. 이야기판에서 구연할 때 정확한 표현을 사용하기 위하여 캄보디아어를 한국어로 번역하기도 했고, 조사자에게 자신이 표현하고 싶은 단어를 물어서 메모하고 암기하기도 했다. 한국어는 종성 ㄹ 발음을 다소 어려워했고 주격조사 '이'를 빠뜨리는 경향이 있다. 제보자는 특별한 자료의 도움 없이도 한 시간 넘는 긴 이야기를 기억하여 구연할 정도로 기억력이 좋았다. 어릴 때부터 이야기를 좋아하여 동네 어린이들을 모아놓고 나무 그늘 아래서 이야기를 자주 들려준 경험이 있다.

킴나이키 제보자는 조사 취지를 정확하게 파악하려고 노력했으며, 조사 취지에 적합한 이야기 유형을 골라서 이야기의 등장인물과 지명에 관한 정확한 정보를 제공하려고 했다. 구연할 때 적절한 손짓을 곁들였으며, 인물 간의 대화를 재현하면서 실감나게 구연했다. 제보자는 총 4회에 걸친 이야기판에서 설화 위주로 29편의 이야기를 구연했다. 구연한 이야기는 대부분 서사의 완결성이 높은 것들이었다. 장편소설을 한 편 기억해서 구연하기도 했는데, 정리 대상에서는 제외했다.

텡쏙레앙(박주희)

[캄보디아, 여, 1986년생, 결혼이주 10년차]

텡쏙레앙 제보자는 1986년 캄보디아 프놈펜의 근교에서 태어났다. 2008년에 결혼으로 이주하여, 경기도 수원시에서 남편과 두 자녀와 살고 있다. 텡쏙레앙 제보자는 현재 다문화 강사이며 화성시에 있는 아삭도서관에서 다문화 강사들과 모임을 하면서 각 나라 이야기를 나누고 있다.

제보자는 어린 시절에 어머니가 일을 해야 해서 6살에서 9살까지 할머니 집에서 살았다. 할머니는 밤마다 어머니를 보고 싶어할 손녀를 위해 많은 이야기를 들려주셨다고 했다.

텡쏙레앙 제보자와는 두 번의 걸쳐 설화 조사를 진행했다. 첫 번째 조사를 시작할 때는 다소 긴장한 모습이었지만, 점점 차분하게 이야기를 이어나갔다. 손동작도 적절하게 사용하고, 대화를 재현하면서 구연했다. 준비해온 것 외에 다른 이야기까지도 매끄럽게 구연했다. 두 번째 조사 때도 처음에는 다소 긴장했지만 천천히 이야기를 잘 풀어냈다. 긴 이야기를 대화의 형식으로 생동감 있게 구연하는 점이 특징이다. 텡쏙레앙 제보자가 두 번의 조사에서 구연한 자료는 총 9편이다.

포유미네

[캄보디아, 여, 1988년생, 결혼이주 6년차]

포유미네 제보자의 고향은 캄보디아의 수도인 프놈펜이다. 친언니가 먼저 한국으로 결혼이주했고, 친언니와 형부의 소개로 한국인 남편을 만나게 되었다. 남편과 짧은 연애를 한 후 결혼했고, 자녀 2명과 함께 화성시에 정착하여 살고 있다. 이주 초기에는 한국어의 어려움과 편견 때문에 문화 적응이 어려웠지만, 현재는 의사소통에 문제가 거의 없고 한국에서의 생활도 즐겁다고 했다. 설화를 구술할 때에 고급 어휘를 구사할 정도로 한국어 수준이 높다.

포유미네 제보자가 처음에 청자로서 디다넬 제보자의 구술을 들으려고 했지만, 디다넬 제보자가 구술을 시작하자 자연스럽게 공동

화자가 되었다. 처음의 소극적인 모습과 달리 적극적인 태도로 구술에 참여했다. 디다넬 제보자와 공동으로 7편의 설화를 구연했다.